红色长篇小说经典

新儿女英雄传

袁静 孔厥 著

人民文学出版社

图书在版编目（CIP）数据

新儿女英雄传／袁静，孔厥著. —北京：人民文学出版社，2017（2025.5 重印）
（红色长篇小说经典）
ISBN 978-7-02-012786-3

Ⅰ.①新… Ⅱ.①袁…②孔… Ⅲ.①长篇小说—中国—当代 Ⅳ.①I247.5

中国版本图书馆 CIP 数据核字（2017）第 101400 号

选题策划	杨　柳
责任编辑	薛子俊
装帧设计	陶　雷
责任印制	苏文强

出版发行　人民文学出版社
社　　址　北京市朝内大街 166 号
邮政编码　100705

印　　刷　北京中科印刷有限公司
经　　销　全国新华书店等

字　　数	195 千字
开　　本	880 毫米×1230 毫米　1/32
印　　张	8
印　　数	23001—26000
版　　次	1956 年 11 月北京第 1 版
印　　次	2025 年 5 月第 8 次印刷

书　　号　978-7-02-012786-3
定　　价　28.00 元

如有印装质量问题，请与本社图书销售中心调换。电话：010-65233595

序

承作者把《新儿女英雄传》的剪报送给我,我读了一遍。读的时候虽然是断续的,费了几天工夫,但始终被吸引着,就好像一气读完了的一样。

这里面进步的人物都是平凡的儿女,但也都是集体的英雄。是他们的平凡品质使我们感觉亲热,是他们的英雄气概使我们感觉崇敬。这无形之间教育了读者,使读者认识到共产党员的最真率的面目。读者从这儿可以得到很大的鼓励,来改造自己或推进自己。男的难道都不能做到牛大水那样吗?女的难道都不能做到杨小梅那样吗?不怕你平凡、落后,甚至是文盲无知,只要你有自觉,求进步,有自我牺牲的精神,忠实地实践毛主席的思想,谁也可以成为新社会的柱石。

从抗日战争以来,这些可敬可爱的人物,可歌可泣的事实,在解放区里面是到处都有的。假使我们更广泛地把它们记录描写出来,再加以综合组织,单从量上来说,不就会比《水浒传》那样的作品还要伟大得不知多少倍吗?人们久在埋怨"中国没有伟大的作品",但这样的作品的确是在产生着了。

应该多谢毛主席在延安文艺座谈会上的指示,给予了文艺界一把宏大的火把,照明了创作的前途。在这一照明之下,解放区的作家们已经有了不少的成功作品。本书的作者也是忠实于毛主席的指示而获得了成功的。人物的刻画,事件的叙述,都很踏实自然,而运用人民大众的语言也非常纯熟。我希望他们再向前努力,获得更大的成功。同时我也很愿意负责推荐,希望多数的朋友能读这一部书。假使可能的话,更希望画家们多作插画,像以前的绣像小说那样以广流传。

让我再说一句老实话吧:等这书出版了时,我愿意再读它一两遍。

郭沫若
1949年9月8日

目　次

序 ……………………………………………… 郭沫若 1

第 一 回　事变 ……………………………………… 1
第 二 回　共产党 …………………………………… 15
第 三 回　农民游击队 ……………………………… 30
第 四 回　毒计 ……………………………………… 47
第 五 回　新女婿 …………………………………… 57
第 六 回　水上英雄 ………………………………… 68
第 七 回　一条金链子 ……………………………… 78
第 八 回　"大扫荡" ………………………………… 95
第 九 回　生死关头 ………………………………… 110
第 十 回　睡冰 ……………………………………… 126
第十一回　拿岗楼 …………………………………… 133
第十二回　最后一滴血 ……………………………… 144
第十三回　探虎穴 …………………………………… 153
第十四回　结婚的谜 ………………………………… 162
第十五回　指引 ……………………………………… 176
第十六回　爱和仇 …………………………………… 185
第十七回　鱼儿漏网了 ……………………………… 197
第十八回　冤家路窄 ………………………………… 211

第十九回　大反攻 …………………………………… *222*
第二十回　胜利 ……………………………………… *236*

第一回　事　变

炮声一响，
眼泪满眶。

————民谣

一

牛大水二十三岁了，还没娶媳妇。

他娘已经去世，家里只有老爹和一个小兄弟，没个娘们家，过日子真难啊！

老爹常想给大水娶个媳妇，可是大水说："咱们使什么娶呀？"老爹说："没办法，再跟申耀宗借些钱儿吧。"一听说借钱，大水就急了。自从娘死那一年，指着五亩苇子地，借了申耀宗六十块现大洋，年年打利打不清，就像掉到井里打扑腾，死不死，活不活的。大水说："唉，还不够瞧的！要再借，剩下这可怜巴巴的五亩地，也得戴上笼头啦！"老爹说："小子，不给你娶媳妇，我死也不合眼！咱们咬咬牙，娶过媳妇来，再跳打着还账不行啊？"大水可不同意。这好小伙子，长得挺壮实，宽肩膀，粗胳膊，最能干活；总是熬星星，熬月亮，想熬个不短人、不欠人的，松松心儿再娶媳妇。

这一年，正赶上"七七事变"。卢沟桥的炮声咚咚响，在堤上听得很真的。人们都惊慌起来了。这村名叫申家庄，在河北省白洋淀旁边。离这儿十里地,有个大村叫何庄。何庄有个三分局,局子里接了队伍的命令,向各村要伕子,开到西边去,挖战壕、做工事。牛大水也去了。局子里的警察挺横,动不动就打人,大水的光脑瓜儿上也挨了几棍子。这么黑间白日地修了一个多月。谁知刚修好,队伍就哗地退下来,一路抢人劫道,闹得很凶。工事白搭了。局子也自动地散了摊儿。不久,保定失守。日本飞机天天来头上转,城里掉了几个蛋。大官们携金带银,小官们拔锅卷席的,都跑光了。

村里人们更惊慌了。牛大水下地一回来,就到村公所探听消息。公所的大院子里,有好些老乡站着,眼巴巴地听北屋里村长申耀宗和士绅们商量大事。那些有钱人吓得文字眼儿也没有了,有的说:"跑吧!别伸着脖子等死。"有的说:"丢下家业怎么办?不如看看风势再说。"真是人心惶惶,谁心里也纠着一个疙瘩啊。

第二天,逃难的下来了,流着泪,纷纷乱乱地走过。大水爷儿三个还在种麦子呢。这麦地是租来的。他们没有牲口,只好弟兄俩在前面拉着,老爹在后面掌耧。兄弟年纪小,那么重的耧,全靠大水拉。大水这壮小伙子,可真像条牛似的,拉得怪起劲儿。逃难的人们瞧着,叹气说:"唉,这是什么时候呀,你们还种麦子!估摸能吃上啊?"大水心里也慌了。他站住脚,直起腰来,对老爹说:"真是,种也是白种。要不跑,怎么也是个死!"老爹瞪着他说:"跑哪儿去?快拉你的牲口吧!死了倒好,死不了总得过呀。"

以后逃难的越来越多,大水的表哥家里也逃来了亲戚,是表嫂的娘和妹子。她们的家在保定附近,逃到这儿已经上灯了。那老婆儿坐在炕上,拍着腿说:"可活不了啦!这日子可怎么过呀?败兵,土匪,折腾来,折腾去……咱娘儿俩可怎么躲过这个灾呀!你妹子也大了,要早早寻个主,我也少操些心。眼下孤儿寡妇的,真叫人遭难啊!"说说她就哭了。

过了几天,表嫂到大水家来,想把她妹子杨小梅说给牛大水。大水他爹一听,就笑得满脸皱纹,嘴都合不拢了,说:"这可太好啦!我们家光景不强,只看你娘愿意不愿意啦。"牛大水嘴里含含糊糊地说:"这年头,还娶媳妇!"心里可是滚上滚下的了。以前杨小梅常来她姐姐家住,大水和她短不了见面,也说过话。那杨小梅,模样儿长得俊,什么活儿都能干,心眼儿又挺好。大水有一次拿着活计去央表嫂做,表嫂忙不过来,小梅就不言不语地接过去做了。这会儿大水心里想:"小梅真不错!要是娶她做媳妇,我这一辈子可就心满意足啦。"

表嫂知道大水心里愿意,跟他爹说了几句话,就回去和娘商量。小梅正坐在炕头上做活儿。她今年十九岁了,虽然个子不大,可是长得很结实,平常挑起整桶的水来,走得个快。她娘是个老派人,还叫她留着一条粗辫子,额上梳着"刘海儿"。这当儿,她一对大眼睛抬起来,看见姐姐对她笑着,低声儿和娘说话,知道是在谈她的亲事呢,就不好意思地红了脸儿,低下头,假装做针线活,眼不看,嘴不说,耳朵可直愣愣地听着哩。她心里盘算:"大水可真不错呀!好小伙子,老实巴交的,挺和善。能找这么个知疼着热的庄稼人,我这一辈子也就称心如意啦。"谁想她娘千不嫌,万不嫌,就嫌大水家里穷,一时拿不定主意,说:"这门亲事,慢慢儿再商量吧。"

牛大水的表哥,早就不在家里了。本来他是个铁匠,暗里在了共产党,就开个饭铺儿,搞交通,还掩护革命同志来往活动。后来局子里"剿共",到处抓人,他在家里站不住脚,就出外去了。表嫂成年价织席编篓,养活着一家人。她娘看她挺困难,住了几天,就带着小梅,到姥姥家去。小梅的姥姥家,也不远,在白洋淀里大杨庄。这亲事可就不冷不热地搁下了。

二

秋后,土匪闹大了。这一带好些村子都有了土匪,各自安了番号。申家庄有个小土匪,名叫李六子。李六子有一支枪,五个人。他把村长申耀宗叫去,说:"怎么着?旁的村都安上国号啦,咱村不成立一拨人,人家来吃咱们我可不管哪!"申耀宗瞧他邪得厉害,自己手下的保卫团又都跑光了,心里有些怕,就依从了。

当天下午,他们在家庙院子里召集人们讲话。大水爷儿俩也去了。瞧见李六子提着一把"搂子",登上台阶说:"我有个事儿跟大家念叨念叨,眼下哪儿都成立'锅伙',各村保护各村。咱村也得成立一班人,就吃这个村。这年头,可不分你的我的啦,谁愿意来就来,这就叫'共点'(共产)!"说着他走下来,掏出一盒大英牌烟卷,嚷着:"咱们共了吧!"就把烟卷儿分了分。当下在家庙院子里安上一口大锅,屋子里盘上一条大炕,"申家班"就算成立了。

大水他爹看了很生气,把脖子一扭,拉着大水就走。一边走一边说:"这些人尽是瞎折腾,咱们快家去干活!"一到家,可就有个叫小小子的来找大水,商量入伙。牛大水老老实实说:"不行,咱们辈辈没出过这号人,叫人说邪气!"小小子一个人去了。

这时候,西面铁路线上,日本鬼子往南开,这儿还能透一口气。大水回家就去割苇子了。爷儿三个上了小四舱,十二岁的牛小水很灵巧地打起棹(就是桨),船儿出去半里远,来到白洋淀的苇塘里啦,两张磨亮的镰子就浸到碧清的水里割起来。也不看天上雁儿飞,也不听水鸭水鸡儿叫,大水心里结记着杨小梅,她也在淀里呀,亲事怎样了?谁知道小梅拗不过娘,娘把她许给别人了!已经定了亲。男人名叫张金龙,住在何庄,离大水家不远。大水可不知道啊!日头将没不没的时候,水面一片红光,耀眼睛。他们的船儿载着苇子,又重、又慢,弟兄俩吃力地打着棹,回到堤边来。把苇子全背上岸,天早黑了,月儿已经一树高。

就在这几天,何庄也成立了"何庄班",架势可大多啦。领头的何世雄,是个国民党员,在中央军队伍里当过参谋长,家有好地五十顷,枪多人也多。跟小梅定亲的那个张金龙,原是何世雄家"护院的",也参加了"何庄班",还当了个小头儿。另外,有些散兵,有些警察,也参加了。李六子和附近的土匪们,怕吃不住劲,都投奔过去了。"何庄班"这就更霸道,更吃开了。天天向各村要东西,要面八百斤,要肉八百斤,要油要醋……要什么都是八百斤。老百姓说:"八百斤,八百斤,剥了皮,抽了筋!"他们可还要钱,按花户,百儿八十地摊。大水家刚把苇子给申耀宗打了利,剩下的只得交款。

大水家交款的第二天,那张金龙骑着大骡子,挎着盒子枪,跑到申家庄来招人。他瞧见牛大水背个粪筐拾粪呢,就勒住了缰绳,歪着头,露出一颗金牙,笑着说:"嘻,傻小子!弄那干吗?跟我去吃白面卷子炖猪肉吧。"大水可认得他,急得光脑瓜儿直冒汗,说:"咱,咱不行,咱没那号本事!"张金龙睁大了眼:"什么?'没本事'!猪肉白面你不会吃?"大水低下头,随手铲起一块粪,扔到粪筐里,说:"邪魔歪道弄来的东西,咱不稀罕!"一面走开去。张金龙满脸的瞧不起,拿眼斜他,说:"嘿,娘老子没把你造好!你眼睛长在后脑勺上啦!"就踢踢骡子,虚打一鞭,跑了。

三

十月,吕正操将军的队伍上来了,在南边,离这儿一站路。大水家邻舍有个李二叔,赶高阳集卖布回来,说:"红军来啦!"这老头儿得意地讲:"红军"跟这些吃喝队可不一样,穿的粗布,吃的小米,打日本,爱百姓,把那一带土匪收的收,剿的剿了。他翘着大拇指,说:"这才是正式军头呢！要想打日本,参加这个去。入了吃喝队,可就成了邪派啦。"同样的消息到处传,马上有好些小伙子,奔高阳投军去了。"何庄班"怕"红军"剿他们,就摇身一变,变成自卫团。有个中央军的连长,外号郭三麻子,也是个国民党员,从铁路上逃下来,在这儿混,何世雄封了他个副团长。他两个互相利用,在这一带当起土皇上来了。

　　这时候,牛大水可还在巴巴地等着结亲呢。表嫂不好跟他们说实话,日子长了,大水也估摸着没指望了。家里又是出项多,进项少,怎么也熬不出头,日子过得紧紧巴巴的,常揭不开锅。大水觉得很不顺心,气闷闷地对爹说:"这年头真够瞧！嘴又不能挂起来,还不抵我去当兵呢！"老爹说:"你也入了邪？快安分守己,巴结着好好干,赶明儿娶了媳妇……"大水不耐烦地说:"别提了！一辈子不剃头,也不过是个连毛僧。我还不如去当兵哩！"老爹气得拿烟袋锅子敲他的脑袋说:"你这个小兔崽子！不让你当兵,你偏说,你偏说！"大水噘着嘴,闷着头儿睡觉了。

　　想不到——表哥回来了。

　　大水去看表哥,表哥可不在家。表嫂说:"他一回来,扔下铺盖卷儿就串门子去了。"大水想去找他。表嫂说:"不用找,他多半是到刘双喜那儿去了,一会儿就回家吃饭。"大水等了一阵,表哥才回来了。

　　表哥姓蔡,人都叫他蔡铁匠,也叫他黑老蔡。多时不见,大水看他还是那样粗壮,那样"棒",脸儿黑不溜、笑眯眯、连鬓胡子毛碴碴的。他衣裳很破,精神很好,亲热地和大水说话。街坊邻舍,亲戚朋友,听说他回来了,也都来看望。黑老蔡是个有名的正直人,谁都爱和他见个面,说个话儿,两间小屋里就挤得满满的啦。

　　这会儿"国共合作",世事变了,黑老蔡也不再躲躲藏藏的了。他把战争的消息报告给大家,还说了许多救国的大道理,什么"打倒日本帝国主义"啦,什么"全国人民总动员"啦,还说要"改善人民生活"……嘿!一套一套的,都是没听过的新鲜话儿呀,人们听得怪起劲儿。

后来人散了,大水还坐在那儿没走。表哥烁亮的眼睛望着他,忽然说:"大水,我问你,你愿意当亡国奴吗?"大水说:"谁愿意呀!当亡国奴不好受,你不是说了吗!"表哥走到他身边,低声说:"好,不愿意当亡国奴,就跟我干!咱们成立自卫队,日本鬼子来了,就跟他打!"大水刚才听黑老蔡说了半天,可还有些不相信,说:"咱们赤手空拳,打得过人家?"表哥笑着说:"不怕鬼子千千万,就怕百姓起来慢。只要老百姓起来了,没个打不赢!武器也不用愁,咱们有的是。你明儿就帮我去弄回来,行不行?"大水一时有些慌乱,吞吞吐吐地说:"行倒行……就是明天我地里有点活儿……"表哥笑了一笑,说:"不用怕!我跟你一块儿去。咱哥儿俩走一遭,谁也不注意,保险没事儿。"大水迟疑了一会儿,说:"要去得和我爹说说。"表哥摇摇头,拍着他的肩膀:"老弟,别跟他说!说了去不成,还怕坏了事儿。"就凑到大水耳朵边,低声教给他一个办法。大水听了,想了想,笑起来说:"这倒行喽,就这么着吧。"黑老蔡又鼓励了他几句,大水就回家了。

第二天,表兄弟俩挑着两担鱼篓子,一前一后地走。人们问:"哪儿去呀?"黑老蔡随口答:"倒个小买卖——趸点鱼去。"两个人出了村,沿堤走了一阵,表哥就领着他往西奔。傍黑,他俩过了滹河,到了河西村。走到一家人家,一个老婆婆开了门。表哥说:"我们来拿东西了。"那白头发的老婆婆掌着灯,引他们进了一间草棚子。扒开柴禾垛,露出两个麻袋,打开来,里面全是手榴弹,大大小小,足有二三百颗,装了满满四篓子,用荷叶盖严。他们喝了些水,吃了些饽饽,表哥和老婆婆低低说了一阵话,两个人就挑上担子,连夜往回赶。

路上,大水悄悄问表哥:"这么些炸弹,都是谁给的?"表哥笑着说:"谁也没给。这是手榴弹,都是我们拾来的。中央军撒丫子跑,

7

这一带丢下的武器可多呢！我们一伙人还拾了好些个大枪手枪，都交给吕司令了。咱们凭这些手榴弹，就要打江山！嗨，你瞧着吧。"

两个人回到村里，已经鸡叫三遍了。双喜正在学堂等他们。学堂在事变以后早就没人了。刘双喜是个织布工人，捎带种着"巴掌大一块地"。这人瘦瘦的，很机灵，独个儿在教室里已经挖好两个坑。三个人悄悄把手榴弹藏好，才回去睡觉。

四

只几天工夫，黑老蔡就暗里联络了十来个小伙子，天天晚上在学堂开会，把"抗日自卫队"的牌子也亮出去了。还到处吹风，说："吕司令给发了好几打'插锁盒子'（盒子枪名），谁要反对抗日，就把谁拾掇了！"

牛大水白天干活，晚上跟着表哥闹腾，觉得很"得"。他爹说他："你撒什么疯呀？"他说："闹抗日啊！"老爹说："中央军几十万还抗不住，溜得一根毛毛也没剩，你有多大能耐，就能抗啊？"大水给问住了，就硬着头皮顶他："不抗怎么着？叫我当亡国奴啊？"这下老爹又给问住了，瞪着眼儿说不出话。大水紧一步说："你不叫我干，我出外当兵去！"老爹怕他当兵，心就软了，嘴上赌气地说："看你叫人家穿着鼻子走，反正我管不了你，你爱怎么就怎么吧！"大水又兴头头地跑出去了。

申耀宗见黑老蔡回来，领着一拨人，折腾得挺欢，怕他们闹共产，心里很嘀咕。刚好他手下保卫团的团丁回来了几个，他腰杆子又硬了，就想压一压这些人。可又听说他们有枪，就派乡丁崔骨碌先去探探虚实。

晚上，崔骨碌悄悄溜到学堂偷听，给自卫队站岗的高屯儿发现了。高屯儿年纪虽轻,个子可长得很高。他藏在暗处,拉开大嗓门吼了一声:"谁?不言声可开枪啦!"崔骨碌以为他真有枪,吓得不敢说话,也不敢跑。高屯儿就把他带到屋里去见黑老蔡。崔骨碌心里害怕,一进门就垂着手儿,作出一副可怜相,说:"蔡师傅,蔡先生!你们可别打枪。我这是给人家当差啊!当差不自在,自在不当差,我……我这也是没办法呀!"黑老蔡好言好语盘问他,他不说实话。黑老蔡生气了,一吓唬他,他才骨碌着眼珠子,把申耀宗吩咐他的话,一句句照实说了。黑老蔡觉得好笑,指着那两个装手榴弹的坐柜说:"盒子枪手榴弹可有的是!你回去告诉申耀宗,叫他老老实实的。咱们欢迎他抗日,要再这么背地里鼓捣,我们就跟他干!"崔骨碌一迭连声地答应着,退出去了。

黑老蔡他们连夜商量对付的办法。第二天下午,自卫队每人腰里披满了手榴弹,有的用皮带勒着,有的用褡包缠着。各人还拿一把小笤帚,用布包好,吊在屁股上,用袄盖着,冒充盒子枪。有的把打鸟的火枪背起来。他们排了队,走在街上,唱着《大刀进行曲》:

　　大刀向鬼子们的头上砍去!
　　全国武装的弟兄们,
　　抗战的一天来到了,
　　抗战的一天来到了……

他们一路走着,还很威风地喊口号。牛大水老怕人家看出他屁股后面是假枪,一会儿用手摸摸,一会儿扭过头看看,生怕那笤帚疙瘩掉出来。这么着转悠了几条街。到了村公所,一拥进去,黑压压地挤了半屋子。

村长申耀宗穿着蓝袍黑背心,钮扣上挂个表链儿,向来是很神气的。这会儿,瞧见黑老蔡他们许多人拥进来,可把脸儿都吓黄了,忙摘下缎子小帽,点头哈腰地让座,又叫崔骨碌倒茶拿烟。

黑老蔡在太师椅上一坐,说:"不用客气。现在国共合作了,大伙儿团结抗日,你们怎么着?"申耀宗坐在一边,摸着八字胡回答:"没说的,没说的。如今——国难当头,不抗日也不行啊!兄弟向来就是主张抗日的。"黑老蔡说:"这就好。既然都是抗日的,咱们就是一家人,你们的保卫团跟我们的自卫队,可以合并在一块儿,统一起来,干什么也方便。你看怎么样?"申耀宗心里不同意,嘴上说:"这……"他不好说出口,就假装咳嗽,三咳嗽,两咳嗽,把话都咳进去了。黑老蔡问他:"这怎么样?"申耀宗为难地说:"这……好倒好,可就是……兄弟一个人也做不了主,咱们慢慢儿再商量吧。"

　　黑老蔡见他故意推托,刚想说话,有个老乡跑来报告:孙公堤那儿发现一伙劫道的,在打枪呢。申耀宗和他手下的保卫团都面面相觑,不言声儿。黑老蔡站起来说:"咱们瞧瞧去!"可是申耀宗说:"孙公堤打枪,与我们没什么关系,咱们还是少管闲事吧。"黑老蔡奇怪地说:"不管?那咱们是干什么的呀?不保护老百姓,拿着枪干吗?你们怕死,你们待在家里,我们去!"几句话说得申耀宗脸上下不来,不好意思地说:"要去咱们一块儿去。"黑老蔡就领着自卫队走在头里,村长和保卫团跟在后面,一伙人沿着淀边,直奔孙公堤。

　　这当儿,牛大水可慌了,一面摸着笤帚疙瘩,一面想:"坏了!弄这玩艺儿是做做样子,吓唬吓唬人的么,真打起来,可打个蛋呀!"他瞧着身上手榴弹倒不少,忙拉拉旁边的高屯儿,小声问:"手榴弹怎么个打法?"高屯儿说:"谁打过呀!"大水着急地想:"这可是作了瘪子啦!"西北风飕飕地刮,大水还一身一身地出汗。看表哥,表哥可满不在乎,挺着腰,跨着大步子,一股劲地往前走。

　　到了孙公堤,劫道的不见了。绕了一个圈儿,也没找着。申耀宗高高地站在"土牛"(堤上护堤用的土墩)上面,望了一会儿,消消停停地捻着胡子说:"哈!幸亏没碰上,你们的手榴弹怕不响吧?"黑老蔡眼睛对他一闪,说:"什么?不响?"就拉开线儿,一颗手榴弹飞出去,喊了一声:"瞧吧!"手榴弹轰地炸开了,土冲得很高,惊得野地里鸟儿都乱飞。申耀宗吓得滚下来,趴在"土牛"后面,也不管绸袍儿弄脏了,嘴里埋怨说:"你,你怎么闹这玩艺儿呀!"自卫队都拍手叫好。

高屯儿这愣小子,挽起袖口,说:"我也来一个!"他照着葫芦画瓢,也摔了一个,也炸响了。申耀宗刚站起来又趴下,慌忙说:"得了,得了!我知道响了就行啦,别伤着人!"刘双喜滑稽地眨了眨眼儿,故意举起手榴弹摇晃着:"不行不行,我还没扔呢。你们小心!"申耀宗刚爬起来,连忙拉着他的胳膊说:"算了算了,你这是开什么玩笑呀!"双喜做了个鬼脸儿,许多人哈哈大笑。高屯儿拍拍牛大水说:"喂,伙计,你的盒子枪可别走火啊!"大水摸着笤帚疙瘩,也忍不住笑起来。天已经黑糊糊的了,一伙人就回村了。

当天晚上,黑老蔡又派人去请申耀宗,来谈判合编的事儿。申耀宗推托着了凉,打发秘书来说,"合了也可以。"黑老蔡提出:申耀宗还当他的村长,自卫队的队长由这边派;两方面结成统一战线,成立动员会,实行有钱出钱,有力出力,有枪出枪。比如:申耀宗私人藏的枪,也应该拿出来抗日。秘书回去一说,申耀宗一夜没睡着。第二天,黑老蔡他们又去,申耀宗都应承了。合编中间,保卫团的团丁,有的留下,有的不干了,大枪都重新分配。以前班长带的一支盒子枪,就挎在黑老蔡身上了。

接着,黑老蔡他们到附近各村,把财主家的枪都动员出来,还捐款买枪。抗日自卫队扩大了,枪也更多了。

五

黑老蔡一伙人的活动,给何世雄知道了,就出了个鬼点子,叫郭三麻子和张金龙、李六子带一班人,一个个都挎着盒子枪,突然来到申家庄村公所,要八百斤槽子糕。申耀宗一听就知道是来闹事的,故意去找黑老蔡报告,说:"哪儿去弄这么些槽子糕?这事儿我办不了。蔡队长,你打发他们吧。"黑老蔡听了很生气,就带着高屯儿、牛大水,跟申耀宗到村公所。

公所里,郭三麻子大模大样地坐在椅子上,穿着国民党的军装,挎着武装带,领子上还别着过去的红领章。站在他身边的张金龙,穿着一身黑的便衣,头发往后梳得贼亮,身上挎着两支枪。旁边站着一溜人,穿什么服装的也有,都拿着枪,一个个贼眉怪眼的。郭三麻子瞧见申耀宗引着个连鬓胡子的黑大汉进来,后面跟着两个土头土脑的壮小伙子,知道那头前一个挎盒子枪的准是黑老蔡,就故意瞧不起地问:"你是蔡铁匠吗?"黑老蔡左手叉腰,右脚踏在板凳上,胳膊弯儿往膝盖上一撑,说:"我就是蔡铁匠,你怎么样?"郭三麻子说:"怎么样?叫你们村里马上准备八百斤槽子糕,送到我们团部去!"

黑老蔡嘿嘿嘿地冷笑,说:"老百姓连棒子窝窝都吃不上,你们吃槽子糕吗!"李六子得意地说:"我们都上火了,就得吃槽子糕!"高屯儿说:"哼!想得倒不错!"牛大水也壮一壮胆,冒一股子劲说:"嘿,这么个穷村,连个点心铺子也没有,哪来的槽子糕呀?"郭三麻子脸儿一沉,说:"别废话!你们到底送不送?"这时候,刘双喜叫来了自卫队和许多老百姓,都拥在院子里听呢,听到这儿,双喜这瘦个儿气得跳起来,对大伙儿嚷着:"你们说,有槽子糕没有?"大伙儿齐声喊:"没有!"

里面,郭三麻子涨得麻脸儿通红,威胁地说:"谁在闹?这是我们何团长的命令。你们要不送,跟我们走,有话跟我们团长说去!"说着回头使了个眼色,立时喀嚓嚓一阵响,十来把盒子都顶上了子儿,大小机头张着,提在手里。高屯儿急了,赶忙把手里的大枪也推上了子弹。自卫队都拥在门口,哗啦哗啦地拉着枪栓。牛大水心里扑通扑通直跳。申耀宗偷偷溜出去了。

忽然,黑老蔡直了身子,举起一只手,怪有意思地眨着眼睛,说:"好吧!要吃槽子糕的跟我走!"张金龙一条眉毛压下来,狠狠地说:"姓蔡的,你别开玩笑!"黑老蔡扬着脑袋说:"你们有上级,我们也有上级,要吃槽子糕,跟我到吕司令那儿吃去!"高屯儿说:"着!吕司令那儿槽子糕多得很!"门外也都喊起来:"到吕司令那儿去!到吕司令那儿去!"郭三麻子眼睛瞪得跟牛蛋子似的,猛地站起来,对黑老蔡拍着桌子说:"放你娘的屁!我们不认得什么驴司令牛司令!这家伙故意捣乱,把他捆起来!"几个人就冲上来抓黑老蔡。黑老蔡拿着盒子枪,走上一步,大声喝着说:"谁敢捆我!"刘双喜一伙,有的提着枪,有的拿着手榴弹,都拥进屋里来。

正在这工夫,外面一阵马蹄声,来了三个军人,都穿着灰粗布军装,跳下马,走进院子。头前一个问:"蔡队长在哪儿?"人们说:"在屋里呢。"他跑进屋里,一见黑老蔡,忙握手招呼。黑老蔡高兴地说:"教导员,你们都来啦?"那教导员说:"大队在后面,我们先来跟你接接头。"黑老蔡说:"好好好,咱们过那边谈谈。"就和自卫队招呼他们到西屋去了。这儿,郭三麻子一伙都傻了眼儿。张金龙暗里推推郭三麻子说:"咱们走吧。"郭三麻子就高声说:"今天时候不早了,明儿个再来要吧!"李六子说:"对,槽子糕明天再吃!"这一伙毛蛋蛋子,一个个都溜了。

来的是吕司令的一部分队伍,住下以后,专门剿土匪,整顿地方武装。他们派人跟何世雄交涉,要他抗日,要他接受领导,遵守纪律。如果不服从,就要缴他们的枪。何世雄没办法,全部接受了。

六

腊月初十,黑老蔡打发牛大水到何庄集上买火药。大水买了火药,正在街上走,忽然听见后面枪响,和一阵咪哩嘛啦的声音。赶集的人们纷纷往两边让开,把大水挤到台阶上了。他扭头一看,瞧见李六子端着个三眼枪,在开道冲邪呢。后面跟着六个吹鼓手,吹吹打打,引着一顶蓝轿,和一顶红缎子绣金的花轿。花轿后面跟着好些个挎盒子枪的人们,都很威武地走过去了。

大水想:"什么人这样耍威风呀?"一打听,才知道是张金龙娶媳妇呢,娶的是大杨庄的。旁边有个抱小孩的妇女说:"不是大杨庄的,大杨庄是她姥姥家。"大水听了,心里一激灵,就问:"这家姓什么呀?"那女人说:"许是姓梁吧。"大水说:"该不是姓杨?"女人笑起来说:"那谁知道!"大水迷迷惑惑地想:"不要是杨小梅吧?"他呆呆地望着,那花轿越走越远了。

这当儿,小梅正坐在花轿里淌眼泪呢。她早就听说,张金龙是个不正经过日子的嘎小子(嘎是坏的意思)。前两天,小梅就躺在炕上装病,用被子蒙着头,不住地啼哭。可是娘也说,姥姥也劝,临了花轿子抬来,也就由不得她了呀!

忽然——咚!咚!咚!三声炮响,轿子落地了。

第二回 共　产　党

星星跟月亮，
老百姓跟共产党。

　　　　　　——民谚

一

小梅过了门，当了三天新媳妇，过了三天好日子。第四天，婆婆"要活"了，照老规矩，小梅给她做一条棉裤。婆婆把棉裤翻过来，掉过去，看了又看，就挑开眼了：这儿针脚大啦，那儿絮得不匀啦，呲打了几句。一过了年，小梅走姥姥家回来，就忙活开了。婆婆家人口多，小梅一天要推两回碾子，做两顿饭，还要解苇、碾苇，织一领丈二的席，她可只长着两只手呀！

婆婆家早先原是个富户，在张金龙爷爷手里就败落了，眼下只剩一所破宅院。一家人全靠张金龙在外面讹个钱、诈个财，吃点好的，穿点好的，装装门面。他们可瞧不起"死庄稼人"，欺侮杨小梅。他们吃好的，小梅常挨饿。有一次，公公抽足了大烟，一时高兴，对小梅说："你碾苇，拿块饽饽吃吧。"小梅刚吃一口，婆婆进来了，发话说："好媳妇，你长着双管肠子呀？"公公说："你叫她吃饱了好干活啊。"婆婆撇着嘴儿，不言声。小梅也吃不下了，把饽饽放进篮里就去碾苇。这小媳妇，脑后边挽了个髻儿，穿着宽宽大大的棉袄，一边拉着大石磙,一边掉眼泪。

婆婆还像防贼似的防着小梅,米面全锁在自己的套间里,每顿做饭,都得婆婆亲手舀出来,不许小梅沾手。就连做鞋用的"夹纸"和"铺衬",也得婆婆拿钥匙开柜取给她。小梅实在受不住窝囊气,跟她男人又说不来个话。那男人脾气大多了,老是拧眉毛,瞪眼睛。小梅在他面前,什么话也不想说,连嘴都快要生锈啦。她想找娘诉诉苦,可是回娘家,路很远。小梅只好等机会,来到姐姐家哭一顿,躲一躲。大水听到小梅这样受苦,心里很难过。可是小梅已经成了人家的人,他又有什么办法呀!

二

敌人在头年腊月来进攻过一次,咱们新编的队伍开到滏河边,打了三天三夜,把敌人打退了。这年春天,敌人第二次来,兵力可大多啦,有一千多人,尽是牲口拉的大炮,还有飞机掩护。这边的队伍只有三百多人,在河边整整坚持了一天,就被敌人攻过来,占了县城。咱们的队伍就在农村,配合地方党,继续组织群众,发展武装。

县上的宣传队常到申家庄来,还有"女红军",也穿着蓝制服,打着旗子,在街上喊口号,刷标语,登台演讲。小梅有时候来姐姐家,也跟着去开会,看着那些"女红军"又会说,又会写,还不受压迫,小梅真眼热。再看牛大水,大水头上包着白手巾,身上穿着对襟的蓝褂儿,腰里缠着子弹袋,肩上背着一支大枪,也兴头头地在街上走来走去。连牛小水也参加了儿童救国会,天天上操,唱歌,很热闹。可是小梅在姐姐家住不上三天,婆婆就要打发人来找,好说歹说,怎么着也得把她叫回去。

秋天,农会成立了。黑老蔡调在工作团,管着好几个村。大水在本村农会里也当上了干部。申耀宗在背地说："嘿！这些家伙，瞎字不识，满脑袋的高粱花子，也能干出个事儿来呀？"减租减息布置到村，他更不满意，尽在暗里使绊儿。后来，农会几百人到县上去告他，他眼看顶不住，才老实了，见了牛大水，反而笑嘻嘻地点头招呼。大水可松了一口气，他爹算一算，这几年光利钱滚去了一百挂零，人家攒着文书呢，今年再还不清，地就丢了。可是减了租，减了息，地保住了，还能有碗饭吃。喜得老爹说："要不是闹农会，人家今年就要掐咱们的脖子啦。好小子，好好儿干吧。"大水工作更上劲了。

三

刘双喜看大水很积极，想吸收他加入共产党。有一天后半晌，双喜来找大水说："你有事不？咱俩去拾点柴禾吧。"大水说："行，咱们走吧。"就拿上小镰，带上绳子，两个人一块儿出村。

他俩在野地里拾了一些棒子槎、高粱秸，又到一片小苇子地。双喜看看四面没人，就一面割苇子，一面说："大水，你看咱们打日本将来能打胜不能？"大水说："能哇。"双喜问："打日本你害怕不？"大水说："怕什么！"双喜又问："大水，你说咱们打日本是什么人领导的？"大水心里想："这个人真怪！怎么老问我呀？"就冲口说："还不是黑老蔡啊！"双喜笑起来："你知道黑老蔡是什么人？"大水愣头愣脑地说："他不是我表哥吗！"双喜没奈何地想："唉，这个人，真没办法！"就又问："那，你表哥是干什么的？"大水想了一下，说："他……他是共产党吧？"双喜笑着不回答，又问："你看黑老蔡这人怎么样？"大水马上答道："那还用说！他真是个好样儿的，我最信服他啦！他怎么说，我就怎么干！"双喜点点头。他们又割了一会儿，就背上柴禾回来了。牛大水回到家里，来回寻思："双喜找我说这些是什么意思呀?"心里老是转磨不开。

　　一天晚上,轮着高屯儿站岗。高屯儿来叫牛大水:"跟我做个伴儿吧。"大水拿个土枪,跟他到了村口。两个趴在秫秸垛里,说了一阵闲话,高屯儿就说:"大水哥,你这个人挺实牢,就是太死巴……有人介绍你参加了没?"大水摸不清是什么事,说:"参加什么呀?"高屯儿着急地说:"你看你又不说!双喜不是跟你谈过了?"大水说:"他没跟我说参加什么呀!"高屯儿急坏了,心里想:"这小子,真他妈的糊涂!他是双喜的'对象',人家又不教我跟他说,这可怎么着?"大水忽然想起来,嚷着说:"哦!是不是叫我参加共产党?"高屯儿忙拉他一把,说:"小声点儿!给人听见可坏啦!"

　　大水小声问:"屯儿,在了党,我还种地不?"高屯儿说:"种哇!庄稼人不种地,吃什么呀?"大水说:"那我也参加吧。你是不是在了党啦?"高屯儿喉咙里挺痒痒,想说是又不敢说是,就含含糊糊地说:"我是……他妈的,咱们找吧!我找着告诉你,你找着告诉我。"大水说:"行,就这么吧。"半夜换岗以后,大水悄悄跟高屯儿说:"你找着门头,可别忘了我!"高屯儿笑着答应,两个人就分手了。

　　以后,大水老盼着高屯儿那边的信息,高屯儿可老不跟他提这个茬儿。大水又不好问,真把他憋坏啦。他去找双喜,发现双喜、高屯儿和另外两个农民,背地里叽咕什么,像是开会呢,见他来了,就把他支开。大水想:"怎么把我当外人看待呢?……这可是越活越不如人啦!"气得他尽想啼哭。这么着,直憋了半个多月。

　　有一天晚上,刘双喜带着自卫队到西边去破路,挖道沟。一路上大伙儿起劲地唱:

　　　　月儿弯弯挂树梢,
　　　　　　背起铁锨扛起了镐,
　　　　出得村去破坏汽车道,
　　　　　　免得那鬼子儿兵

运兵来杀烧!
　　　得儿生,得儿生,
　　　得儿生得生得生……

　　到了公路上,双喜先派出警戒哨,又给人们分了段,大伙儿散开,就挖起来。小组跟小组竞赛,个人跟个人竞赛。谁挖得多,谁就坐飞机;谁挖得少,谁就当乌龟。人们都紧张地干起来了。

　　牛大水很卖力气。天已经冷了,他干着干着就把袄儿脱下一扔,光着膀子,拿个镐,一股劲地抡,一个人挖了一丈多,把高屯儿也比下去了。回来的时候,他扛着一根电线杆,电线杆上还套着一盘铁丝。双喜走在他的旁边,也给铁镐、铁锹、铁丝压得弯了腰,两个人落在后面了。

　　半路上,他俩放下东西,在明光月亮地坐下来歇一歇。双喜擦着汗,滑稽地说:"啊呀,我的乖乖!可把我压出油来了。"大水抽着旱烟管儿,说:"哈,这下可有了柴禾啦。回去把这电线杆子劈了,咱们烧水喝!"双喜说:"大水,你干什么都上劲,你真行啊!"大水丧气地说:"咱不行! 咱比人家矬(矮)着一截呢!"双喜听他话里有话,就问他。大水说:"我要不矬一截,怎么就不能在党呢?"双喜笑着问:"你知道共产党是干什么的?"大水说:"那还不知道!共产党是抗日的么。"双喜问:"还干些什么?"大水说:"还领导咱们减租子,叫咱穷哥们也有饭吃。"双喜笑了一笑,说:"对着咧,共产党要叫人人有衣穿,有饭吃,有书念,还要有福享呢。"大水说:"我就是心眼儿里觉着共产党好!"说着把烟管儿递给双喜。双喜一面抽着烟,一面向大水讲解共产党的主张,现在怎么着,以后怎么着,将来怎么着。大水仔细地听,提了许多问题,双喜都一一解答了。大水越听越起劲儿,越听越高兴。

　　双喜把烟管儿还给大水,又问:"你看咱村谁是共产党?"大水说:"嗨,这可是亲上包亲,不用打听,我看你就是!"双喜笑着不言语。大水拉着他说:"双喜哥,你们别这么憋我啦。星星跟着月亮走,我就跟着你们学,你们怎么着,我也怎么着。反正我知道你们尽干的好事儿!"双喜就安慰他:"大水,你别着急!共产党最稀罕咱们这样的工人农民。我们已经开过会,决定让你参加了。"大水喜得跳起来:"真是让我参加啦?"双喜说:"你小声些!这事儿可得保守秘密。上不传父母,下不传妻子,谁也不能给知道。"大水连连答应。

大水回到家里,他像得了宝贝似的,尽嘻着嘴笑。他爹问他:"你乐什么呀?"大水笑着说:"不乐什么,就是……心眼儿里挺痛快!"

第二天,双喜叫大水去开小组会,高屯儿他们早等着了。高屯儿拉大水坐在炕上,拍着他说:"这你可成了共产党员啦。"大水快活地指着他说:"嘻,你还叫我给你找呢,你倒装得像呀!"双喜说:"咱们说正经的,大水,你在了党,可得遵守纪律,服从党的决议啊!"大水说:"行喽,叫我干什么我就干什么。"高屯儿说:"他参加我们这里头,准一个心。"旁人都说:"大水可错不了。"双喜说:"大水是不错,就是还有'农民意识',可得好好儿克服。"大水不懂什么叫"农民意识",他问他们,大伙儿就你一言,我一语地讨论开了。

四

散了会,大水回家,听他爹说,杨小梅挨了打,到她姐姐家来了。老爹摇着头,叹气说:"唉,这么好的闺女,落到他们手里,真是老天爷不睁眼!"大水气鼓鼓地说:"人家有钱啊!"兄弟小水说:"哥,咱们去看看她吧,人家对咱们挺好的。"大水说:"我才不去呢,爱怎么就怎么吧!"大水抽了一锅烟,可不知不觉地到他表嫂家去了。

小梅正在帮她姐姐刷锅洗碗呢。灯光里,大水看见小梅的后影儿,可不知道她给打在哪儿了。表嫂对大水说:"我娘真是瞎了眼,把小梅嫁给这么个人家,不是骂,就是打!她婆婆自个儿忘记把洋火藏在哪儿了,小梅做饭,花了几个子儿买了一盒洋火,这就犯在她手里啦,非叫她吃了洋火不行!还拿起擀面杖,兜头盖脸一顿打。你看!"她拉拉小梅,说:"给大哥瞧!"小梅摔开姐姐的手,扭过身去,低下头,抽抽噎噎地哭。表嫂说:"嗨!头上打了个窟窿,直流血,眉骨头上打了老大一个青疙瘩,差点儿把眼睛都打瞎了!"

大水听了,气得喉咙里挤了个疙瘩,愤恨地说:"他妈的,真歹毒啊!"表嫂说:"这还是娶了不到一年的新媳妇呢,往后的日子还能过啊?"小梅拧着脖子说:"反正我不回去了!"表嫂说:"唉!不回去可怎么着?"小梅说:"我当女红军去!"表嫂说:"看这傻闺女!你又不识字,人家要你啊?"大水忙说:"呃呃,不识字的也有呢!"刚说到这儿,表嫂的孩子们嚷着要睡觉,大水就回家了。

想不到第二天,张金龙带着人,把小梅生拉活扯地弄回去了。大水很不放心,不知道小梅回去以后怎样了。他想打听打听,心里又盘算:"叫人家看着,我算是她的什么人呀!"

过了几天,黑老蔡给双喜来信,要调牛大水到县上受训去。大水爹知道了,暗里拉着大水说:"啊呀,这一受训,可准得当兵啦!小子,你不能不去吗?咱们跟你表哥说说,另外派个旁人去不行啊?"大水寻思着说:"当兵倒不怕,就怕派到远处去工作。"老爹着急说:"那也就种不成个地啦!"大水瞧他爹年纪大了,兄弟还小,自己又是穷家难舍,热土难离,心眼儿里也很活动。他就去找双喜,想跟双喜说说。

双喜一见他来,就很高兴地说:"大水,这下你可'得'啦!一受训,你文化也提高了,政治也进步了,你就是个大干部啦,你回来可别瞧不起我这个老粗啊!"说得大水笑了。高屯儿在一边嘟囔说:"怎么叫他去不叫我去呀?"双喜说:"你着什么急!这回他去,下回你去,一个个地来啊。"大水一看人家抢着去,他就不提了,赶忙回家打整行李。

老爹慌了,问大水:"怎么你走啊?"大水笑着说:"不用怕,受训是好事儿,人家想去还去不成呢。我明儿一早就走!"老爹看他打定了主意,待了一阵,也没有阻挡他,倒从破箱子里搜摸了半天,摸出一张票儿来,给他做零花。早上,大水夹着一个铺盖卷儿就走了。

牛大水到了黄花村,找着黑老蔡,刚说了两句话,忽然看见一个小媳妇跑进来,花条袄上滚着土,头发披散着,一看正是杨小梅。杨小梅哭哭啼啼地对黑老蔡说:"姐夫,你救救我吧。他们不让我活啦!"黑老蔡问她是怎么回事。她坐下,一对水汪汪的大眼睛瞧见了牛大水,连忙转过脸去,对着黑老蔡,一时说不出话来。黑老蔡仔细问她,才知道那天张金龙把她弄回家里,说:"好哇,你倒腿长,动不动就找你姐夫告状!"说着扇了她一个耳刮子,倒插上房门,娘儿俩把她关在屋里,丢下一大堆活儿逼她做,一天可只给两个窝窝吃。老婆子还说:"申家庄就没个好人。你再去,打折你的腿!"小梅受不住,趁张金龙这一夜没在家睡,天还不亮,就偷偷戳开门,跳墙逃了出来。

小梅对黑老蔡说:"姐夫,那边我实在待不下去啦。你不常说:打日本不分男女老少吗?我早打定主意,要当个女红军,也去工作。咱不识字、没能耐,哪怕给人家提个水儿,跑个腿儿……干什么也行。反正不待在家里受罪啦!"黑老蔡皱着眉头,想了好一会儿,说:"那么你去受训好不好?"小梅问:"受训是个什么工作呀?"大水忙说:"呃,受训可好哪!又能提高文化,又能……提高政治,就跟进学堂一个样。"小梅说:"行喽!受训就受训吧,反正不回去了!"黑老蔡给写了介绍信,还有几个受训的,一块儿到县上去。小梅的婆婆家,一时找不着她,不知道她到哪儿去了。

五

　　县上的训练班在一所大宅院里。大水他们找到负责人,交了信。那负责人叫程平,三十多岁,穿着灰粗布军装,坐在桌子跟前,先把他们的名字登记了,就很和气地问杨小梅:"你为什么来受训啊?"小梅红着脸儿,答不上来,半天才说:"就是为了受训么!"程平给她解释以后,小梅才明白了,笑着说:"那……受训就是为了……为的是不在家待着,好出来工作!"程平笑了一笑,在纸上记了几个字。又问牛大水:"你为什么来受训呢?"牛大水恭恭敬敬地鞠了一个躬,高声地回答:"坚决打日本!"程平回了个礼,笑着问:"要是叫你带一班人,领头打,你敢不敢?"大水冲口说:"敢!"程平点了点头,又去问别人了。

　　大水隔着玻璃窗,往外一瞧,见院里男男女女好些人,心里想:"可热闹啦!"程平和他们谈完话,勉励了几句,就把他们编了班。生活上妇女单有一个女生大队,学习可是男女在一块儿的。大水和小梅刚好编在一个学习小组里。编好班,临出来的时候,大水忽然想起,从怀里掏出一封信来,转着身子,着急地说:"哎!哎!我这个关系交给谁呀?"程平忙指给他:"找陈大姐!"大水看见里边桌子旁坐着个女同志,在笑着对他招手哪。大水走过去,那陈大姐低低对他说:"你别嚷嚷!这儿还有'群众'呢。"大水交了党的关系,才放心地走出来。

　　大水和小梅乍一入了训练班,都很不习惯。白天上课,晚上开讨论会,起床,睡觉,上操,唱歌……干什么都吹哨子,觉得昏头晕脑的,紧得厉害。吃起饭来,二三百口子,分成摊儿,小米饭,萝卜汤。大家吃得挺快,小梅赶不上,把嘴唇都烫出泡来了。晚上睡觉,男同志全在屋里睡地铺,垫的草,枕的砖。女同志优待点,屋里还有炕。房子很大,炕又是凉炕,天气很冷啦,小梅没带被子,跟一个叫田英的女同志伙着盖,半夜里冻得她腿肚子转筋,尽啼哭,心里有些后悔:"还不抵不来呢!"常想回姐姐家去。

田英是个中学生,又是个党员,年纪也比她大,常半夜里起来给她转腿肚子,还劝她别回去。有时候把她当小妹妹似的哄着,买烧饼给她吃,说:"你吃一个,我吃一个,好好儿学习,别想家啦。"小梅也觉得,回婆婆家吧,受不了那个罪;住在姐姐家吧,也还是逃不出张金龙的手。既然出来了,一到训练班,把头发也剪了,当时下了那么大的决心,可总得争口气呀。咬咬牙也就过下来了。

大水夜里着了凉,也闹肚子,可是他最发愁的还是学习。这训练班,各阶层的人都有,程度不齐,服装也各色各样。大伙儿坐在院子里,一面晒着太阳,一面听课。大水包着头巾,穿着破棉袄,还束着个褡包,插着个小烟袋儿,坐在前面,抬着头,眼巴巴地听课呢。可是,什么"目前形势"呀,"统一战线"呀,"游击战术"呀……他都听不懂。有个教员是长征老干部,湖南人,还问他:"你听等听不等?"大水瞪着两个眼儿。旁人笑着说:"问你听懂听不懂?"可闹了笑话啦。大水看着有些人哗哗哗地记笔记,心里想:"多会儿熬磨到能记个录,可就好了!"

开起讨论会来,这个小组里,就是大水和小梅不言声。别人问:"你们怎么不发言呀?"大水说:"咱们一个庄稼脑袋,叫我说个庄稼话行喽,叫我发言,我知道怎么发呀?"小梅给人催急了,臊得她差点哭出来。大伙儿劝他们:"记得几句说几句,慢慢儿就学会啦!"大水好几夜翻过来,掉过去,睡不着觉,愁了个半病子。他对小梅说:"咱俩可是高粱地里耩秸子(秸子是高粱的一种),一道苗儿。两个傻蛋,往后受罢训回去,百吗也不懂,可怎么着?"小梅也愁蹙蹙地说:"谁说不是呀!咱们两个笨鸭子上不了架,受了一回子训,就装了一肚子小米饭,回去怎么见人哪?"大水说:"咱不信!人家是人,咱也是个人,咱就学不会?"

每天,在休息的时间,程平教他们识字。大水晚上躺下,还在肚皮上画字呢。上课的时候,他硬着头皮听,慢慢地也就听出个意思来了。小组会上,大水下决心发言,憋出一身汗,前言不搭后语,结结巴巴地说了一泼滩。小梅红着脸儿,也跟着学了几句。大伙儿都说:"好了好了,这两个可有了门儿啦!"

大水可比谁都勤谨。每天,他起得最早,扫了院子扫屋子,把同志们的洗脸水漱口水都打好,等大家起了床,又把一个个铺盖卷儿折叠得整整齐齐的。在生活检讨会上,他闹了个模范,许多人都夸他。大水很不好意思,说:"咱们庄稼人,没什么旁的本事,就是会卖点力气。"后来程平同志在全体大会上,还提出牛大水的名字,表扬了一下,大水心里可乐啦。

大水觉得自己有了进步,生怕小梅落了后,有一次学罢歌子,人散了,他问小梅:"你怎么着？生活过得惯?"小梅剪过的头发齐脖子,晒得黑红的脸儿,一笑就是两个酒窝儿。她可松快多了,活泼多了,两只大眼睛挺精神地瞧着大水,说:"怎么过不惯呀?"她把陈大姐跟她们说的话,照样儿搬了过来,说:"就得吃苦呢。咱们这是'锻炼'！往后打日本,什么苦都要受得了呢!"大水听了,吃惊地想:"嘿呀,小梅可进步多多啦!"小梅一跳一跳地走去,头发在风里飘,还唱《新中华进行曲》呢:

我中华英勇的青年
　快快起来,
　　起来!
　　　一齐上前线……

六

这天,正上课呢,大水烟荷包里没烟了。熬了半天,怪难受,就偷偷溜出来,在门口糖摊上,买了两根烟卷儿。训练班的纪律很严,不许买烟卷儿抽。他不敢给人知道,就躲在茅厕里,假装大便,吸着烟卷儿过瘾。刚好有个同班的来解手,大水赶忙把烟卷儿戳灭,另一支也丢在脚底下踩碎了。那同学可斜着眼睛看了个准。

晚上,开了个小组会,那位同学一提出来,大伙儿可把大水批评得真够瞧。这个说:"你为什么不好好听课?"那个说:"你还有没有个纪律呀?"说得大水成了个大红脸,结结巴巴地说:"我……我这是第一回呀!口袋里可一点儿烟也没有了。你们大家抬抬手,原个谅吧。"话还没有说完,人们就乱嚷开了。这儿也是:"报告主席,我对他有个意见!"那儿也是:"报告主席,我也有个意见……"真是按倒葫芦瓢又起来了,都说牛大水不接受批评,不诚恳。连小梅也跟着嚷嚷:"我也报告主席……"

大水恼了,心里想:"抽个烟儿,犯了什么罪呀?"一赌气,掏出他的小烟袋说:"妈的,为了这么个事,以后一辈子也不抽这个倒霉烟了!"说着,把那烟袋在膝盖儿上喀嚓一下就撅折了,嘴里还气愤不平地说:"看我改了改不了!一个中国人还没有这一点志气!"说完把两截子烟袋扔在地上就走了。

大水气得半夜没睡着,差点儿啼哭。第二天起来,他还憋着这口气,谁也不理,连小梅跟他说话,他也不答腔。下午,程平把他叫去了。程平让他先说,大水气呼呼地诉说了一顿。程平笑了笑,很耐心地教育他,说:"大伙儿批评你,说轻说重都是为了你好,不能接受批评,就不能进步。你是个共产党员,更得守纪律,起模范啊。"还说了两个守纪律的故事给他听。大水听了以后,气也平了,心也服了,说:"哈!你这是拿钥匙,把我的心开了窍儿啦。"

晚上,开了党的会,又开小组会。大水承认了不是,笑呵呵地说:"我是个实葫芦儿,这会儿才豁亮了。往后我有什么缺点儿,你们只管指出来。我牛大水可再不发我的牛脾气啦。"大伙儿都笑开了,说:"有错改错,也就没错了,你可大大地进步啦。"

大水进步,小梅也很有进步。田英想介绍小梅入党,就问她:"你看国民党好还是共产党好?"小梅说:"当然共产党好么!"田英说:"你愿意在哪个党?"小梅可说:"哪个党我也不在,我就知道抗日,反正我要当女红军!"以前小梅知道她姐夫黑老蔡是个共产党,给剿得东奔西跑,小梅很害怕。她看那些女红军,倒是很自在,所以决心要当女红军。田英拉着她说:"你真傻!没有共产党,哪里来的红军呀?现在红军的名儿也已经取消了。在了党,常开会,知道的事儿多,进步就快啦。你好好儿寻思寻思吧!"

小梅想来想去,拿不定主意,就找牛大水商量。大水着急地说:"嗨,你这个人真糊涂!这是个最秘密的事儿么,你怎么告诉我呢?"他可不知不觉地暴露自己说:"幸亏我在了党,要不,你就'暴露'给人家啦!"小梅害怕地说:"那怎么办呢?已经给你知道啦!"大水很秘密地说:"你就参加吧。在了党,可就有了主心骨啦。"

小梅见到田英,就同意参加了。陈大姐和小梅谈了三次话,让她填了表。和小梅一块儿入党的有十几个人,举行了入党仪式,大家对党旗、对毛主席的像宣了誓。以后,就常跟大水他们一块儿上党课。

七

一天下午,训练班来了一个人,中等个子,二十七八,穿了一身军装,镶着一颗金牙,夹个包袱,来找负责同志。程平接见以后,他很客气地问:"贵校学员里,有个妇女叫杨小梅的吧?"程平说有。那人介绍自己,说是在何庄抗日自卫团服务,又说:"我们这个团是吕司令领导的。杨小梅同志是我内人,她在这儿受训我是很赞成的。今天我特意来看看她,给她捎点儿东西。"程平说:"可以,你等一等。"就走出去了。

张金龙一连吸了三支烟,程平才来了,打量着他说:"杨小梅不愿意见你,她说你尽打她。"张金龙笑着说:"两口子吵嘴打架,也是常有的事。我又不是她的仇人,她能一辈子不见我吗?程主任,我也是个抗日军人,你说吧,她这样做合理不合理?"程平说:"我们是主张夫妻和睦的,你要想见她也可以,你可得保证不打她!"张金龙满口答应。程平就去说服了杨小梅,小梅来了。

张金龙一见小梅,就嘻着个嘴,问长问短,很是亲热。又打开包袱,拿出一件大袄说:"快穿上吧。天这么冷,别冻着了!"小梅从来没见他这么好过呀,心就软了。张金龙说:"缺什么你就说。穿了大袄,咱们到馆子里吃饭去。"小梅穿好大袄,和程平说了一声,就跟他去了。

天,阴沉沉的。没有风,可是很冷。他俩到了一家饭馆。李六子、小小子先占了一间暖呼呼的房,在等他们呢。张金龙叫了好酒好菜,请小梅。吃饭中间,张金龙说:"小梅,你这回出来,跟家里没有商量。你一跑,亲戚朋友,街坊邻居,谁不笑话咱!你看我这个脸往哪儿搁呀?"小梅说:"我这是正二八摆的受训,将来出去做抗日工作,有什么丢人的?"张金龙说:"嗨!女人头发长,见识短,一个妇道人家能做什么工作呀,还不是白受罪!我看你不抵跟我回去,家里有你一碗饭吃!"小梅明白了他的心意,沉下脸儿说:"我不回去!我回去挨打呀?"张金龙说:"我娘打你,我已经说过她了,就是我,也是一时脾气不好……你还能老不回去吗!"

小梅早就吃不下去了,站起身说:"要回去,也得等我受罢训!这会儿,我出来的工夫大了,我得忙回去。"张金龙一把拉她坐下说:"忙什么!"小梅着急地看他们吃完饭,李六子和小小子走出去了。张金龙付了账,对小梅说:"你今天就跟我回家!咱们走吧!"小梅急得眼泪汪汪地说:"就是走,我也得跟班上说一声啊。"张金龙说:"那边我负责,你不用管!"说着,拉住小梅的胳膊就往外走。

走到饭馆门口,小梅看见李六子、小小子早拉着一匹马,在等着了。小梅流下了眼泪,两只脚蹬着门坎儿,一只胳膊撑着门框,死赖着不走。张金龙拉着她说:"你走不走?你不走,我驮也把你驮回去,抬也把你抬回去!"饭馆的伙计和街上的闲人都来看。张金龙掏出枪来,喝着说:"你们看什么!这是我的媳妇,我接她回家去,有什么好看的?走走走!"人们一闪开,李六子和小小子把小梅架上马,拉着就走。张金龙提着枪,跟在后面。

天更阴了,絮絮地飘着雪花。小梅骑在马上,可急得没法了呀!到了村口,她一骨碌从马上滚下来,跌在地上,嚎开了。张金龙用枪头戳着她,凶狠狠地说:"你走不走?不走我打死你!"小梅嚎着说:"你打死我,我也不走了!"张金龙解下皮带,正要打她,忽然看见那边好些人呼呼呼地跑过来,头前是个牛大水,分明都是训练班的人。一看势头不对,张金龙咬着牙,指着杨小梅说:"好!你厉害!咱们以后瞧吧!"说完,跳上马,带着李六子、小小子,一溜烟跑了。

第三回 农民游击队

今天碰钉子,
明天碰钉子,
钉子碰了三百三,
脑瓜儿碰成铁蛋蛋!

————民谣

我们生长在这里,
　每一寸土地
　　都是我们自己的!
无论谁要强占去,
我们就和他拼到底!

————游击队歌

一

张金龙回到何庄,照旧在自卫团鬼混。

自卫团打着抗日的招牌,尽糟害老百姓。大小头儿们更是倚仗何世雄,大吃二喝,胡嫖乱赌。有一天,张金龙还跟郭三麻子争风吃醋,打了个瞎架。过了几天,郭三麻子摆弄枪支,假装走火,一枪打在张金龙肚子上,差点儿要了他的命。吕司令得到老百姓许多反映,知道这个自卫团实在要不得,就派队伍把它改编了。何世雄自个儿心虚,带着郭三麻子、李六子几个,偷跑到国民党反共头子张荫梧那儿去了。张金龙在家里养伤,没有去。

年跟前,县上的训练班结束了。杨小梅不愿回村,就分配在区妇救会工作。婆家几次三番想拉她回家,她坚决不回去,他们拿她也没有办法。

二

牛大水受罢训,回到申家庄,当了农会主任。村里实行合理负担,村长申耀宗瞒地,给农会查了出来,申耀宗丢了脸,就辞职不干了。村里另选牛大水当了村长。

老爹怕大水耽误生产,又怕他得罪人,心里很担忧;可又觉得儿子当了"官儿",老人面上也很光彩。邻居家李二叔来看大水,说:"好小子,真有出息!才几天不磕打谷槎子,就当了全村的大干部啦!"大水爹心里就得意起来,嘴上可说:"他知道怎么当呀,还不是瞎当!"大水笑着说:"八路军的干部跟以前的官儿不一样,只要真心给老百姓办事就行。"他爹捋着胡子说:"这小子受了一回子训,字儿倒学了一百多啦!"大水纠正他说:"二百还多呢。"李二叔说:"嘿嘿,瞧,没想到咱们庄稼主里,祖辈流传,出了这么个人。好好儿干吧!"大水把新买的铜管儿铅笔插进挂包里,挎着挂包就到公所去了。

路上,大水碰见杨小梅。小梅头上包着白手巾,胳膊弯里夹着个蓝布小包,脸儿红红的,眼睛亮亮的,瞧见了牛大水,就笑起来,说:"嘿,挂上公事包儿啦!"大水指着她的小包说:"你这还不是?"又问她:"你来干吗呀?"小梅说:"找你啊!"大水说:"找我干吗?"小梅笑着说:"我来这村组织妇女,你是村长,我不找你找谁呀?"大水也笑了。

两个人到了村公所,大水问小梅:"张金龙的伤好了没有?"小梅说:"谁知道哩,我又没回去。"大水问:"他们没有找你麻烦?"小梅说:"还短得了! 公公来了小叔来,小叔来了婆婆来,顶数老婆儿闹得邪,幸亏区上老魏吓唬她说:'死老婆子,你再闹,把你扣起来!'才把她吓跑了。"大水说:"唉! 长这么下去,可怎么个了!"小梅说:"我做抗日工作,他们能把我怎么样? 别提了,咱们说说工作吧。这村的妇女工作怎么个闹法呀?"大水想了想,说:"你姐在这村挺熟,你就找她帮助你发动群众,准没错。有什么问题,再来找我。"两个人又谈了一会儿,小梅就找她姐去了。

三

春天,鬼子占了市镇,离这儿更近了,还经常出来骚扰。这一带的抗日自卫队,大部分参了军,编进地方兵团,开到别处去了。各村又纷纷成立游击小组。刘双喜在中心村当村长,兼支部书记。上级又调牛大水到中心村当中队长,领导几个村的武装。这就脱离了生产,吃公粮,领一月两块钱的津贴,村里还给他家代耕一部分。这些方面老爹倒没有意见。他只是怕大水去打仗,实在舍不得他走。大水说:"都怕打仗,日本鬼子来了怎么着?"爷儿俩抬了一回子杠,大水坚决走了。

他一路走,一路也直发愁:"叫我干旁的工作,还能凑合凑合。叫我带兵,可怎么个带法呀?"到了中心村,找到刘双喜,大水愁眉不展地说:"双喜,你看我干得了这个?"双喜说:"慢慢地学吧。"又指着一位退伍的老军人说:"他是这村的冯国标,是以前东北军的老排长,挺有经验,往后可以给咱们帮忙。"大水很高兴,就跟老排长谈得挺热火。双喜交给大水一支盒子枪,说是区上给的。大水从枪套里抽出枪来看了看,怕它走火,又不敢动,笑着说:"嗨呀!这玩艺儿怎么个使法呀?……"老排长教了教他。大水挎上盒子枪,觉得挺美。

有一次,大水集合了各村游击小组操练,老排长给大家教。操罢,天已经傍黑了,忽然一个小伙子跑来报告:"东渔村来了几个便衣汉奸,有人看见都带着枪呢,你们快去!"

大水紧张地问大伙儿:"喂,你们学会放枪啦?"大伙儿一声叫:"学会啦!"大水说:"到时候可得打响啊!咱们走,跑快点!"他提着盒子枪领头跑,后面就呼呼呼地跟着一大群。有的拿着"独一撅",有的拿着"天门盖",有的拿着"老毛瑟"……拿什么枪的也有。

大伙儿奔到东渔村,听说汉奸们刚出村,往北走了。大水正要带着人去追,就听见老排长气喘吁吁地赶上来,一把拉住大水说:"队长,不行不行!咱们这样跑,都得给人家打死!"分队长高屯儿说:"去你的吧!他们拿着枪,咱们也拿着枪,怎么就给人家打死呀?"老排长说:"人家要是藏着呢?咱们这一大堆人,多远就给人家瞧见了,还不是挨揍啊!"大水说:"对!你说怎么着?"老排长忙说:"咱们分上三拨子人,一拨子高屯儿领着,跑步前进,抄他们后路。我带一拨子打侧面。队长领着人搜索前进。咱们三面包围,一面是水,看他们跑哪儿去!"大伙嚷着说:"着哇!咱们快走!三拨子,三拨子!"高屯儿领了一伙人,就撒开丫子跑了。老排长也集合了一伙人,都哈着腰儿,摸摸索索奔小路去了。大水带着他的队伍,照直往前进。

野地里黑糊糊的,没有月亮,只有一些星光。越往前走,大水心里越嘀咕:"这是第一次打仗啊,真招不住劲儿!怎么打呢?敌人在哪儿呢?别走着走着从脚底下打来了!"正在二心不定,队员马三小忽然低声叫起来:"坏了!那不是敌人?好些个呢。"大家都望见了,远远的果然有好些人影儿在动。大水心里也慌啦,回头一看,瞧见队员崔骨碌、马三小几个往回溜呢。大水把他们叫住了,低声喝着:"你们跑什么? 快趴下!"那马三小年纪比较大,胆子可最小,外号就叫马胆小,他两条腿儿直发抖,急巴巴地说:"这……趴在哪儿好呢?"大水挺生气:"你这个家伙! 找个地方隐住身子就得了,乱吵吵什么!"崔骨碌拉马胆小趴下,道:"快! 咱们就在这儿吧!"他两个趴在地上,把乱柴禾直往身上堆。

这边还没准备好,那边枪就响了。大水说:"快打快打!"就乒乓打开了。队员艾和尚说:"队长队长,坏了坏了!"大水给他叫得心里发毛,忙爬过去问他什么事。艾和尚说:"我的枪怎么打不响呀?"他把枪栓一上一下地拉,只听见哗啦哗啦地响,就不见子弹打出去。他要哭似的说:"你看你看,这不是坏啦!"大水气得骂他说:"他妈的! 你不搂火儿,就响呀?"大水教给他,他手指头一扣扳机,就叭地打了个响,把艾和尚吓了一大跳。

正打得热闹,忽然听见另一边有人高声喊着:"别打喽! 喂——牛大水,别打喽!"牛大水一听是老排长的声音,忙叫大家停了枪。这当儿,对面也不打了,人影儿都往这边走。大水他们惊慌不定,不知是怎么回事。只见老排长从侧面跑过来,喘着气说:"你们瞎打什么呀?"就听见对面高屯儿的声音气呼呼地说:"真见他娘的鬼! 你们怎么打起我们来了呀?"艾和尚蹦起来说:"怎么! 你们不打我们,我们就打你们啦?"牛大水丧气地说:"得了,得了,别说了! 闹了一场,敌人哪儿去了呢?"老排长说:"早跑他娘的了!"一伙人骂骂咧咧吵着架,回来了。

四

过了几天,游击队刚好又在操练,有人来报告说:"西渔村来了几个伪军,都带着枪,在村公所打人呢。你们快去吧!"大水兴奋地说:"又来了,招呼吧!"大伙儿说:"走！打他兔崽子!"大水说:"慢着慢着！这回可得先说说。"老排长就站出来说:"今儿个是白天,动作要迅速,包围得快,去了就压顶,压了顶就没有危险了。"大伙儿嚷着说:"着哇！先去压顶。"高屯儿高兴地说:"白天打仗好,打不着自己人。"大水说:"对,快走吧!"一伙人马上出发了。

他们离西渔村二里地,就跑开了。跑了一阵,都张着大嘴儿,呼呼呼地喘气呢。跑到村口,老排长落在后面,他挥着手喊:"快去几个人。村口都站上岗!"可是谁也没注意,都忙着跑去"压顶"了。

大伙儿跑到村公所,纷纷地上房。老排长也赶来了,爬上房顶。大水悄悄地问他:"怎么不见人,不是又扑空了?"老排长就下命令说:"扔砖!"三面房顶上,就拆下花墙,把砖儿噼里啪啦地扔下去,可是屋里院里还是没一点动静。

高屯儿着急地说:"这怎么回事？我下去瞧瞧。"他下了房,端着个大枪,走到北屋门口；一推门,里面叭地打了一枪,高屯儿忙一闪,钻进旁边的磨棚里去了。几个伪军一面朝房上打枪,一面往外冲。牛大水扒在花墙边,藏着脑袋瓜,大喊:"出来啦,快打,快打!"可是越着急,手里的盒子枪不知出了什么毛病,越打不响。大伙儿都低着头乱放枪,伪军可冲出去了。老排长忙喊了一声:"追!"大伙儿都下了房,乱哄哄地追去。

他们追到村外,看见伪军就在前面跑呢,心里都挺着急,忙着开枪打,谁想后面的人把前面的人打着了。有人喊:"坏了坏了,崔骨碌挂彩了!"大水忙转身回来看,原来是高屯儿把崔骨碌的胳膊打着了。大伙儿只顾照护伤号,伪军就跑掉了。

五

回到村里,老排长就找双喜,很生气地嘟囔说:"我不干了！这是闹着玩儿,还是打仗呀?简直是乱七八糟。我当了十几年的排长,没见过这样的兵!……我……唉!我干不了啦!"双喜问明了情由,就安慰他说:"你老人家别着急,咱们这些兵是什么兵呀,都是拿锄把子的手,猛不乍地拿起枪就会打仗啊?这可是'瘸子担水'——得一步步来么!赶明儿咱们开个检讨会,你老人家多点拨点拨吧!"老排长听了这最后一句话,笑开了脸儿,一连应着:"没说的,没说的。"双喜就找大水去了。

牛大水回来以后,很懊恼,独个儿趴在桌子上,呼哧呼哧生气呢。他心里来回地想:"他妈的,这个事儿不行啊!带这么些人打仗,弄不好,尽打自己人,可怎么着?"正觉得倒霉不过,外面又来了个老婆儿,是崔骨碌的娘,在院里喊叫:"牛大水在哪儿?怎么好好的把我小子打了!他这个队长是干什么的呀?"大水一听不好,连忙钻到里间屋,把门插上,不敢见她。老婆儿一面数落着,一面气冲冲地走进来。旁人说:"大水不在。"还劝她。双喜来了,老婆儿拉住他说:"村长,你说怎么着?我小子要残废了,我靠谁去?"双喜说了许多好话,老婆儿还是不依。

这时候,崔骨碌的胳膊已经包扎好了,也来找双喜,哭丧着脸儿说:"村长,你看怎么着?他妈的!我跟高屯儿无冤无仇,他凭什么打我这一枪?牛大水也不管,就这么白打了我呀?我要成了废人,谁养我这一家?不行,我得打官司!"旁边艾和尚耐不住说:"得了吧!高屯儿又不是故意打你的,刚才他还急得直哭哩。你又没伤着骨头,怎么会成废人呢!"崔骨碌翻了一下眼睛说:"嘿,没伤着骨头,你倒说得轻巧,我也打你一枪试试看!"老婆儿和艾和尚也吵起来了。

双喜忙把他们劝住,答应批一百五十斤小米,给崔骨碌养伤。崔骨碌嫌少,争来争去,最后给他批了二百五十斤,他娘儿俩才拿上米条走了。

刚走,马胆小又来交枪,他因为崔骨碌挂彩,心里害怕,又听了他媳妇的话,觉得家里有几亩地,够吃够喝,干吗还闹这送命的事儿呀?就提出来,坚决不干了。一提起打仗,他就脸色发白。双喜笑他:"你哪一辈子是吓死的呀?"马胆小说:"不……不……不胆小,可就是由不得我自己呀!"谈了一阵,双喜明白了他的想法,就跟他说,打日本就是保卫咱们的土地嘛。开导他半天,马胆小才挂耷着脑袋,提着枪去了。

这儿,双喜问:"咱们的队长呢?"旁人朝里间屋努努嘴。双喜扒着门缝儿往里瞧了一下,就用根细木棍儿把门拨开,猛地闯进去说:"好哇!你倒松心,打伤了人你不管啊!"大水坐在炕沿上,头也不抬,话也不说。双喜说:"你怎么啦?"大水气囊囊地说:"我不干了!"双喜听了,心里好笑,说:"好好好,我也不干了,咱们回家吧!"一边说,一边拉着大水就走。大水挣扎着说:"双喜,人家心里怪难受的,你还开玩笑!"双喜说:"不是开玩笑,我有话跟你说。走走走!到我那儿吃饭去。"就把大水拉走了。

两个人吃罢晚饭,就上灯了。双喜问大水:"你说你不干了,你为什么不干呢?"大水说:"我带不了兵,打不了仗,怎么干呀?"双喜笑起来说:"谁从娘肚子里生下来就是个大将军呀?谁还不是慢慢儿学的!"大水说:"我学不会,我……我反正得跳行!"双喜说:"跳行有屁用!日本鬼子终归要来的,咱们谁都得学会打仗,不学就吃不开。"

大水苦着脸说:"旁的事儿好学,这个事儿弄不好就要伤人嘛!"双喜看他太丧气,就坐在他旁边安慰他:"打仗还能不伤人?咱们明天开个会检讨检讨,看毛病出在哪儿,多琢磨琢磨就有办法啦。"又悄悄地跟他说:"黑老蔡说的,咱们共产党员得不怕碰钉子,越碰越硬邦,碰成个铁头就什么都不怕啦。"

这晚上,大水就在双喜那儿睡,他可睡不着,心里觉得怪为难,又觉得双喜的话也说得不错。

六

第二天在中队部,召集了个干部会,分队长们都到了,黑老蔡也来参加了这个会。会上,黑老蔡笑眯眯地说:"咱们这一部分游击队,打了两回小仗,虽然没什么胜利,总算把敌人吓跑啦。"大家都笑了。黑老蔡说:"正经话,都是庄稼人么,可也不容易啦!缺点是有,那不要紧,克服了缺点,就是优点。古话说得好:'人在世上炼,刀在石上磨。'你们今天就好好儿检讨检讨吧!"

老排长急着发言:"我说,咱们这队伍太乱!一打起仗来,就跟蜂子乱了营似的,这还行啊?照我们的老规矩,官长说句话,谁也得服从。叫你朝东你朝东,叫你朝西你朝西,谁也不能错一步。军令重如山啊!不听指挥,还能打仗?"

大家都检讨出许多缺点。牛大水不好意思地说:"我也有个缺点!昨天我打了一阵子仗,不知枪坏在哪儿,就是打不响。回来一瞧,大机头张着,小机头可关着呢!"大家听了,笑得肚子疼。可是谁都说:"别笑!""别笑!""别笑呀!"高屯儿说:"笑什么!就数我的本事大,尽打自己人!往后我得改一改,不瞄准不打枪,打就得打到敌人身上去!"

老排长兴奋起来了,站起说:"我说,我说!"大家说:"你说吧!"老排长说:"我说呀,再打起仗来,咱们得有计划。还得侦察好,还得联络好,还得,还得有个嘎嘣儿脆的纪律!"双喜说:"着!咱们订上几条纪律好不好?"大伙儿说:"好!"就订了好些条纪律,不准这么,不准那么,谁要犯了,就得受处罚。这下子,大水可乐了,说:"要这么着,我这队长也有个抓挠啦!这事儿太重要,咱们得跟全体队员开个会,好好儿说说,这些一条一条的都得记住了。咱们这回不行,下回瞧!"

黑老蔡瞧大家劲头儿挺足,心里很高兴,说:"这么着行喽。只要有信心,有勇气,仗打得多了,自然就有经验啦。"他眼睛里露着笑意,对大水闪了一眼,说:"以后有事儿要沉着。把舵的不慌,乘船的才能稳当。中队长掌握分队长,分队长掌握队员,一级级掌握好,就没问题啦!"

会后,大水就跟黑老蔡到区上去开中队长联席会,还想顺便去看看杨小梅。

七

大水在区上,开罢会,顺便去看杨小梅。刚走到胡同口,就瞧见西渔村的一个妇女,在跟人打听小梅住在哪儿,大水认出来是有名的"大金牙"。她头上油,脸上粉,红袄绿裤子,妖妖怪怪的。大水问她:"你找杨小梅干吗?"她怒气冲冲地说:"找她干吗?哼!我要跟她打官司!"

大水心里想:"这可怪了。她跟小梅打的什么官司呀?"就急忙进了胡同,找到小梅住的院里,叫了两声,不见有人答应。进屋一瞧,小梅独个儿坐在炕上,耷拉着脑袋发呆呢。大水跟她说话,她头也不抬,话也不说。大水忙问:"小梅,你怎么啦?"小梅气呼呼地说:"我不干了!"

大水听了很好笑,就问她是怎么回事。小梅说:"我不会做工作,受这份窝囊气,非把我气死不行……唉!谁知道呢,人家都说她好,说她误得起工,跑得了腿,就叫她当了妇女会主任,谁知道是个破鞋!呸!不要脸的娘们!她……她……她当着好些人,倒骂我是……是……破鞋!"她说着说着,眼泪就扑簌簌地掉下来,后来索性倒在炕上,拉条被子蒙着脑袋,哭开了。

大水摸不着头脑,正要细细问她,就听见大金牙嚷着进来:"杨

39

小梅在哪儿？走！咱们打官司去！"大水忙走到院里,喝问大金牙："你闹什么？"大金牙指手画脚地说："哼！她革了我这个妇会主任,这我倒不稀罕,什么好差事呀！顶不了吃,顶不了喝,当不当不吃紧。我得问问她,凭什么当着众人的面,说我养汉,说我是破鞋、浪荡娘们？我就不依！我大金牙可不是好惹的！"

大水冷笑一声说："你就为她说你养汉,要跟她打官司呀？你到底是不是养汉呢？"大金牙翻着个白眼："我跟杨小梅说话,碍不着你的事,你少管闲事！"说着就要进屋去闹。大水挡住门口,喝着说："你说说看！为什么张宝玉和大胖三在你家里,半夜三更打起架来？为什么钱老刁拿个铡刀在街上追你？你说呀！"大金牙泄气了,可是还老着脸皮说："这是我们妇会的事,你跟杨小梅沾什么亲,带什么故,要你帮她说话呀？"大水推她说："别装蒜啦,官司打不赢,快走你的吧！"

大金牙走到大门口,回头啐了一口,说："哼！三个鼻窟窿眼儿,多出你这口气！"就扭着屁股出去了。

大水回到屋里,小梅站起来迎他,眼里还带着泪花儿呢,可笑着说："大水！你把她老底子翻出来,可给我出了一口气。我叫这臭娘们真欺负苦啦！"大水笑着问："你不是不干啦？"小梅说："为什么不干？不干,出来是干吗的呀！"大水笑着说："着哇！干工作免不了碰钉子,谁还不是一样！咱们共产党员就不怕碰钉子,越碰越硬邦,碰成个铁头,就什么也不怕啦！"

小梅欢喜了,絮絮叨叨地讲起她的工作。说哪村妇女工作好,哪村不好,又说西渔村撤了大金牙的妇会主任,正经妇女都挺满意,新选的妇会主任秀女儿又能干,又积极,工作可有办法呢。大水看她又上了劲,也很高兴,说了一会儿话儿就要回去。小梅留他吃饭,他惦记着工作,就匆匆忙忙回中心村去了。

八

五月,麦梢黄了,庄稼人忙着下地收割。全区的游击队都调到边缘地带,保卫麦收。

牛大水这一伙守着堤,已经三天了,还不见河那边敌人的动静。天气挺热,"知了"在堤边的柳树上鼓死劲地叫,队员们在柳阴底下坐的坐,躺的躺,有的在地里帮老乡割麦,有的到河深的地方打扑腾去了。

忽然,侦察员从河那边飞跑过来,蹚水过河,到堤上报告,说敌人已经到了沙滩村了。沙滩村就在河对面二里地。大水望见,那边老百姓乱跑,可把大水急坏了。老排长忙说:"快吹哨子集合!"大水又吹哨子,又在堤上跑着喊叫。慌得那些打扑腾的队员们,拿着大枪和衣裳跑来了。

大水流着汗说:"鬼子已经到了沙滩村,大家赶快准备好,我不叫打,谁也别乱放枪!咱们订的那些条儿,你们都记住啦?"大家喊:"记住啦!"大水说:"好,就这么着!谁犯了也不客气!"老排长大声插嘴说:"军法不容情啊!"大水一挥手:"去吧!"人们都跑到堤坡上趴下,守住自己的岗位。

老排长叫大水马上派交通员,去报告黑老蔡,交通员飞跑去了。大水很不放心,提着盒子枪,这头跑到那头,一路叮咛大伙儿:"这回可得瞅好了,瞄得准准的。别慌!别乱!"大伙儿都一动不动地趴着,紧张地瞅住河对面的村子。

等了好一阵,不见敌人过来,大水觉得挺奇怪。老排长探出个头儿,东瞧西看,突然对大水说:"啊呀!敌人已经到跟前了!"原来大家只注意前面那个村子,没提防十来个鬼子和伪军,已经从右边树林里出来,快到河边了。大水着急说:"怎么办?"老排长说:"别慌！那儿河水深，他们怎么着也得从这儿过。马上下命令，等他们蹚水的时候一齐打！"大水就急忙把话往两头传：谁也不准乱放枪，听队长喊一二为记，喊到二字一齐打。

大伙儿露出眼睛，气也不敢透地瞧着，敌人一个个提着枪，鬼头鬼脑地往这边来，头里一个便衣的汉奸引着路，一会儿，就绕到了河对岸，开始蹚河了。大水等得着急，喊了声："一——"谁想艾和尚沉不住气，就叭的一枪放了出去，大伙儿也一齐放开了。

敌人冷不防，都吓慌了，连忙往回跑。引路的汉奸和一个鬼子打死在水里。队员们一个劲儿地放枪。老排长喊："看不见人别打啦，省几颗子弹吧！"高屯儿跳出来，喊："去水里摸枪哟！"几个人跟着跑下堤，扑通扑通地跳到水里去。牛大水喊："别都下去，防备着点儿敌人吧！"

一阵工夫，高屯儿背着一支三八大枪，别人有的戴着钢盔，有的拿着子弹，嘻嘻哈哈地上来了。马胆小还站在水里，他年纪比旁人大，动作最慢，手里拿着两只水淋淋的大皮靴，正在往外倒水呢。大水在堤上高声喝着："马胆小，你胆子大起来啦？还不上来！"马胆小一面应着，一面把两只皮靴的带儿挽住，套在脖子上，又去扒汉奸的纺绸褂儿。那汉奸的脑瓜打烂了，白花花的脑浆漂在水面上。

下午，更多的敌伪军从对面沙滩村出来了。头里打着太阳旗，看得见一个日本军官挎着东洋大刀，还有号兵拿着亮闪闪的铜号……那边，树林跟前，高高的土墩儿上旗子一摆动，铜号吹起来了，东洋大刀出了鞘，敌人全散开，往这边跑。

堤上的游击队，望着都慌了。牛大水心里也止不住扑通扑通直跳，想着："妈的！一家伙来了这么些，怎么顶得住呀！"可是，他看见黑老蔡领着县大队呼呼呼地上来了，一下都趴在堤坡上，哗啦啦地拉着枪栓。黑老蔡声音响亮地喊："准备好！听我的指挥！谁也别先开枪！"

对面,枪声响了,子弹咝咝咝地从头顶上飞过,打得队员们抬不起头来。大家急着等口令,黑老蔡可紧盯着那边不做声。敌人在机关枪的掩护下冲锋了,一个个弯着腰,端着刺刀冲过来,到了河边,就蹚水。黑老蔡突然一声喊,这边乒乒乓乓一齐打过去。头里的敌人倒下了,后面的敌人赶忙退回去,那边的机关枪步枪一股劲地打。敌人一连冲了三次,都给打了回去。

九

天黑了,敌人撤回沙滩村去了。枪声还稀稀落落地响着。望得见那边村外烧起一堆堆火。听得见鬼子的声音"呜噢"地乱叫。

这一天,正当月尽,天上只有星星稠掩掩的。枪声一落,蛤蟆的叫声就"格哇格哇"响起来。大水他们松了一口气,才觉得喉咙里像着火似的渴得难受。马胆小说:"你们瞧!谁们来了?"大家回头一望,瞧见远远地来了一大串黑影儿,隐隐糊糊,担的担,挑的挑。黑老蔡过来对大水说:"老乡来慰劳咱们啦!你们这一拨先去,吃点喝点,休息休息,让他们在这儿顶着。"

大水他们撤到几棵大树下,把送来的绿豆汤、大米稀饭喝了三大桶。双喜把老乡们慰劳的烟卷儿发给大家,一面滑稽地说:"你们一个个喝得跟叫蝈蝈似的,停会儿妇会烙出饼来,你们装到哪儿去呀?"大水笑着说:"一肚子火,还吃得下饼?"高屯儿松松裤带说:"不碍事!撒两泡尿就把火儿泄出去啦!"

儿童团长牛小水也帮着送子弹手榴弹来了,跟大水他们到堤根看看。队员刘五子问:"还有烟卷儿没有?"小水说:"有。"就爬上去递给他一支,问:"五子,你累了吧?"刘五子说:"累什么!打得可过瘾呢!"小水看五子不过比他大五六岁,心里挺羡慕,就央求说:"五子哥,让我也打一枪试试看!"刘五子帮他推上子弹,教给他说:

43

"你得把枪托子紧紧顶住肩膀儿,要不,那坐劲儿非打疼了你不行!"

小水端着枪,不知怎么的心里乱跳。他不敢抬头,也不敢看,别转脸,闭着眼儿打了一枪。刘五子笑他说:"你不行,这叫什么打枪呀?瞧我的!"他叼着烟卷,架好枪,伸出头去想找个目标,不想在村外警戒的敌人,照着烟卷火儿打了一枪,刘五子骨碌碌地滚下堤坡去了。

小水着急说:"坏了!打着刘五子了!"几个人跑下来一看,已经断了气。大水奔过来,气得把小水骂哭了。黑老蔡听说,忙带着民伕来把尸首抬走,对大伙儿说:"都是抽烟的过!谁也不准抽烟了!大家把身子隐蔽住,好好儿监视敌人!"

罗锅星转到西天了。杨小梅带着一帮子妇女,扛的扛,抬的抬,来送干粮。到了离堤一里地的村子,碰见刘双喜。双喜说:"黑老蔡叫你们就放在这儿,别往前走了。"他领她们走进一个大院子。院子里支着几口大锅,好些老头老婆在忙着烧水熬粥呢。

双喜到堤上叫人。大水这一拨顶得最久,黑老蔡叫他们先来。他们走进院里,就给妇女们围住了,这个说:"可把你们饿扁啦!"那个说:"准饿得没劲了吧?"她们一见胜利品,都争着看。一个叫秀女儿的把钢盔抢过来戴在头上,笑着说:"鬼子尽戴这个呀?这跟脑袋上扣个锅似的。"招得大家呷呷呷地乱笑。杨小梅说:"你们别闹啦,快拿东西来!"又对大水他们说:"东西不凑手,做得迟啦!可真对不住你们!"

只一会工夫,许多卷子、烙饼、煮鸡蛋、咸鸭蛋,塞满了队员们的手里。老婆儿们又把晾好的稀粥一碗碗端来了,说:"吃点干的,喝点稀的,吃饱喝足,好打鬼子!"队员们一面吃喝,一面兴高采烈地说着打退鬼子的情形。

小梅在从受训以前就有了孕,这时候身子已经很沉了,大水看她腆着个大肚子,跑来跑去地忙着招呼,就对她说:"我们自个儿来,你们忙了多半夜,又送了这么远,也该歇歇啦!"小梅笑着说:"看你说的! 你们顶着打了一天一夜还不累,我们累什么呀!"

鸡叫了,刮起一阵凉飕飕的小风。忽然听见枪声噼噼啪啪地响起来,老排长猛地站起来说:"这是敌人拂晓进攻!"大水放下碗,挥着手说:"别吃了! 咱们快走!"队员们都拿着枪,奔了出去。大水跑到门口,又转身对小梅说:"你们妇女还是走远些吧。"小梅说:"不碍事,你们别结记!"大水他们跑去了。妇女们都聚在村口,不放心地望着。

十

大水这一伙跑到堤边,天蒙蒙地发亮了。头顶上,子弹刷刷地直飞。黑老蔡紧张地指定他们地点,说敌人快要冲锋了,大家要坚决勇敢,多操点儿心。大水他们刚爬到堤上,敌人的冲锋号就响了。看得见散开来的敌人往前直窜,刺刀都闪闪发亮。尽管游击队拼命打,有些敌人倒下了,可是很多的敌人还是飞快地蹚水前进,头里的已经爬上岸来了。

游击队伤亡了几个,眼看着顶不住,好些人慌乱了。马胆小、艾和尚几个脸色死白,都抽回枪,出溜到坡底下。牛大水急得浑身是汗。只听见黑老蔡大喊:"同志们! 快摔手榴弹呀!"他一只大手,五个手指头卡着四颗手榴弹,一齐摔出去。接着许多手榴弹都飞开了,轰隆隆山响。跑到堤跟前的敌人,刚好挨上,炸得血肉都飞了起来。

可是,又有好些敌人爬上岸来了。队员们有了信心,手榴弹像下雹子似的扔过去,烟、土冲得老高。日本军官可不顾兵们的死活,照旧指挥他们往上冲。突然,敌人的后面,东边也响了枪,西边也响了枪,树林里,乱坟堆后面,那些黑老蔡派去的游击小组,都打

45

开了。吓得鬼子和伪军转身就跑,纷纷乱乱的撤退。一路上丢下了许多东西。黑老蔡光着脊梁,黑油油的,露出一身疙瘩肉,举起盒子枪,喊了声"追啊!"就跳到堤上,冲了下去。大伙儿跟着他,大声喊叫:"追啊!杀啊!"都呼呼呼地追下去了。

第四回　毒　　计

以水代兵。
　　　　——敌人的阴谋

一

　　打退鬼子的第二天,黑老蔡来找杨小梅。小梅正在接受各村送来的慰劳品。慰劳品真多啊!炕上放满了鸡蛋鸭蛋,桌上堆满了点心粽子,麻袋里装满了手巾袜子,整猪整羊一个个地抬来……小梅喜得眉开眼笑的。黑老蔡把她叫到一间没人的屋里,对她说:"你婆婆病得挺厉害,你公公来接你回去,说是去早了还能见一面,去迟了可就见不上了。"又告诉她:何庄的村长也来信,说何世雄走了以后,张金龙没个靠头,以前郭三麻子走火打了他,现在他的伤好起来,可规矩多了。眼下他娘病重,只要小梅回去走一遭,他保证不打她骂她。黑老蔡说:"上次张金龙受了伤,你也没回去。这会儿你婆婆病得要死,你公公又苦苦要求,要不回去瞧瞧,怕影响不好。再说,你的身子也重了,回家去生了孩子再出来工作,或许还方便些。"小梅淌着眼泪不愿意回去。黑老蔡劝了半天,她才答应了。
　　小梅跟公公回到家里。当天晚上,婆婆就咽了气。一家人办丧事,忙了几天。刚停当,小梅就闹肚子疼,孩子不足月就生养了。公公看孩子瘦得像小鸡儿似的,可是个男孩子,心里挺喜欢。只怕小梅再出去工作,有时候故意给小梅弄点儿好的吃,想拢住她。

恶婆婆一死,小梅就少受许多气。张金龙在新政权底下,不能胡作乱为,也收心多了。他瞧小梅是个区干部,月子里,许多老百姓、干部来看望她,妇女们有什么问题还找她讨论,也就不敢再欺侮她、虐待她了。小梅以前不满意张金龙,也想到过离婚。可是现在有了孩子,孩子是自己的肉啊,怎么也不能叫孩子受罪抱屈。她想:"为了孩子,能对付就对付吧!"

二

这时候,大秋快到了,下着连阴雨。淀里的水,河里的水,都涨了。这一年的庄稼挺好,就怕涝。黑老蔡从县上开会回来,忙召集中心村干部开会,双喜、大水都去了。会上,黑老蔡紧急布置护堤防汛,说:"这是个战斗任务,咱们要赶快打水仗!"又说:"咱们就拿这个工作鉴定干部,看谁真心保护老百姓的利益!"

双喜、大水跑回来,急忙动员老百姓连夜上堤。水离堤面只一尺了,蒙蒙的细雨还下个不停。天黑得对面不见人影儿,大家用苇皮子点起了火把,沿着堤,像一条火龙,仔细地检查堤工,堵獾洞,又把堤这边的泥土运到堤上加高,水涨土也涨,直闹了一夜。第二天,雨还是不停地下,水还是不停地涨。大家淋得水鸡儿似的,都说:"下刀子也得干,怎么也不能叫毁了!"连饭也顾不上吃,又忙活了一天一夜。

到第三天头上,雨下大了,水也涨得更快了,眼看快跟堤平,再下两三指雨可就坏了。老头儿们叹气说:"不中用了,再怎么也不顶事儿啦!"急得双喜在堤上来回跑,滑了好几跤,嘴里喊着:"乡亲们！赶快在堤上打埝子,还能有救,死活都在这上面了！快找桩,捞着什么拿什么！咱们豁着干吧！"很多人往村里奔。双喜督堤,村干部们分头跑回村去,满街筛锣,喊:"堤危险啦！眼看要塌啦！男女老少上堤啊！带着木料家具打埝子去啊！"

各村都闹腾开了。男人们抢了东西就往堤上跑。正在病着的老排长,也忙从炕上下来,拿了根木棍,急急往堤上走。连妇女孩子都抱着柴禾,提着鱼篓子,扛着椽,拖着檩,冒雨往堤上赶。大水把中队部的门窗全摘了,背起两块门板就飞似的奔。小梅在家里听到锣声,听到叫喊,心里乱腾腾的,丢下孩子,在院子里转了个圈儿,也不管公公唠叨些什么,背起一捆织席的苇子就跑。

堤上,人们乱喊着,打桩的声音咣咣响。土牛平了,窝铺拆了,搬东西的,运泥土的……人来人往,乱成一片。忽然,东边开了个水眼儿,大伙忙着堵。忽然,西边又开了个水眼儿,大伙又忙着堵。不好了！西边的水眼儿堵不住,越冲越大,决开了五尺宽一个口子,水哗哗哗地直灌。大水、高屯儿十几个小伙子,大半个身子浸在水里,抬着门窗家具,扛着装泥的鱼篓子,拼命去堵,连人带东西都给冲了下来。

坏了！口子决开一丈多宽,人们都抓了瞎,没有招儿了！正在这个节骨眼儿,水面上来了个"大槽子",是分区来买苇子的大船,老排长和双喜把它引来了。船上满满装着苇,有一丈多高。进了这决口,船头上双喜喊:"撑住！撑住！"老排长叫:"快把船底砸破！快！使劲砸！"船沉了。人们一下子拥上来,把各种家具柴禾扔在上面。大水高声喊:"快抱泥！一个个地传！"说着奔下来,抱起一大块泥疙瘩,递给旁边的人,一个传一个,很快传上去了。一时,村干部们领导着,站了几排人,纷纷地把泥疙瘩往上传。闹了好半天,才把口子堵住了。

傍黑,雨停了。水面上,地面上,雾腾腾的。护堤的人们不敢歇,天一黑,灯笼火把又活动起来了。第四天,水不再涨,人们可还不敢离开堤。后半响,水开始往下抽了。病重的老排长,才回去歇息。大家也松了一口气,从堤上望见地里的庄稼绿油油的,越发长得旺了。高粱蹿了一丈多高,棒子吐了红缨儿,棉花结了桃,稻子、谷子……顶少有八成年景。喜得老人们忍不住念一声佛,孩子们拍着巴掌笑。年轻人说:"熬了这几天总算没白费,再苦也是痛快的!"老乡们说,这回干部可卖了力气啦,都劝双喜、大水和村干部们回去歇歇。这三天三夜,真够他们受的!忙得饭也顾不上吃。赶上了,跟人家吃一口两口饽饽,赶不上,稀里糊涂地也过去了。又哪里合过眼呀!这会儿双喜大水你看着我,我看着你。大水说:"嘿!看你,跟个泥菩萨似的!"双喜说:"大哥别说二哥,两个差不多!"说着都笑了起来,嘻嘻哈哈地回村公所去了。

公所的房子都漏了,炕上地上尽是水。到队部,找了个不漏的屋子,两个人胡乱擦了擦脸。大水见双喜的脸儿更瘦更黄了,眼球上满是血丝儿。他把手巾搭在绳子上,好像站都站不稳了。大水知道,双喜以前当织布工人的时候,五天一个集,要织出十二匹花条布,尽半宿半宿地熬,常累得吐血。他是个老党员,一有什么工作,总是黑间白日地干。就说这三天三夜吧,真是硬撑着骨头架子抗呢。这会儿看他眼皮子都睁不开,可还忙着擦他的枪。大水心疼地拉着他说:"看你成了什么样儿啦。我来给你擦,你快歇歇吧。"他抢了双喜的枪,推他到炕上去睡觉。可是双喜挣扎着说:"别,你还不是一样的累啊!"两个人争来争去,结果是大水擦双喜的枪,双喜擦大水的枪,两个人面对面地擦起来。擦好枪,困劲儿都上来了,他俩饭也不吃,灯也不点,就像两条耕乏了的牛,躺下就睡着了。

这一天晚上,家家户户吃了松心饭,都早早儿歇息了。只有游击小组轮班的守着堤。高屯儿自告奋勇,在堤上来回监督着。

夜里,敌人出动了。在河的上流,他们占的一个险口那儿,集中了二三百民伕,来扒堤。民伕们不愿意动手,当场给鬼子挑了三个,丢进河里。有些民伕偷跑,给鬼子开枪打死了。民伕们被逼得没办法,只好依着干。堤很高,鬼子指挥着先挖没有水的一边,挖了十几丈长。快要挖透的时候,在中间挑了个小豁口,人急忙往两边闪开,跑得远远的。水唰地冲下来,不多时,一个口子就开了一百多丈。那水响的声音,二十里地远都听见了。

　　双喜、大水正睡得死死的,忽然高屯儿把他们推醒,着急地说:"你们还睡觉!敌人那边决了堤,水已经下来了!"他俩跳起来,就听见游击队员在街上跑着大喊:"坏啦!坏啦!水下来啦!大家快起来哟!"双喜急忙拉着大水,上房顶去望。月牙儿在天边照着,水声越来越近。望得见白花花水头一路卷过来,赶得狐狸兔子乱跑乱叫。村里人声嘈杂,很多人着急地跑到房上看。只见水来得那么猛,好庄稼——好庄稼,立时都给淹了!眼看着水就要进村,村边打埝子也来不及了啊!人们喊着叫着,慌忙把屋里的粮食往房上倒,有的抱着东西往船上跑。可是水已经进村了!村里人乱哄哄的,大哭小喊。有个老婆儿尖声地嚎叫:"哎哟!我的老天爷啊!可不得活了啦!"牛大水心里跟刀子戳了似的,忍不住呜呜呜地痛哭起来。双喜觉得眼前冒金花,心口一阵热,喉咙里很腥气,哇哇地吐了几口血。他一屁股坐下来,靠在花墙上仰着头,憋得喘不过气来。

三

　　第二天,水还往上涨,一会儿涨一尺,好些房子倒塌了。人们在高房上挤成堆,有的逃在船上,到处都是哭声。

　　这一年,敌人扒了几处口子,"以水代兵",淹了好几个县。光这一片,就淹了一千多顷!上级党和政府,急忙发动没受灾的地区的老百姓募捐救济;干部们节衣缩食,拨出大批公粮,开水赈。一船船的粮食运来了,每人一顿按六两米发,还有柴禾,还有款。水退了,政府又调剂来麦种,发动种麦子,还组织妇女织席编篓,领导男男女女搞各种副业生产,遭难的老乡亲,才度过了灾荒。

赈灾当中,双喜、大水经常到何庄帮助工作,也顺便去看看杨小梅。小梅家里没人会使船治鱼,又不会干旁的营生,生活挺困难,也得到了政府的救济和帮助。张金龙嘴里不说,心里可是很感激。黑老蔡来信催小梅去工作,小梅跟张金龙说:"我在家里待得太久了,得赶快回区上去。孩子带在我身边就行。只要你同意我工作,我有空还可以回来瞧瞧。"张金龙想了半天,说:"行!要走你就走吧。"就帮她打整铺盖。老头儿叫他出去,悄悄说:"怎么,你放她走啊?"张金龙说:"不让她走怎么着!上级依吗?"老头儿想想也没办法。张金龙就抱着孩子,送小梅到区上去了。

年跟前,公公把小梅娘儿俩接回去,一家人还算和气。张金龙两手把孩子举起来,看着说:"哈!这小子,大得多啦!"大家逗孩子玩儿,倒也有说有笑的。

第二天晚上,张金龙在街上碰见何世雄的儿子何狗皮。何狗皮一把拉住他说:"走走走,到我家喝两盅去!"这时候,何世雄已经偷偷地回来了,躲在家里。自从吕司令改编他的队伍,他自个儿心虚逃走,在国民党张荫梧那儿混了一个时期。这回张荫梧派他进城,到日本人那儿去,他秘密的路过这里,顺便回家瞧瞧。他念着张金龙的枪法好,胆子大,用处很多,特意打发儿子把张金龙叫来,想把他带走。

张金龙跟着何狗皮,来到何家大宅。穿堂过院,到第三进的北屋,走进了很精致的套间。里面灯光很亮,暖暖和和,生着洋式的煤炉子。何世雄坐在圈椅里,笑着跟他招呼。张金龙不知道他偷着回来,猛一瞧见,很是惊奇。那何世雄戴着羔皮帽,穿着狐皮袍,红光满面的,像是更胖了。他叫何狗皮给斟上酒,三个人就喝起来。

何世雄喝得高兴,摘下皮帽子,露出光溜溜的秃脑瓜,一对三棱子眼儿瞅着张金龙,挺关心地问长问短,又很热心地说:"金龙!别在家里受罪啦,跟我出去跑跑吧!你跟了我十来年,我挺凭信你。你是个有材料的人,出去好好儿干,我准提拔你!我是宁养一条龙,不养十个熊!跟你知心贴肉,才说这个话。你好好儿斟酌斟酌吧!"

张金龙问:"咱们到哪儿去?"何世雄喝了一盅酒,慢慢儿跟他说:"你先要明白现在的大势。日本人倒没有什么可怕,最可恶的是共产党,将来共产共妻,可了不得啊!现在他们的势力一天天地发展,这才是我们的心腹大患呢!咱们上面早决定了,先利用日本,'克'了共产党,再回过头来抗日。你看咱们的副总裁汪精卫先生,已经成立了南京政府。名义上虽说是随了日本,其实保存下力量,抓住大权,将来要干什么,还不方便?你别信共产党那一套,他们是兔子的尾巴——长不了!你跟我到城里去,将来剿灭了共产党,这方圆儿百里,乾坤还不掌握在咱们的手掌心!"

张金龙心里很活动,就问:"现在郭团副在哪儿?"何世雄说:"老郭和李六子这一伙,先进城了。咱上头早跟城里接洽好,就等着我去呢。"又笑着说:"还不就是咱们这一把子,大大小小都是官儿啦。"张金龙喝得筋都暴起来了,他放下酒杯,说:"何团长,我这个人你也知道,说话向来是'袖筒里入棒槌'——直出直入!要是有郭三麻子在,我反正不去!"何世雄笑着,说老郭走火绝不是故意的。旁边何狗皮也劝张金龙。最后,张金龙马马虎虎答应了。临走,何世雄给了他十两大烟土,说:"这事儿你可一个字儿别露!我走的时候再叫你。"张金龙就回去了。

四

小梅哄孩子睡了觉,在灯底下做活。很晚了,还不见张金龙回来,心里不满意地想:"这家伙不定又浪荡什么呢!"眼看两灯油耗干了,正要歇息,忽然瞧见张金龙喝得脸儿红扑扑的,回来了。

小梅问他:"你到哪儿去了?深更半夜才回来!"张金龙含糊地说:"哪儿也没去。碰见个熟人,喝了两盅酒。"小梅问:"碰见谁呀?"张金龙倒在炕上,说:"碰见谁,说了你也不认得。我渴得要命,快烧点水吧!"

小梅出去抱柴禾了。张金龙忙起来,掏出怀里的烟土,藏到墙上的照相框子后面。看了看,又不放心地拿下来,一时找不到好地方,就把它塞在立橱底下,一只破套鞋里。这才上炕,脱衣裳躺下了。

小梅可多了个心眼儿,早在窗子外面瞅见了。她不动声色地抱着柴禾进来,一面烧水,一面偷偷伸手到橱底下摸。摸出个油纸包儿,暗里打开来一看,见是烟土,就顺手揣在怀里。烧开了水,她盛了一碗放在炕沿上,推醒张金龙。

张金龙坐起来喝水,红红的眼睛看着小梅说:"时候不早啦,快睡吧!"小梅生气地说:"我不睡!你得告诉我,你今儿晚上到底干什么去了?"张金龙说:"你说我干什么去了!我又没赌钱,又没嫖娘们,喝两盅酒算什么,你多什么心呀?"小梅说:"好!你不说实话,往后咱们谁也别搭理谁!你走你的,我走我的,咱们从此就拉倒!"张金龙见小梅急了,就拉她说:"别闹了,我走哪儿?还不是守着你呀?快睡吧!"小梅摔开他说:"你真嘴硬,还不说!我问你:你那烟土是哪儿来的?"张金龙暗暗吃惊,注意地瞅着小梅说:"什么烟土?"小梅说:"你别装蒜玩儿吧!我早瞧见了。我又不要你那东

54

西,我就问问你,到底是谁给的。说了没事,不说我就闹出去!"

张金龙抵赖不过,又怕她闹,就随口应付说:"是何狗皮给的。"小梅说:"他平白无故给你这个干吗呀?"张金龙笑着说:"他看我生活太困难嘛!"小梅奇怪地说:"咦!怎么才发水的时候,你把个画眉鸟儿卖给他,他怎么不帮助你呢?"张金龙给她问得答不上来了。小梅说:"咱们两口子,好歹我都要担待着点儿!有什么事儿要瞒着我呢?你就说给我,我也害不了你,你不说给我,我可不依你!怎么来怎么去,你就一五一十地说了吧。"

张金龙给她捞着线头儿了,逼得没法,只好说:"我告诉你,你可千万别说出去!这是何狗皮他爹给的。"小梅心里明白了几分,假装没事儿似的说:"哦,他给的。那有什么要紧!他给你这个干吗呀?"张金龙说:"咳,你看你这个人!打破沙锅问到底,紧着问什么呢?"说着下炕去,想看看那烟土还在不在。小梅随手掏出那个油纸包儿,笑着说:"这不是你的烟土?你好好儿收起吧。怪值钱的东西,别放在套鞋里糟坏了!"张金龙接了烟土,也笑起来说:"赶明儿折变些钱来,也有你的一份儿。"小梅说:"两口子还分什么你我!他叫你干什么,你也说给我听听。要是有好处,我也帮你拿个主意么!"张金龙喝多了酒,没看出小梅是故意用话套他,觉得小梅对他挺亲热,就小声说:"他想叫我跟他到城里去。城里我是不去的,你放心,我要哄你,骂我八辈姥姥!"小梅笑着说:"去不去在你,干吗跟我赌这个咒呀!"就吹灭灯,脱了衣裳睡下了。

小梅可没睡着。她听张金龙呼呼地睡熟了,就轻手轻脚地穿好衣裳,蒙了一条蓝布头巾,悄悄儿开了门,跑出去了。野地里风刮得呜呜地乱叫,吹透了薄薄的棉袄棉裤,她浑身一点儿暖气也没有了。她跑一阵,走一阵,直奔到中心村村公所。敲开了门,见到双喜,把前后情形说了一遍。她怕家里人发觉,说完就连夜赶回去了。

双喜忙找着牛大水,两个人商量了一下,赶紧带领游击队,奔何庄去。把何世雄住宅的前门后门都把守了,房上也压了顶。天已经蒙蒙亮了。许多队员拿着枪下了房,进屋里去搜查。可是很奇怪,里里外外,哪儿也搜到了,就找不着何世雄,连何狗皮也不见了!

第五回　新　女　婿

红豆豆,
白心心,
　我妈给我去说亲。
　荣华富贵我不要,
　我要嫁个八路军!

一匹红马一顶轿,
娶媳妇儿的过来了……

——民歌

一

何世雄家里养着一条狼狗。这年冬天,各村都来了个打狗运动,为了游击队活动方便,把大大小小的狗都打死了。只有何家这条狗,说是多少多少银子买来的,不叫打。村干部不敢惹他们,狼狗就留下了。

大水他们包围了何家大宅,狼狗凶猛地叫起来。何世雄惊醒了,就披上衣裳,想出去看看,刚拉开房门,何狗皮悄悄跑来说:"不好!几个地方都上房了!"何世雄急忙夹了皮包,提着手枪,对小婆说:"我走了。你别怕!以后派人来接你。"何狗皮拿了手电,两个人跑到小套间里,搬开坐柜,掀起两块大方砖,下面是一层层的台阶,他们就捻亮手电,走下去。小婆忙把砖和坐柜放好,又回去睡觉。他两个走下台阶,拉开一个小小的旋门,里边是地洞。因为这一带靠水淀,挖不多深就有水,地洞里四面都用"缸砖"砌得很牢固,一直通到村外。爷儿俩挨到天黑,就从他家坟堂供桌底下钻出来,跑掉了。

大水他们直折腾到太阳出来,只搜出七支生了锈的大枪。双喜和大水商量了一下,叫游击队先带着这些枪回去,又布置这村的锄奸小组暗里监视张金龙。接着,他俩就到区上呈报黑老蔡。

这就过年了。

新年里,黑老蔡把胡子刮得光光的,穿了干干净净的制服,夫妻俩抱着孩子,到张金龙家里走亲戚。小梅的公公因为黑老蔡是区长,觉得很有面子,挺客气地招待他们。

吃过了饭,黑老蔡和张金龙两个在西屋闲谈。黑老蔡问起他的伤,张金龙说:"伤早好利落了,就是做下了病根子,什么营生也不能干,过日子可真难。"黑老蔡安慰他:"金龙,这个你不用发愁。在抗日政府底下,多会儿也不能让你家里挨饿。"张金龙笑着说:"姐夫,这就全靠着你啦。"黑老蔡说:"你可别客气,有什么困难你就说。要是你觉得待在家里腻歪,想出去干个什么,也行喂。眼下咱们的力量发展了,日本人已经不怕国民党,就怕共产党,将来打败鬼子不成问题。像你这样的人,挺有能耐,要是给国家出把力,立下些功劳,也算是咱们中国人的一点志气。"张金龙一戴上高帽子,心里怪舒服,嘴上客气地说:"咳,我有什么能耐呀?还不是瞎混!"黑老蔡笑着说:"有能耐的人很多,就看走明路还是走暗路了。有的给鬼子办事,落一个汉奸的臭名,还不得好下场。有的为咱中国人争光露脸,闹个民族英雄,走到哪儿老百姓都是欢迎的。"张金龙听了,心就跳起来。他想黑老蔡一定知道那回事,只是不说出来罢了,暗里很嘀咕。一面应着,一面偷眼看黑老蔡的面色。可是黑老蔡说说笑笑,满不在乎的,又谈起旁的来了。

下午,黑老蔡到村公所去了。张金龙躺在炕上,想着黑老蔡的话。小梅走进来,悄悄跟他说:"你那事儿快跟我姐夫说了吧,说了百不怎的,不说倒是个事儿呢。"张金龙说:"我没什么说的。"小梅说:"你当人家不知道哇?不说能过得去?"张金龙想,一定是她给黑老蔡说了。心里很起火,跳起来,拧眉毛、瞪眼睛地说:"准是你这臭嘴说出去的。他妈的,今儿非跟你算账不行!"说着抄起个扫炕笤帚就要打。小梅指着他,好笑地说:"你打,你打!往你嘴里卷蜜,你还咬指头!你这个人真糊涂!人家不知道,就去抓何世雄啦?世界上没有不透风的墙,什么都瞒不过人!就连你那烟土,刚才老蔡还跟我提起过呢。按你这样的居心行事,跟一个汉奸拉拉扯扯,不清不白的,顶少也得扣起来。是人家宽大你,还没跟你算账哩,你跟我厉害什么!"张金龙对小梅翻了个白眼儿,把笤帚往炕上一丢,说了个"他妈的!"又倒在炕上了。

小梅坐在炕沿上,对他说:"金龙,还是趁我姐夫在,把根儿蒂儿,枝儿叶儿,什么都跟他说了吧。我大小也是个干部,我保证你没事儿。"张金龙盘算来,盘算去,半晌没言语。后来他说:"说也能成,烟土我可不拿出来!"小梅说:"你瞧着办吧。要是我,穷死饿死,也不拿汉奸的东西。一个中国人,还没这点儿骨气!"说完,一扭身就出去了。

黑老蔡从村公所回来以后,张金龙在屋里悄悄地跟他说了半天话。黑老蔡很高兴,又是开导他,又是鼓励他。临了,张金龙解下扎腿带儿,从袜筒里掏出一小包烟土,交给黑老蔡说:"我早就知道这个事儿不对劲!姐夫,你早来我早交给你啦。"小梅在门外边听呢,这时候笑盈盈地走进来,故意对黑老蔡说:"金龙还算是个明白人呢,人家叫他去,他就不去。"张金龙得意地夸口:"嘿,没这点儿志气还行?叫我当汉奸,给我金子银子我也不去!谁要是跟日本人共事儿,谁是个大姑娘养的!"

三个人闲谈了一会儿。黑老蔡瞅个机会,又对小梅悄悄儿嘱咐说:"金龙正在岔道口呢,你得好好儿影响他。这人枪头子准,也有些本事,最好争取他出来工作,别叫汉奸把他拉跑了。"小梅应着。黑老蔡就带了老婆孩子,跟张金龙一家告辞,回去了。

二

小梅在家住的几天,一方面对张金龙生活上照顾得挺周到,一方面黑间白日地劝说他,争取他出来工作。

初六,小梅要走了。头天晚上,临睡,她跟金龙说:"你怎么着?要走,明儿跟我一块儿走吧。"张金龙坐在被窝里,抽着烟卷儿,不言声。小梅说:"我也工作,你也工作,咱俩一块儿进步,有多好啊!"金龙说:"你也走了,我也走了,丢下老人怎么着?"小梅笑着说:"咳,得了吧!你在家里能干个什么呀?出去了,村里倒能给些优待呢。"

张金龙扔了烟头,脱下袄儿,缩进被窝里,嬉皮笑脸地说:"半夜三更,口枯眼涩的,咱俩睡吧,别尽直跟我说这个了!出去不出去,咱们以后再说。"小梅指着他:"你这个人,真是!还这么磨磨悠悠的。老在家里浪里浪荡,都把你浪荡坏了!工农兵学商,你算哪一行?你出去抗日,我也光彩,你在家里鬼混,我都替你害臊。你要再这么没出息,咱俩就过不到一块儿!"张金龙说:"咳!你死气白赖地叫我出去,出去干什么呀?"小梅说:"你要了这么些年的枪杆儿,枪头子也挺准,打日本你比我还吃香呢,你还不去参军?"

张金龙一听参军,就和小梅谈崩了。他翻过身去,坚决地说:"我不去!八路军生活苦,谁受得了!"小梅说得口干舌焦,他却说:"反正人是个混水鱼,混到哪儿是哪儿。你不用管我!"

小梅看他实在没出息,心里也烦了,生气地站起来说:"好吧,咱们别说了！我看你还是去当你的汉奸好,闹个吃喝嫖赌,昧了良心,丢了人都不要紧！"张金龙火了,猛地坐起来:"你说什么！谁当汉奸去？你别拿狗屎往人脸上抹！"小梅不理他,把自个儿的枕头搬到另一头,吹了灯,脱下衣裳就睡。张金龙也气愤愤地躺下了。

两个人一个头朝东,一个头朝西,僵了半天。张金龙憋不住,把自己的枕头也搬过去,老着脸皮儿,笑嘻嘻地说:"你看你这个人,有话慢慢儿说嘛,着急什么！"小梅说:"我跟你说的都是好话。人要向远处看,亮处走。八路军苦是苦些,就是正正道道地叫人学好。你看我才工作了几天,懂的事儿也多了,看个信、开个条儿,也能对付。你男子汉大丈夫,连个字也不识,还不如我呢。要是你参加了,好好儿干,文能文,武能武,一年比一年进步,可有个出息,可有个干头呢。"张金龙调皮地说:"我就怕走远了,舍不得你呀！"小梅说:"别开玩笑,咱们说正经的。你要真的怕走远,咱们问问老蔡,看能不能在县大队上找个事儿。"张金龙笑着说:"这还不行？要是你早说这个,我早就愿意啦。"

第二天,张金龙也没跟老人说,就和小梅一块儿,到区上找黑老蔡去了。

三

牛大水也在区上,正和黑老蔡谈问题呢。何世雄跑的第二天,申耀宗也偷跑了。有人看见,前一天何狗皮到申耀宗家去过,鬼鬼祟祟地不知谈了些什么。大水说:"狐狸和獾通气着呢,准是何世雄把他勾走了。"黑老蔡点头说:"有可能是何世雄欺骗宣传,把他鼓动走的。你们可不要为难他的家庭,以后我们还争取他回来。"

县委书记程平来了,跟黑老蔡谈了一会儿话。黑老蔡对大水说:"最近干部里头有些调动。你回去跟双喜说,叫他马上到区上来工作,中心村的村长你给当上……"大水抢着说:"啊呀,我那个中队长怎么着?"黑老蔡笑着说:"你别忙嘛!中队长就叫高屯儿当,你捎搭兼个中队副。"程平在旁边嘱咐:"双喜走了,支部书记你们另选一个吧。"大水说:"行喽,行喽。"

谈了一会儿,大水就出来,想到南屋找助理员,领粮票菜金。在院子里劈面碰见小梅抱着孩子,后面跟着张金龙,夹着个铺盖卷儿,往北屋走。大水不好意思招呼,就跑进南屋去了。粮秣助理员谷子春正在忙着打算盘呢,大水在一边等着,听见北屋里说得怪热闹,可不知道谈些什么。心里想:"怎么张金龙这小子还不扣起来呀?"他拿了粮票菜金出来,刚好又碰见小梅他们三口子往外走。

张金龙笑着点头:"大水,你忙啊?"大水慌乱地说:"哦——呃,你往哪儿去?"张金龙兴头头地说:"已经说好了,我到县大队去工作。"说着,三口子走出大门。大水很生气地跑去问黑老蔡:"这是怎么回事?张金龙这样的汉奸嫌疑,也给他工作?"黑老蔡把张金龙转变的情形告诉他,大水才明白,也说不出是高兴,还是气闷,回中心村去了。

四

牛大水当中心村长,又当中队副,工作更忙啦。上级几次指出,还得抓紧学习,才能把工作做好。大水和高屯儿几个,抽空就跟小学校周老师学习,进步倒很快。

有一天,大水拿着一张报纸,正在用手指头点着,一个字一个字地大声念呢,他爹来看他。一见面,老头儿就喜眉笑眼的说:"小子,我可给你找下好媳妇啦。是斜柳村的,姓朱叫翠花儿,才十八岁,可是个好闺女哩!准投你的缘,对你的劲儿。"大水让老爹坐了,对他说:"这样的年头,自个儿肚子还对付不了,还娶得起媳妇?"老爹喜气洋洋地说:"你不知道,我这几年省吃俭用,一个子儿也舍不得花,给你积攒了几个钱。碰到这个年头儿,人家也困难,不图这,不图那,就图你是个八路军干部,人品好。这也花不了什么钱。反正你什么也不用操心,都有我呢。"老爹嘻着没牙的嘴,乐呵呵地笑。

大水放好报纸,问:"她识字不?"老爹愣住了,说:"啊呀,这我倒没问!大半儿不识字。嗨,庄户人家妇女,识那字儿干什么呀?"大水就不满意地说:"不识字的,我不要!"气得老爹撅起胡子,指着他说:"你才识了几个狗爪子字呀,就嫌人家!我为你黑间白日的操心,好容易找下这么个媳妇,你还挑三嫌四的!错过这门亲事,看你还哪儿找去!"大水嘟嘟囔囔地说:"又不识字,又不会工作,别别扭扭的……"老爹抢着说:"小子,你将就点吧!哪儿找那么可心可意的呀?你看我,头发胡子都白了,你也二十几了!趁我还健,给你了了这件大事。要再耽搁下去,多会儿我一口气上不来的时候……"老爹说不下去了。大水又感激,又难过,也就不做声了。

艾和尚来找大水到队部开会去,大水对老爹说:"爹,我一会儿就回来,你吃了饭再走吧!"大水回来得很迟,老爹等不及,已经回去了。

五

三月十八,牛小水拿着黑老蔡的信,来找大水。信上叫大水马上回家,有话说。大水把工作安顿了一下,一边挎个公文包,一边挎个盒子枪,和小水一块儿回去。路上,小水蹦蹦跳跳地走着,故意瞅着大水唱:

小小子儿,坐门墩儿,

哭哭啼啼,要媳妇儿,
要媳妇儿干什么?
点灯,说话儿,
吹灯,做伴儿……

大水说:"你顽皮什么?"小水对他做了个鬼脸儿。

大水一到家,就看见门上吊个红灯笼,两边贴着红对联。院里又是做菜的,又是蒸馍馍的,乱乱腾腾好些人。老爹一把拉住他,笑得没眼儿了,说:"小子,你回来啦!单等着你呢。快到新房里瞧瞧!"就把大水拉到屋里去。

三间窄巴巴的土坯房,西边的一间,原来那些杈把扫帚、犁杖杆子耙,早拿开了,屋里打扫得干干净净的。炕上铺一条借来的毯子,两条被子整整齐齐地叠在一边,被子上还放一对新枕头。墙上贴着红"囍"字,挂着人家送的美人儿画。炕对面是借来的一张桌子和两把椅子。桌上放着纸马香稞和一对红蜡。老爹夸着说:"你看!我张罗了这宗,又打点那项,什么都齐备啦。"

大水着急地问:"表哥在哪儿?要结婚,也得和上级说说,办个手续呀!"老爹听了,哈哈哈地大笑,说:"还用你操心!你表哥早给你办妥啦。"正说着,忽然那些叔叔大伯、婶子大娘,都拥进来了。喊着:"新女婿相房啦!新女婿相房啦!"老爹急忙把大水推到炕上站着。两个来帮忙的吹鼓手,就咪哩嘛啦地吹打着进来,在新房里绕了一个圈儿,又吹打着出去了。

一会儿,老爹捧着一叠"好衣裳",小水拿着新帽和新鞋,笑嘻嘻地过来了。老爹说:"大水,快穿上!轿子来了,这就迎亲去呀!"大水一瞧,是黑市布长袍,蓝市布棉裤,扎腿带儿。大水说:"嘿,穿上这些像个什么呀?我不穿!"老爹哄着他:"好孩子,快穿上试试!"旁人七手八脚地帮忙,硬给大水换上了。大水看着,棉裤子太长,棉袍儿又太短,露出一截节棉裤腿儿。小水又把红顶子瓜壳小帽往他头上一扣,顶在他大脑瓜儿上,戴不下去。老爹快活地说:

"好好好！像个新姑爷啦。"大水噘着嘴,把小帽儿一丢,说:"这是耍猴儿呢,我不穿!"说着就解扣子,脱衣裳。老爹急了,抓住他的手说:"你脱,你脱！我好容易东家借,西家凑,弄来这一套。你不穿,你穿什么呀?"大水哭丧着脸说:"我是八路军的干部,穿这个!"旁人都笑着劝他。小水又把那顶小帽壳儿给他扣上了。大水看老爹头上冒着汗,喘着气,累得坐在一边了,也就依顺着把衣服扣上了。可是那把盒子枪,仍旧掖在腰里。旁人笑他:"娶媳妇儿还带个枪?"大水说:"上级说的,枪不离人,人不离枪嘛!"

正热闹呢,黑老蔡来了。一见大水爹,就连说:"恭喜,恭喜!"又看见牛大水,大水伸出两只胳膊说:"表哥你看,他们把我打扮成这个样儿!"可把黑老蔡笑坏了,说:"这还不好? 新女婿嘛!"老爹拉着黑老蔡,笑嘻嘻地说:"什么都妥了,就等你这个伴郎呢。"黑老蔡把老头儿拉在一边,小声说:"舅！我本来准备陪着走一趟的,刚才有个信儿,说西边有可能敌人要出动,我得调些游击队,到西边去警戒,你们办你们的事儿吧。我以后再来看你们。"大水听见了,忙说:"表哥,我去不去?"黑老蔡笑着说:"你就不用去啦,那边有高屯儿呢。你好好儿当你的新姑爷吧!"

高屯儿老娘,白丝丝的小髻儿上插了一朵红花,是请来压轿的,拉着大水说:"咱们快上轿吧,时候不早啦!"大水说:"怎么我还坐轿啊?"老娘好笑说:"你不坐轿,还两条腿跑呀?"黑老蔡还没走,忙说:"我借来了一匹马。你不坐轿,你就骑这匹马吧！完了事儿再捎来。我另外借一辆自行车就行。"街坊李二叔说:"对啦！八路军骑马才好呢!"大家都说:"行喽!"黑老蔡留下马走了。老婆儿扭扭摆摆进了彩轿,大水上了马,老爹嘱咐他几句,两个吹鼓手吹打起来,几个人就往斜柳村去了。

六

　　大水骑在马上,一路寻思:"真好笑!昨天还蒙在鼓里呢,今儿就娶媳妇啦!翠花儿,她是怎么个人呢?有小梅那么好吗?唉!已然这么啦,就待着吧!反正我得叫她识字,还得拉她出来工作!"

　　吹鼓手引着,一顶彩轿,一匹红马,几个迎亲的人儿,沿水淀往北,走大堤。堤边都是柳树,鲜绿的柳条儿轻轻拂着水面。水面上有一条小船儿轻轻荡过去,划船的小伙子在唱《打秋千》:

三月里,
　是清明。
桃杏花开罢,
　柳条儿又发青。
小蜜蜂儿采花心,
　花心儿乱动,
　　嗯哎哟……

　　歌声随着小船儿,越去越远……

　　已经望得见斜柳村了,大水又想:"哈!结婚!结婚是个什么滋味儿呢?"想着想着,不知不觉地笑起来啦。

　　进了斜柳村,快到十字街口了,忽然听见枪响,迎亲的人都惊慌地站住,就看见老百姓纷纷乱跑。大水在马上,正想问什么事,一眼看见街那头来了许多穿黄军装的鬼子兵。人们大乱,大水拨转马头就跑。

　　跑到村口,谁知道左边也来了敌人,对他不知叫唤些什么。大水紧踢着马,一面掏枪,一面直往前蹿,顶在光脑瓜上的帽壳儿都飞掉了。后面兜屁股枪打来,大水在马上着急得回头打了几枪,敌人爬了一下，就往前追。大水跑上堤，敌人追到堤上，大水早跑远了，一路卷起灰尘，人影儿没在灰尘里了。

这一天，敌人是假装进攻西边，把游击队吸引过去了，市镇上一股敌人，突然插到这边来。在斜柳村烧杀抢掠。看见老百姓办喜事，就找新娘子。有个鬼子小队长，叫饭野的，把翠花儿糟蹋了。接着又是许多鬼子……

半夜，一个披头散发的女孩儿，爬到井跟前，抽抽噎噎地哭了一阵，就一头栽下井去。翠花儿……牺牲了！

第六回　水　上　英　雄

敌人的小汽船，
　　上下跑了个欢，
他把那游击队，
　　忘在了一边。
　　　哎咳哟，
　　　德冷登生，
　　忘在了一边。

汽船儿来到了，
　　弟兄们心喜欢，
队长的盒子往上翻，
　　猴儿打落水里边。
　　　哎咳哟，
　　　德冷登生，
　　猴儿打落水里边。

　　　　　　　　——民歌

一

　　大水爹遭了那一场横祸，差点儿疯了，躺了好几个月，下不来炕。高屯儿老娘,那天坐在彩轿里,日本兵以为是新娘子,拉出来一看,是个满脸皱纹的老太婆,鬼子怪声怪气地笑起来,拿起枪托子,狠狠蹾了她几下,把她的腰都打坏啦。

那次,敌人占了斜柳村,就修岗楼。楼修起了,饭野小队长和郭三麻子,带着鬼子和伪军,驻在那儿,经常到这边来骚扰。大水、高屯儿带着游击队,跟他们打了好几回仗,后来又叫他们结结实实吃了一次亏。鬼子退回市镇去,留下郭三麻子一伙人,更不敢轻易过来了。可是,大水他们拿这岗楼也没办法。

天冷了,小梅抱着孩子小瘦,回家去拿棉衣。小瘦刚断了奶,小梅准备送他回家,顺便来看看大水,还给他带了一样东西。可是大水到申耀宗家去了。

申耀宗自从到城里以后,花销很大,又常结记他的家庭。这边双十施政纲领颁布以后,黑老蔡给他寄了一份,捎信叫他回来。申耀宗把这一份施政纲领看了一遍又一遍,心里琢磨了好几天。觉得共产党真是讲团结,实行统一战线,专门对付鬼子汉奸。自己丢下家业,飘流在外面,未免有点儿傻。又看见旁的地主回家,都平安无事,也就下了决心,悄悄地回来了。大水学习了党的政策,听说他回来,就去看望他,跟他宣传毛主席的指示。

小梅在公所等着。公所里静悄悄的,只听见隔墙院子里,孩子们在唱:

  大家都来听,
   嘿,大家都来瞧:
  你看那共产党提出的
   双十纲领二十条!
  为了咱们边区老百姓,
   要自由,要幸福,
  保家乡,杀敌人,
   大家团结牢!

……………

小梅听着,脸上微微地笑。

忽然大水愁蹙蹙地回来了。

二

小梅笑着问大水:"你怎么啦?工作上碰钉子啦?"大水叹了一口气,把挎包往墙上一挂,坐下来,话也不说。小梅问:"听说你到申耀宗那儿去了,是不是他给你气受啦?"大水说:"申耀宗回来,看见家里什么也没有动,他倒是挺高兴,没有什么。"小梅说:"那你有什么不痛快呢?"大水低着头,不言声。

小梅猜不透是怎么回事儿,又笑着说:"咱俩一块儿工作了几年,我又不是外人,跟我说说也不碍啊!"大水对她看了一眼,说:"就为我那媳妇的事儿。"小梅就劝他:"大水,你年纪轻轻的,还怕找不下个对象?这有个什么愁的!"大水着急说:"你看你扯到哪儿去了!我倒不发愁,一辈子打光棍儿也不要紧,就是我爹……为了我的亲事,老放不下。这回他急了个半疯子,一病就不好,我回去看他,他老啼哭,拉着我说,说……"大水说不下去了。小梅问:"说什么呀?怎么你说半句咽半句的!"大水说:"唉!他说命太苦,头一回说亲说了个你,闹了一回子,谁知道柳树上开花:没结果。这一回说了个翠花儿,眼看要过门了,又飞来个横祸……他老念叨着,成了心里一块病,有时候就发迷糊……我看他活不长了!"

小梅听了,呆呆地望着大水,怀里的孩子闹着,揪她的头发,她都不觉着。大水问她:"你什么时候来的?"小梅一时答不上,脸儿飞红了,不好意思地问:"你说什么?……最近县上就要布置选举了,我来告诉你……"

两个人说了一阵闲话。小梅就从包袱里抽出一对新鞋来,说:

"大水,你们东跑西颠的,看你的鞋,张着个大老虎嘴儿,太不像样啦!我也没个鞋样子,你穿穿看合适不合适。"大水穿上新鞋,咧开个大嘴笑着说:"咦,挺美!刚刚一脚。这就太叫你……"小梅眼睛水汪汪地瞧着他,心疼地笑着说:"大水,别说这个话。这算得了什么!往后你有什么粗细活儿,只管拿给我,我怎么着也偷个空儿,帮你做起来。"

天黑了。小梅抱着孩子走了。

三

这一年的五级大选举,搞得挺热闹。各阶层的男女都参加了,连申耀宗这些人也投了票,大家爱选谁就选谁。老百姓都挑选好样儿的,来给他们办事。从村到区到县,一直选到边区最高行政机关,可选了个齐整。政权实行了三三制,共产党员只占三分之一。咱们的黑老蔡也给选到县上去了。大水、小梅也都是选出来的区代表。小梅在区上当妇会主任,大水在区上当了队长。这时候,区上的游击队,已经改名为区小队了。

大水在区上当队长,活动范围更大了。这个区,一部分是在白洋淀里。淀的那边,有个镇子叫大淀口。春天,大淀口被敌人占领了。那儿的鬼子经常和这边市镇上的鬼子取得联系,汽船来来往往的。老百姓打的鱼,养的鸭子,常被他们抢去,商船也不敢行走了。

一天,大水集合队员们研究,想治治那汽船。他的兄弟小水,十六岁了,新近也参加了区小队。一听说要打汽船,心里乐得怪痒痒的,猛然间想起了一个办法,急忙喊:"哥!我可有个好主意!"大水一脸正经地说:"这是开会,什么哥不哥的!"众人都笑了。

小水吐了吐舌头,说:"不准叫哥,我就报告主席,我有个意见。"大水说："好,你说吧。这是工作,你可别闹着玩儿!"小水说:"当然不是闹着玩儿么。我这么寻思,大枪一枪一个子儿,打不准就完蛋啦。我出个主意,就使咱们的火枪打他兔崽子。只要离得近,一打就是一大片,准叫他喂王八!我的意见完啦!"

有些队员笑着说："嘿,这个主意倒使得!"打过十年水围的赵五更说:"我看咱们要使火枪,干脆弄上他妈的几十支,说打一齐打,他没个跑!"马胆小说:"这怕不行!土枪还能顶事儿?"大水想了一下,说:"我看这个办法倒不错,咱们就这么试试看,再用手枪大枪配合着。"又商量了一阵,就决定了。

这一天,汽船又过去了,估摸它下午回大淀口,大水他们划着二十只小船——都是打水鸭水鸡儿的"枪排子",出发了。船很轻,在白洋淀里,一个跟着一个,飞快地划去。船两边的棹儿一上一下地划着,就像天上雁儿打翅膀。不多一会儿,就蹿到一片大苇塘跟前啦。

五月,水面上苇芽子一人多高了。这苇塘方圆好几里,里面横一条,竖一条,都是沟壕,一长串小船儿钻进去,一个也不见了。敌人的汽船要回去,准得从苇塘前面过。他们在苇塘边儿上布置开,船都隐在苇丛里。每一个船上两支火枪,枪头子高低都垫好,装上闷药,点上火香,悄悄儿等着。

日头歪了。听得见西边汽船呜儿呜儿地叫。大水说："来了!快准备好!"大伙儿手里都拿着火香,从苇丛里向外张望。一只绿色的小汽船刚一到,大水喊声打,火捻子都点着了,几十支土枪一齐轰隆隆地打出去,跟地雷一样,直黑了天的降烟,也看不清打得怎样了,光听见汽船突突突地响。牛小水低声说:"真邪门!怎么回事儿?人死了没有呀?又不还枪,又不开船走!"大水说:"别做声!瞧!"

烟散了,看得见汽船上一个人也没有了,那汽船在水面上打转儿呢。赵五更忙说:"我去探探!"他拿了小水的一把攮子,跳下水,一个猛子扎过去。汽船忽然又开走了。苇丛里的小船都钻出来,大家着急地要开枪。可是赵五更从汽船旁边露出头来了,五更那精瘦的身上流着水,悄悄地扒着船帮,往里瞧,见一个日本鬼子趴在船尾巴上瞄着枪呢。他连忙翻进船里,鬼子一回头,尖刀已经插进了这鬼子的后心窝,再一刀,就死了。

汽船里面,歪三倒四地好几个死尸。船可还是突突突地往前开,越走越是个快。急得赵五更东摸摸,西揣揣,拿那个机器没办法,慌忙站起来,朝后面招手喊:"快来哟!这玩艺儿弄不住,别给跑喽!"立时二十只小船像赛跑似的,哗哗哗划着,都来捉汽船。汽船可跑得更快了,追也追不上。急得赵五更慌手慌脚地又去扒机器,弄不成,又站起来,挥着双手大喊:"快啊!快啊!他妈的!这玩艺儿……跑得快!你们快使劲儿呀!"汽船直冲直撞,一下子闯到一片苇子地,嘟嘟嘟地还想往里钻,大伙儿追上来,才把它捉住了。

那小汽船,前头尖,后边齐,看起来是帆布做的。里面可有木板,用铁棍支的架子,还有牛皮底儿。船底里流了好些血,死人身上叫铁沙子打得一片一片的,全是窟窿眼儿。大家快活地敛了枪和子弹,把死尸都咕咚咕咚地扔到河里。小水看着汽船说:"哈!这玩艺儿可怎么弄回去呀?"大水听说过,这号小汽船可以卸开来,就叫大家拧螺丝钉。赵五更找到一把钳子,一下子把汽船都拆开了。机器搬到小船上。船壳儿不知怎么一来,合起了,大伙儿七手八脚地把它抬上小船。弄停当,才欢天喜地地划回来。

大水喊道:"咱们走齐喽,叫老百姓瞧着好看!"他船上载着绿茵茵的船壳儿,走在当间,两边一字儿摆开十九条小船,每个小船的两旁,一上一下地打着棹,飞快地划回来。一时,中间的小船走得特别快,二十条小船走成个人字形了。水村里的老百姓,听说打了汽船,都聚在岸上看。有个开明士绅梁广庭老先生(他是新选上的县参议员),捋着长长的白胡子,笑呵呵地指着说:"哈,你们瞧!

真好看!"旁边一个老渔民拍着手儿大喊:"瞧瞧瞧,这是个雁翎队啊!"老百姓都拍手叫好,喊着:"雁翎队!雁翎队!"从此,雁翎队的名儿就传开了。

四

　　杨小梅在区上当妇会主任,妇会的干事就是以前西渔村妇会的秀女儿。雁翎队第二次准备打汽船,秀女儿拉着小梅说:"咱们也跟着去瞧瞧!"两个去找牛大水。大水笑着说:"这是打仗,又不是赶庙会,你们去干吗呀?"就不让她们去。她俩碰了个钉子回来,秀女儿跟小梅商量:"咱们偷偷儿瞄着他们,看他们上哪儿,咱俩划个小船去摘菱角,暗暗地瞧个稀罕!"就忙着准备起来。

　　晌午,雁翎队出发了。这一次,侦察来的消息,说敌人有二十几个,坐的两只大汽船,过去了。大水他们找了个更好的地点,两边都是苇塘。队伍分成两拨子:牛大水一拨在南边准备打第一只汽船,赵五更一拨在北边,准备打第二只汽船,两拨子错开。这回添了十几支"大抬杆儿"——都是打野鸭用的好枪,装了闷药,一齐布置好。

　　苇叶子刷刷刷地响,风吹过来一阵阵清香味儿。原来是苇塘东边,南北两大片荷花都开了。望过去,千朵万朵,在风里摇摆。大水他们忽然瞧见有两个妇女,一前一后地划着个小船儿过来,钻到北边的荷花丛里去了。看着就像是秀女儿和杨小梅。大水说:"准是她两个傻东西,叫她们别来,她们偏来了!"连忙划着个小船去赶她们。

　　她们藏在里面不做声。大水急了,吓唬她们说:"哪儿的娘们,来这儿捣乱!不走咱开枪啦!"秀女儿钻出头来说:"我们摘菱角,碍你什么事儿?"大水指着她说:"你这个调皮鬼!这是闹着玩儿的啊？再不走,回去非斗你们不行!"秀女儿忙说:"行行行,我们走呀!"就不见了。

队员们划着小船过来看。大水生气地说:"你们来干吗?快回去隐蔽起来!"牛小水嬉皮笑脸地说:"报告队长:日头老高的,还早呢,让我洗个澡吧!"大水绷着脸儿说:"你是来打仗,还是来玩儿呀?"赵五更笑着说:"队长,汽船刚过去不多会儿,且不来呢!天这么热,就让我们洗个澡吧!"小水看大水不再反对,就扑通跳下水去了。大家光着脊梁,穿个裤衩儿,都跳了下去。剩下大水一个,也想洗澡,又觉得不好,摘个荷叶扇着凉儿,向远远的西边瞭望着。

小水打了几个扑腾,从水里钻出头来,用手在脸上抹了一把,喊:"咱们比赛!看谁游得快!"他仰八脚儿打水,哗哗哗地游去。好些个人追他,有的平凫,有的歪着脑袋侧棱子凫。瘦骨嶙峋的赵五更在顶后面,像个蛤蟆似的,两腿一曲一伸,直蹿到顶前面去了。剩下的那些人,看他们比赛,都拍着手儿,又笑又叫。大水一扭头,瞧见荷花丛里伸出两个头儿,正是秀女儿和杨小梅,在偷偷地瞧呢。大水喊小梅:"你们怎么还没走呀?老待在这儿,回头敌人来了,可危险啊。快走吧!"小梅笑着答应,和秀女儿划船走了。

大水怕误了事儿,忙把人都叫回来。几十只小船又钻进苇塘里。一会儿,水面上静悄悄的,两只"绿头公"从水里钻出来,直起身子拍着灰翅膀,快活地叫了两声,头上一撮毛儿,绿得冒金星。

五

大家等了很久,汽船还不来。天变了,黑云远远地拥过来,遮满了半个天空。风呼呼呼地刮着,苇子都往一边弯。大家着急地说:"糟了!一下雨,火药淋湿了,就打不成啦!"有的说:"汽船怕不回去了,咱们走吧!"大水说:"别忙!咱们再等等看吧。"一句话没说完,就听见喀哒喀哒的响声,像是汽船过来了。大水忙叫:"快准备!"又给斜对面一拨子打暗哨儿。队员们急忙擦洋火点香,风很大,一擦着就灭了。几个人碰成堆,费了很大的劲儿,才把香点着。响声越来越近,果然是汽船来了。

这当儿,风更大了,打着雨点儿。队员们忙脱下衣裳,把香头、火捻、枪膛都盖起来,有的用草帽罩住。眼看两只黄乎乎的大汽船过来了,船后舱搭着绿帆布的顶棚儿,好些个鬼子挤在棚底下。那第一只汽船还拖着个民船,上面载了许多货,高高的桅杆顶上吊着个筐儿,筐儿里面坐着个鬼子,正在拿望远镜向前面瞭望呢。

一霎时,第一只汽船快到大水这一拨的跟前,第二只汽船也快到赵五更那一拨的跟前了。大水看见那桅杆顶上的瞭望哨——"猴儿"——尽朝远处望,就偷偷地用枪瞄准他,那"猴儿"一低头,忽然发现苇丛里有人拿枪瞄着他,吓得抱着桅杆立起来。大水不等他喊叫,一枪打中他的小肚子,"猴儿"向后一仰,就两腿朝天地从上面摔了下来。

接连着两声霹雳似的轰响,烟和云黑成了一片。听得见第二只汽船撞到南边苇塘里,不响了。第一只汽船可还咕咚咕咚地响着,机关枪一个劲儿往这边扫射。大水他们都在苇塘的边上,没想到敌人有机枪,那机枪子儿密密地射进苇丛,有的就打在船上。大水忙指挥队伍转移阵地。人们纷纷乱乱的抱着大枪往水里跳,连跑带游,向苇丛的深处钻。赵五更那一拨打了一排枪,小船儿也都钻了濠,转走了。

风把黑烟刮跑,雨点儿也过去了。雷在远处闷沉沉地响。那汽船又打了一阵机枪,就开到这边苇塘来,发现了许多小船,船上都绑着很长很长的枪。日本人没见过这号枪,觉得很了不起,嘀里嘟噜地说着话儿,把土枪都弄到汽船上去了。

小梅她俩远远地藏在荷叶丛里,半天听不见动静了。秀女儿说:"准把鬼子消灭啦,咱们去瞧瞧吧!"小梅说:"别!刚才打了一阵子机枪,还不知道怎么个呢!"秀女儿说:"咱们别走近,偷着望望,看是怎么了!"两个人心里怪着急的,悄悄儿划出来,远远地望呢,不想就给敌人发现了。

鬼子们喊着,汽船喀哒喀哒追过来,吓得她两个脸色都变了,掉转船头,拼命划着那小船,往荷叶下面钻。突然一声枪响,汽船上的机枪手倒下了。紧接着一阵排子枪,鬼子都打死在船里,有两个打伤的,着慌跳了水,也给淹死了。原来牛大水一伙从苇塘里绕过来,偷偷儿藏在南边一大片荷花丛里,每人头上顶着大荷叶,多半个身子浸在水里,说是"荷叶军",一齐埋伏着。敌人的汽船过来,刚好打了个准。同时,苇塘里也闪出来十几条小船,是赵五更那一拨,朝汽船冲来。汽船瞎闯过去,在荷花丛里跑了一弓(五尺)远,搁住了。

风吼着,雨又下起来,越下越大。雷,隆隆隆地滚过,急风暴雨把苇子都快按到水里了。雨点儿打在荷叶上,像珠子一样乱转。平静的水面,起了波浪。天连水,水连天,迷迷蒙蒙一大片。游击队匆匆忙忙收了胜利品,砸毁汽船。小梅和秀女儿也淋得浑身是水,快活地帮忙。

天黑了。几十只小船和一只大船顶风冒雨地回来了,在波浪上忽上忽下地前进。黑暗里,人们谁也看不见谁,只听见风卷雨扑,和打棹的声音,哗啦啦、哗啦啦地响成一片,夹着人们高声的呼喊。电光一闪,一个霹雳重重地打下来,压倒了一切声音,震得人发颤。四下里黑得更厉害了。大水吼着:"杨小梅!快跟紧啊!一掉队就失迷啦!"小梅在后面高声应着:"我们跟着呢,丢不了!"她的后半句话,给风刮得听不见。更猛的雷,又劈面打过来……

77

第七回　一条金链子

狗熊也装人样子。

——成语

一

小梅淋了雨,受了点风寒,躺在炕上直发烧。秀女儿又下乡了。晚上,大水帮小梅煎药。

几个队员也来看小梅。牛小水手里捧着两大筒饼干,笑嘻嘻地说:"妇会主任,这是我们慰劳你的,别吃棒子窝窝啦。"就把两个红得很好看的圆筒儿,放在她枕头边。小梅笑着说:"哈呀!这是你们的胜利品么,我们敢吃这玩艺儿?"赵五更说:"话可不能那么说,你们也出了力啦。这是我们大伙儿公议的。"马胆小说:"嘿,要不是你们把敌人勾了去,我们许还打不了这个胜仗呢,大抬杆也回不来啦。"

小梅给秀女儿留了一筒,打开一筒,叫大家吃。每人拿了两块,吃个稀罕。小水咂着嘴,做个鬼脸儿说:"哈,真不赖!甜咝咝的呢,这可是开洋荤啦。"逗得大家都笑了。他们坐了一会儿,就要回去听念报。大水说:"你们头前走一步,我马上煎好药就来。"一伙人走了。

大水看药吊子里熬剩半罐儿了,就滗出来,满满一小碗,端到小梅跟前说:"趁热喝了吧,出点儿汗就好了。"刚好张金龙闯进来,大水猛不乍地吓了一跳;忙把手里的碗放在炕沿上,招呼说:"哦,你来啦。"张金龙冷淡地应了一声,把夹着的铺盖卷儿放在炕上。大水说:"你歇着吧,我听报去呀。"小梅说:"叫你煎了半天药,太麻烦你啦。"大水说:"都是同志,没有什么。"就出去了。

张金龙跷腿搁脚地躺在炕上,枕着个铺盖卷儿,抽着纸烟。小梅坐起来吃药,问他说:"你带了东西回来做什么?"张金龙说:"病犯了!还不回来?"小梅看他不像有病的样子,就问:"你请了假没有?"张金龙抽了几口烟,慢慢儿回答:"说给他们了。"小梅问:"你请了几天假?"张金龙吊儿郎当地说:"那不准!多会儿我身体好了再说。蛤蟆蹦三蹦,还得歇三歇呢,我总得消停两天!"小梅看那劲头儿,这不争气的家伙,准是又捣蛋呢,气得她随手把碗儿放在窗台上,蒙着被子就睡了。

第二天,双喜从县上回来,暗里告诉小梅,张金龙在县大队不好好工作,顺着他的劲儿,他就干,不对他的心眼儿,他就闹情绪,什么都得依着他。生活上又过不来,昨天吃饭,饽饽凉点儿,他把火伕同志骂了一顿,大队副批评他几句,他递了个请假条儿,卷起铺盖就走了。双喜又说:"老蔡叫你好好儿劝劝他,金龙这个人武艺上有两手,最好争取他工作,不要把他挤到邪道儿上。要是他实在不愿意回县大队,暂且和你在一块儿,就在区上搞武装工作也行。你可以好好儿帮助他、督促他。"小梅想了半天,皱着眉头说:"唉,这个人,真拿他没办法!"双喜给她鼓劲儿,笑着说:"能拔出脓来,才是好膏药呢。"小梅说:"狗皮上贴膏药,怕不粘哩!我说说试试看吧。"

小梅一连劝了好几天,一阵软,一阵硬,好说歹说,总算把张金龙又说转了。最后他答应:"好!我就瞧着你的面子,在这儿干吧!"他就在区小队当了个班长。

二

　　张金龙瞧不起牛大水,常常自由行动。有一次,大水跟他说:"上级决定,叫我们拿斜柳村的岗楼,咱们商量怎么个拿法吧。"张金龙说:"不用商量,这事儿交给我就得了。"大水不放心,说:"还是咱们一块儿去吧,人多力量大。"张金龙气囊囊地说:"那你们去吧,反正也不短我一个人!"牛大水看他别别扭扭的,老跟他弄不成堆,心里很气恼,噘着嘴儿,找小队上别的干部研究去了。

　　张金龙躺着想了一会儿。天一撒黑,他换了一身绸子的夹袄裤,拿一顶礼帽歪歪地压在一边眉毛上,掖好枪,带着他那一班人,划了个小船儿,从淀里出发,绕到斜柳村。

　　傍了岸,他叫小船就在苇塘里等他。他独个儿进了村,走到一家饭馆,拣个单间儿坐下来,先叫了酒菜,又对伙计说:"菜你预备好了,停会儿端。你先到岗楼上,把我的把兄弟叫李六子的叫来,说有人在这儿等他。务必把他请来,多给你酒钱!"伙计奉承地应着去了。

　　不多一会儿,李六子来了。他一见张金龙,很是意外,笑着说:"哈呀,大哥!我当是谁呢,原来是你!"张金龙让了座,也笑着说:"咱们哥儿俩多时不见,喝两杯痛快痛快。"伙计端上酒菜,下去了。李六子伸过头来,悄悄问:"大哥,听说……你在那方面干事儿?"他用两个手指比了个八字。张金龙笑着说:"没那事儿!我在倒腾买卖呢。你这会儿混得怎么样?"

　　李六子说:"唉,别提了!三麻子那个人你还不知道?手又黑,心又狠,捞到什么,都是被窝里放屁——独吞!他妈的,当弟兄的连根毛儿也落不上!前儿个,他发了一笔大财,克了一个买卖人,说他私通八路,弄了几十匹绸缎,都不见了。他盘算我们都还不知道呢,哼!"

张金龙冷笑说:"三麻子这王八蛋,谁在他手底下也没个好!"李六子说:"那天我好容易查出一辆自行车,车照过期了,叫我扣下来啦。谁想三麻子瞧见了,说:'我骑骑看好不好。'妈的,一骑就不给我了!是蓝钢牌的呢,嘿,倍儿新!"他越说越气,毛手毛脚地喝酒,把酒杯儿都打翻了。

张金龙眼珠儿一转,右眉毛一扬,说:"兄弟,我给你出这口气。什么东西都把它掏出来,车子还交给你手里,你看好不好?"李六子笑开了脸儿,说:"那敢情好嘛。大哥,你有什么好主意?"张金龙小声说:"兄弟,老实告诉你,我在那边当队长呢。咱们只要把三麻子拾掇了,你我都是有功之臣,什么还不好说呀?咱俩并肩齐膀的好兄弟,有我的就有你的,决错待不了你!"

李六子乍一听,睁大了眼儿。听着听着,他劲头儿就上来了,唾沫乱溅地说:"他妈的,这可对了我心眼儿啦。大哥,我这个人就爱'共点'!你说怎么个弄法吧。"张金龙拿筷子对他摇摇,李六子一回头,瞧见伙计进来了,把两碗挂面汤放在桌上。

伙计走了以后,他俩一面吃,一面凑在一块儿,喊喊喳喳地说了半天。他两个本是一流子,一说就合辙,商量妥当,走出饭馆,就分手了。

小小子最近也当了伪军,就在这岗楼上。下半夜,月亮快下去了,轮到李六子站岗,他和小小子在岗楼第四层上,对下面连划三根洋火。沟那边也亮了三下。他俩悄悄下来,放下吊桥。张金龙带着一班人就突进去。伪军在二层楼上,都睡熟了。灯儿还点着。他们上去,轻手轻脚地把枪全敛了。李六子忙带着张金龙到三层楼上,去打郭三麻子。

上面很黑,窗窟窿口斜斜地照进来一溜月亮光,影影糊糊看见郭三麻子睡在被窝里。张金龙想起过去的仇恨,咬着牙,对准他的头,一连打了三枪。可是发现床上是被窝做的假样儿,三麻子穿的

81

一双皮鞋还端端正正地放在床跟前。他们一搜,发现褥子底下铺着两匹绸子,他两个趁人们不在,一个拿了一匹,急忙忙缠在腰里了。

小小子跑上来报告:"我刚才听说,三麻子悄悄溜出去了,不定到哪儿逛荡去啦。"张金龙恨恨地说:"妈的,便宜这小子!"他打发小小子去村里弄两只民船,自己和李六子又搜刮一遍,把郭三麻子存的好东西,都入了他俩私人的腰包。

这天夜里,郭三麻子正在一个相好的财主家抽大烟,听到岗楼上三声枪响,吓得他心惊肉跳,忙打发人暗里探听,知道八路军拿了岗楼,他就连夜逃到市镇去了。

天刚亮,张金龙用两只民船,载着十几个俘虏、一辆自行车和七七八八的胜利品,他跟李六子、小小子几个坐着小船,兴头头地回来。走在半路,迎面来了三只渔船,头前一个打鱼的,拿着个旋网,瞧见张金龙就喊:"老张,你们到哪儿去?叫我们好找啊!"张金龙一看是牛大水,就得意洋洋地说:"我把岗楼拿下来了!你看,后面那两只船上尽押的俘虏。你们去干什么?治鱼去啊?"

两边船靠拢了,大水跳到这边船上,高兴地说:"哈,我们还想去探一探,准备今晚上拿楼呢。你们可先得手啦。老张啊,你真有两手!你们怎么弄的?"张金龙吹了一通,又指着李六子、小小子说:"这回他俩也出了力啦。"大水才知道他俩不是俘虏,快活地说:"好好好,到这边来可光荣多啦!"忙掏出小烟袋来请他俩抽。李六子说:"我这有烟卷儿。"给了大水一支。小小子也抽着烟卷儿,笑着对大水说:"咱们都一势啦!"大水喜得直笑。

两只民船跟上来了,三只小渔船就凑过去看俘虏。大水问金龙:"那边岗楼烧了没有?"金龙说:"我们还顾得上烧!反正人都拉出来了,烧不烧也没有什么关系。"大水说:"还是烧了的好。恐怕敌人再去,又麻烦啦。你们辛苦了一夜,快回去歇歇吧,我们去烧。"他兴高采烈地回到渔船上,忙着烧楼去了。

这边也开了船。李六子悄悄问张金龙:"牛大水这会儿当个什么角儿?"张金龙鼻子里哼了一下,小声说:"他啊,应名儿是个队长,他可管不了咱们!"

三

张金龙这次拿了岗楼,自己觉得挺了不起,就越发自高自大了。牛大水他们烧了岗楼,在那一带恢复政权,建立武装,活动了好几天才回来。张金龙怕跟着大水不自由,借口打游击,从他那一班人里挑了几个,又带到斜柳村去了。

张金龙带走的,都是他觉得对事儿的,里面一个共产党员也没有,剩下的,都留给副班长带着。牛大水很不放心,和双喜研究,决定把他们调回来。调了几次,张金龙虚报敌情,说那边离不开,总是不回来。大水只好亲自去找他们。

这天傍黑,他到了斜柳村,打听到他们的住处。进去一看,屋里一个人也没有,支的几个单人铺,被子也不叠。墙上挂着枪,门可是开着。寻到对面屋里,也是乱七八糟的;只有崔骨碌一个人裹着被子睡觉呢。大水推他,他说着梦话:"要天要地要虎头,不要——小三猴!哈,凑了一对儿……这一下可捞回本儿啦!"大水使劲推他:"你醒醒!你醒醒!"崔骨碌翻身向里,含含糊糊地说:"别缠我!老子困死了!"大水推他叫他,怎么也弄不醒。

牛大水气闷闷的,在北屋找到房东,打听队员们都到哪儿去了。房东老婆婆打量他一下,又盘问一阵,才凑在大水跟前悄悄地说:"你到三道湾家里,准找得着他们!"大水问:"三道湾是谁?他住在哪儿?"老婆婆笑起来说:"你连三道湾还不知道吗?这是个鹰啊!运起翅膀,飞遍天下呢!你出了大门朝东去,见胡同往北,路西头一个小门就是。你可千万别说是我说的呀!"

大水出来,又不放心地回去,把东西两间门关好,托房东老人家照着点,才又去找他们。一进三道湾的院子,就听见屋里男男女女叽里呷啦乱笑。大水见房门关着,就从破纱窗往里瞧。里面点着小油灯,有两个妇女,跟几个男人在闹着玩儿。李六子拉起一个妇女嚷着:"小丫头!吃我个'锅贴儿'!"说着,就用手在她后颈上打了一下。那妇女头一缩,笑着叫:"哎哟哟!你轻着点儿呀!"李六子顺手一抱……

大水害臊地缩回来,听见后面有人暗笑。一回头,发现墙头上有些老百姓,探头探脑瞧稀罕呢。大水心里很难过,也很气愤。他把李六子叫出去,问:"张金龙哪儿去了?"李六子随口说:"他啊,忙着哩,谁知道他去哪儿了!"大水严肃地说:"你们这样胡闹,太不像话!八路军跟国民党军队可不一样,有个'纪律'管着哩!你们马上回班里去!"李六子见牛大水冰铁着脸儿,不知道他会怎么办,就说:"好吧,回去就回去。"大水又钉一句:"你要敢当面一套,背后一套,回去跟你算账!"说罢,就转身走了。

大水一肚子憋闷,走到村长家。村长王福海一把拉住他说:"牛队长,你可来啦!快上炕坐。"大水问起张金龙,福海敞开他的小袄,露出胸脯上两块紫不溜的血印儿,说:"哼,你看吧。拿着三十斤小米票,要六十斤白面。我话还没有说完,枪头子就蹾上来了!咱们的制度,都成狗屁啦!"他爹端着饽饽进来,白了他一眼,说:"你少说两句吧!队长,就在咱们这儿吃饭。"福海气呼呼地不说话了。

大水心里难过得吃不下。问福海,张金龙常到哪儿去。老头儿抢着说:"他没个准地点,福海也不知道。"大水告辞出来。福海送他到门口,小声说:"他哪一天晚上都去高财主家泡着,睡人家闺女,谁不知道!你到那儿去瞧瞧吧。哼,没见过这号八路军!他别以为屎壳郎掉在白面里,就显不出黑白!"他指了地点,大水去了。

到了高财主家,门房挡住不让进。大水解释半天,才得进去。

他进到里院,掀开门帘,满屋亮堂堂的,当间一桌麻将,打牌的都穿绸着缎,就不见张金龙。

有个打牌的老家伙从眼镜框上面斜着看大水,问:"你来干什么?"大水说:"我来找个人。"一个头发贼亮的男人转过脸来,说:"哦,是你。进来吧。"大水一看,正是张金龙。他穿得跟个绸棍儿似的,一面打牌,一面叫大水坐。大水坐在一边,说:"我有个事儿跟你谈谈。"张金龙说:"行行行,等我打完这一圈。你先歇歇!"随手递过一支烟,他身边一个年轻女人,左手搭在他的肩膀上,连喊:"东风东风!碰碰碰!"右手帮张金龙抢过一张牌来,笑着推他说:"你看你!这是你的门风嘛,一碰就是两番呢,不好好儿瞧着点!"

大水很恼火,正想走,忽然一个老妈妈托着个盘儿进来。大家停了牌,喝莲子汤。张金龙递给大水一碗,大水肺都要气炸了,站起来说:"我不喝!我先走了,你赶紧回区上,有事找你!"张金龙说:"那也好,我回去咱们再谈。"大水气愤愤地出来,饭也不吃,觉也不睡,连夜赶回区上,找双喜去了。

四

过了两天,黑老蔡派人送信来,叫张金龙带着人赶快回区上去。张金龙心里想:"准是他妈的牛大水,背后拆我的台!"信上的口气很硬,他看着顶不过,只好换了粗布衣裳,带着人回去。

到了区上,张金龙先到杨小梅那儿,想探探风势。小梅不在,他就躺在炕上歇息。一会儿,小梅回来了。张金龙问:"黑老蔡来啦?"小梅耷拉着眼皮,嗯了一声。张金龙又问:"他叫我回来干什么?"小梅冷冷地说:"你自己还不知道?"

张金龙气鼓包包地坐起来,说:"我知道什么!就是牛大水出的坏!他瞧见我能耐比他强,想把我打下去……"小梅抢上说:"得了,你别胡说吧。脸丑怪不着镜子,牛大水不是那样的人!谁像你呀?我费了多少苦心,说你,劝你,要你进步,你就不学好。你这个人啊,真没出息到家了!"

张金龙正没好气,跳起来敲着桌子说:"呸!牛大水是什么东西!打起仗来,他顶个蛋!我拿下岗楼,他还在淀里捉王八呢!他只配拾个粪!这号人,给我提夜壶,我还嫌他臭味儿呢,你倒把他当成个宝贝。嘿,我早知道你俩是一条裤子!那天晚上我回来,你躺在炕上,他挨在你的身边,你两个偷偷摸摸的,干的什么呀?你说!"

小梅气得浑身打哆嗦,眼泪倒没有了,颤着声音说:"张金龙,你……你……含血喷人!你在外面嫖娘们,回来倒咬我!"张金龙扑上去,一把抓住小梅的头发,喝着:"我嫖谁?你说,你说!"小梅挣扎着说:"你吃喝嫖赌,破坏八路军的纪律,谁不知道呀!"张金龙照她脸上一拳打去,小梅站不住,跌在墙根下,立时鼻子嘴里都流血了。

张金龙还想上去打,忽然一个人从后面抱住他,把他一抢,他就摔倒在地上了。张金龙一看正是牛大水,心里热辣辣的一股火,跳起来就要跟大水拚。双喜、高屯儿进来,忙把他拦住。

大水气坏了,叉着腰说:"这还了得!在外面打人,回来又打人!"张金龙蹦着跳着骂:"牛大水,你王八蛋!我打我的老婆,干你什么事?你他妈的暗箭伤人,你安的什么心眼儿?"双喜冷冷地喝道:"张金龙,你还敢撒野!蔡大队长下来了,正要找你谈话,你马上跟我们走!"张金龙翻着白眼说:"他找我干吗?"双喜说:"哼,牛皮灯笼肚里亮,你心里还不明白?"张金龙偷眼一看,双喜脸上冷得像下了霜,口气又这么硬,知道搪不过去,就顺水推舟地说:"他要找我?那正好,我正想找他算算账呢。"说完,一撅屁股先走了。双喜、高屯儿怕他溜,也紧跟着走出去。

这儿,大水把小梅扶到炕上,小梅手上、身上都染红了。

五

张金龙一路走,一路盘算怎么才能过这一关。到了区委会,黑老蔡戴了一副老式眼镜,正在桌子跟前看材料。他拧着眉头子,紧闭着嘴唇,额上显出深深的皱纹,似乎在深思着什么问题。看见他们三个进来了,他慢慢摘下眼镜,望着张金龙严肃地说:"你在斜柳村犯了什么错误,你自己交代交代吧!"张金龙拣个凳儿坐下,故意装糊涂说:"我犯了什么错误啊?我就是端了敌人一个岗楼,抓了十几个俘虏,缴获了……"老蔡不等他说完,就霍地站起来,直勾勾地望着他说:"张金龙,你别老鼠上秤钩——自称自!你在斜柳村吃喝嫖赌,破坏八路军的纪律,损害八路军的威信。调你回来,你倒敢违抗命令,你还想抵赖吗?"

张金龙知道是牛大水给他汇报了,心里又气又恨,只是望见黑老蔡威风凛凛的两只眼睛牢牢地盯着自己,不敢发作出来,就装腔作势地喊冤枉说:"这都是牛大水造我的谣言!他嫉恨我,他和我有私仇,想挖我的'墙脚儿',你们还不知道?"高屯儿早耐不住了,冲上来指着他说:"你这小子,还猪八戒倒打一钉耙啊!刚才你把小梅打得鼻子里滴血葡萄,要不是我们把你拉开,还不定打成什么样儿呢。就凭这一条,就可以处分你!"张金龙嘴巴很厉害,马上反驳说:"嘿,两口子打吵吵,也是常有的事,没什么了不起。反正一个巴掌拍不响,她要不跟我干仗,也引不起我的火。"双喜冷笑着说:"哼,你倒怪有理,你打人家村长王福海,也是两口子打吵吵?"张金龙没想到这事也给上级发现了,一时答不上来,只好硬着头皮说:"好吧,你们爱怎么说怎么说,我现在是倒霉了,谁也能往我脸上抹狗屎!"

黑老蔡、双喜、高屯儿和张金龙斗了半天,他只是气呼呼地坐在一边,不说话,自个儿肚里却在打算盘。最后,他站起来说:"牛大水说我这么不好,那么不好,我倒要叫他瞧瞧,我张金龙是个什么人!(他拍着胸脯儿)谁是抗日的英雄,谁是卖嘴的狗熊,往后你们瞧吧!"说着,就想往外走。黑老蔡喝住他说:"张金龙,你别想要耍嘴巴就混过去。你的错误很严重,明天就要开大会处理你的问题。你愿意不愿意检讨,也就看这一回了。"张金龙应着说:"好,咱们明天见。"就扬长走了。

屋里的三个人好半天没开腔。高屯儿气愤愤地说:"这家伙,真是茅坑里的石头,又臭又硬!"黑老蔡心里很沉重,在屋里走了一个来回,就站住脚,望着双喜、高屯儿说:"我们在对待张金龙的问题上,可能软弱了。现在要赶快处理这个问题,再也不能拖延、迁就了。你们马上找大水研究一下,要在下面做些工作,揭露他的罪恶事实,发动群众斗争他、孤立他——他还有一些捻过香的把兄弟。"双喜想了想说:"咱们还得注意他一条:防备他投敌!"高屯儿说:"我今晚就在村口撒上岗。"黑老蔡同意他俩的意见,就找牛大水去了。

张金龙走在街上,碰见家里人抱着小瘦来找他,孩子有病,要请个大夫看看。张金龙赌气地说:"我不管!这不是我的孩子,要死死到杨小梅那儿去!"就去找李六子,暗地里商量说:"人家瞧不起咱们,想把咱们打击下去,咱们得露一手给他们瞧瞧!"他俩商量了半天。天黑以后,又叫上小小子,三个人带了枪,看到村口站了岗,就翻墙头溜出村,像没笼头的野马,悄悄儿跑了。

三个人先到了斜柳村,在一个小铺里,喝了酒,找了几根绳子、一把刀,顺着堤,一气奔到市镇跟前。李六子以前当过土匪,常摸到镇上去干些勾当,这一带的道路很熟。他引着张金龙、小小子,绕过岗哨,凫过水濠,从城墙的豁口偷偷爬进去。

镇上人们都睡了,他们抄小胡同摸到商会会长家的后门口,门紧紧关着。两个人搭了人梯子,张金龙踩着他们的肩膀,蹿到墙上,用绳子把他俩吊上去。里面过道门也关着,前院房太高,还是上不去。张金龙瞧见院里有一棵槐树,就和李六子高高地爬到树上,把绳子一头拴住树干,一头拴住李六子的腰,李六子就吊在空中了。张金龙把他推着打秋千,悠了两下,李六子就扒住高房,翻上去,又用绳子把他俩系上去。

前院里,北屋东屋都点着灯。东屋在打牌,北屋可静悄悄的,听不见人声。三个人顺着搭天棚的杆子出溜下来,凑在东屋的玻璃窗前,从窗帘缝里往里瞧,见打牌的只有一个少爷模样的人,旁的都是妇女。李六子留在东屋门口隐着。张金龙就带着小小子闯进北屋。

那会长独个儿躺在西间炕上,一见他俩,吃惊地坐起来。张金龙马上说:"四爷,你别怕!我们不是来害你的。"那大胖子会长问:"你们是什么人?"张金龙说:"我是八路军的队长,拿斜柳村岗楼的就是我。我们有几个兄弟想洗手不干了,跟四爷借个盘缠,枪就送给你。"说着把枪放在桌子上,坐下来。小小子也学他这样儿,放了枪坐下。

胖会长才有点儿放心了,赔笑说:"行行行,我这儿有三千块钱,都给了你们吧。"就从口袋里掏出一卷票子来。张金龙接了,说:"四爷,我们人多,这几个钱花不了几天,你再给些吧!"

胖子脸上的肉跳着,想了一下,就掏出个钥匙,转身跪在炕上,开了壁橱的门,伸手进去摸东西。他从里面一个首饰盒里,摸摸索索地拿出一对红绿的宝石戒指,说:"队长,你拿上。走哪儿也是个交朋友,两个都给你!"张金龙接过来,把戒指带上,趁他转身去关橱门,突然抢上去用两手掐住他的脖子,小小子立时把绳子套在他胖脖子根上就勒。胖子的眼珠突了出来,龇牙咧嘴的很怕人。

小小子心里害怕,手发抖,绳子一松,胖子就挣扎着从炕上滚下来。张金龙急忙一脚踩住他的胸脯儿,把一个绳头子撂给小小子,自己拿一头,两下里使劲一拉,那肥头胖脑的会长,眼珠子就翻

89

上去,舌头就伸出来,身子越抽越小,蜷缩在一块儿了。

张金龙这才松了手,忙跑去,拿出首饰盒,打开一看,里面黄灿灿的是一条金链子。张金龙好眼亮啊!赶忙连盒儿塞在怀里,对小小子说:"刀!"

小小子从袄里抽出雪亮亮的杀猪刀,可是不敢下手。张金龙瞪着眼儿夺过刀,弯下腰去,一刀砍在那胖脖子上。头没卸下来,一抽刀,血就溅了他一身。又两下,把头切下了。从炕上拉过一条被单,把人头放在里面,斜对角一卷,两头缠在腰里。吹了灯,关了门,三个人提着枪,从后门跑了。

到了堤上,找个地方蹲下来。张金龙掏出那卷票子,三个人分了分。小小子涎着脸儿说:"大哥,你把那两个戒指给我们俩,你留着金链子,不行啊?"张金龙揸开五个手指头,啪地给他一耳光,骂着:"滚你妈的蛋,他妈的仰八脚儿撒尿,都溅到我的脸上来啦!叫你杀个死人,你都不敢杀,你算老几?还要这要那哩!"小小子一看他翻了脸,吓得一声不敢言语。

可是谁肚子里没个小九九呀?李六子听说有值钱的东西,就笑着说:"大哥,你别生气,什么东西拿出来瞧瞧!"张金龙说:"别听他放狗屁,就是有两个戒指。来!给你一个!"李六子得了戒指,就算了。张金龙说:"咱们回去,可别'骑马吃豆包——露馅儿'!"

三个人奔回区上,天也亮了。双喜他们刚起来,忽然看见张金龙满身是血地跑进来,问:"黑老蔡呢?"双喜说:"他没宿在这儿。昨天夜里,你们三个到哪儿去了?"张金龙也不答话,就从腰里解下包袱,一抖开,一颗血淋淋的人头骨碌碌滚到炕边,把大家吓了一跳。

张金龙神气活现地指着说:"瞧吧,这是汉奸刘开堂的脑袋!我张金龙不费吹灰的力气,一时三刻就把他弄来了。谁不知道,那儿四面是水,城墙老高,到处都有鬼子把守,岗楼上手电打得一闪一闪的,我张金龙怎么就敢进去呀?牛大水倒会说漂亮话,叫他也

90

去弄个人头来试试！嘿！"

双喜睁大眼睛问："哪个刘开堂?"张金龙说："哼,镇上的商会会长,大汉奸,你还不知道?"双喜很冷淡,也不搭理他,却转过脸去和大水、高屯儿低声说话。三个人叽咕了几句,双喜就说："张金龙,黑老蔡一会儿就来了,你回去老老实实待着,哪儿也不准去！"张金龙一下子愣住了。他原来以为这一回大显身手,立了大功,人人都得承认他是英雄好汉,把他捧上天,斜柳村的那些"小错误",当然也就会马虎过去了,真是名利双收,得了便宜卖了乖,再也没有这么美的事了。谁知道双喜他们三个的神气全出乎他的意料之外,双喜的话更像冷水从他脑袋上浇下来。他瞪着眼睛问："怎么?难道我又犯错误了?"牛大水生气地说："不但犯错误,而且错误还不小呢。"张金龙气狠狠地扬起一条眉毛,把"背头"往后一甩,说："好,你们跟黑老蔡商量商量,把我开除了吧！"说着,包起他的宝贝人头,眼皮子撩也不撩,直着脖子走出去了。

六

杨小梅正在家里哄孩子。孩子小瘦病得很厉害,哭一阵,闹一阵。小梅抱着他,拍着,唱着,在屋里走来走去。孩子瘦得不成样儿啦,小梅心里一阵阵地疼。走到镜子跟前,小梅指着说："看！这里面是谁?"瘦得猴儿似的孩子笑了,小梅的眼泪忍不住掉了下来。

鸡蛋蒸熟了,小梅抱着孩子,正喂他吃呢。忽然张金龙气汹汹地进来说："杨小梅！你要是我的老婆,马上卷起铺盖跟我走！不是我的老婆,咱俩就一刀两断！"小梅愣住了,眼睛瞪得像两只小铜铃,说："你这是干什么呀?"张金龙冷笑说："人家把我弄得人不人、鬼不鬼的,我不干了！此处不养爷,自有养爷处。你要跟着我,你马上脱离工作;你要工作,咱俩就拉倒！"

小梅气得手脚冰凉,睁圆着眼儿说:"张金龙,你别威吓我! 拉倒就拉倒! 我还能撂下革命跟你走啊? 咱们车走车道,马走马路,谁也不跟谁相干!"张金龙发狠地说:"好,你有种! 你不认我,你也别要这孩子!"说着就来夺小瘦。

　　小瘦哇地哭起来了。小梅紧紧抱住不放,着急地说:"孩子病得这样,你别吓着他呀!"张金龙丢下手里的包袱,两只手卡住小瘦的胳肢窝,用劲一拉,小梅就扑倒在地上。张金龙狠狠地踢了她一脚,抱着小瘦,拿上包袱就走,随手砰地把门关上。小梅爬起来就追,可是这家伙耍流氓,把门扣上了,急得小梅乱砸乱喊。小瘦使大劲儿嚎着叫妈妈,声音越去越远了。

　　张金龙回到班上,把哭得有气没力的小瘦往床上一丢,就抖出人头,大吹大闹,指手画脚地骂,煽动他那些把兄弟大家都交枪不干。可是他们谁也不搭腔,连小小子都耷拉着脑袋,不言声儿。只有李六子跟他一唱一和,说:"八路军的饭好吃难咽,干什么也比干八路强!"赵五更等积极分子看他俩疯狂得不像样,都和他俩吵了起来。正在闹得不可开交,忽然黑老蔡带着刘双喜、高屯儿、牛大水一伙人拥了进来。原来是牛小水去报告了,他们一听到信儿,马上赶来了。

　　黑老蔡虎起脸,手一挥,喝着:"把这两个坏蛋捆起来!"牛小水、赵五更他们都冲上去夺李六子和张金龙的枪。张金龙狗急跳墙,飞起一脚把牛小水踢倒,翻身扑到床上拿他的枪,还想杀出一条血路逃走。可是听到一声吼:"动一动就打死你! 举起手来!"他一回头,看见牛大水两眼冒火星,正用枪对着他。一眨眼工夫,高屯儿又把他的枪抢去了。他这么一迟疑,几个队员就拥上去把他绑了起来。李六子没敢回手,早已捆好了。

　　张金龙一跳三尺高地说:"黑老蔡,你办事昧良心! 我杀一个大汉奸就杀错了? 你们八路军讲理不讲理?"黑老蔡冷冷地说:"我们八路军最讲理。一个商会会长未必就是个大汉奸,对这类人主要是争取、教育。要镇压,只能镇压罪大恶极、争取不过来的。不分轻重地乱杀人是不许可的!你以前犯的错误还没处理,现在你又捅出个娄子,还想煽动人心,瓦解部队,要不给你一个严厉的处分,我们八路军还要纪律做什么?"

张金龙一听这口气不妙,心里有些怯,嘴上还是忿忿不平地抗议:"不论怎么说,我反正是好心好意,我杀的反正是汉奸,为了这事处分我,我就是死了也不服气!"

黑老蔡嘿嘿一声冷笑,说:"张金龙,你倒挺能说。你干这一手究竟是为了什么?是为了抗日吗?还是为了自己?你说,你这次到镇上去,弄了些什么东西?"

这一问,张金龙脸色就变了,红一阵、白一阵的,说:"这是怎么一回事?我连人家一个钮扣都没动,你这话从哪儿说起!"双喜笑着讽刺说:"你当然不动人家的钮扣喽,钮扣不值钱嘛。"他向小小子使了个眼色,小小子就慌慌张张地把那一卷票子掏了出来。原来双喜早就秘密地把小小子叫去谈话,发现他半个脸儿肿了,眼睛也是红红的,就慢慢盘问他。开头,小小子还不敢说,双喜保证他没事,又用好话一劝,他才把一肚子话倒了出来。当下小小子把钞票放在桌子上,结结巴巴地说:"张……张金龙,你……你也承认了吧!"张金龙狠狠地啐了他一口,骂着:"狗娘养的,坏就坏在你手里!"可是骂也没用,牛小水他们往他俩身上一搜,马上把那两卷票子、两个宝石戒指,一条明光烁亮的金链子搜了出来。黑老蔡一挥手:"押出去!"大伙就簇拥着张金龙、李六子往外走。

刚走到院里,小梅气喘吁吁地赶来了。一看到张金龙,就指着说:"你这个家伙,放着光明大道不走,偏要往邪路上奔,看看你今天的下场吧!"她望着黑老蔡说:"蔡队长,为了争取张金龙转变,我什么话都说到了,心也使碎了,可是他根子不正秧子歪,跟咱们走不到一条道儿上,我要求和他离婚!孩子跟着他没好,得断给我!"黑老蔡点头说:"好,你回去打个报告吧。"到了这时候,张金龙什么花招也使不出来了,只好耍死狗,骂骂咧咧地赖在地上不肯走。牛小水用手巾塞住他的嘴,大家生拉活扯地把他拖了出去。小梅从一位队员手里接过小瘦,这孩子也不哭,也不闹,眼眶儿坍下去了,眼珠子直往上翻。小梅慌作一团,连忙抱着他去找人扎针,可是,走在半道上,孩子就断气了。

县上很快给小梅办了离婚手续。张金龙、李六子都关了禁闭,经过教育和劳动改造,才取保释放了。

第八回 "大扫荡"

> 枪声响,
> 大炮轰,
> 残暴的敌人来围攻!
> ——民歌

一

一九四二年——抗战抗到第五个年头,共产党和共产党领导的八路军、新四军一天天发展壮大,新建立的抗日根据地和农民游击队从无到有,从小到大,也越战越强了。这使日本鬼子逐渐懂得了,国民党倒不可怕,共产党才是他们的心腹大患,就把对付国民党的主力部队调来对付共产党,向各个抗日根据地大举进犯。

在冀中,残酷的"五一大扫荡"开始了。

这一次,日本兵来得特别多,特别猛,一心想扑灭八路军,摧毁冀中抗日根据地。我们的八路军主力部队转移到外线打击敌人去了。地方党和地方部队留在当地坚持。

县委书记兼县大队大队长黑老蔡召集全县干部开紧急会议,号召大家:不动摇,不悲观,不投降变节,誓死和当地人民站在一起。共产党员更要起模范,大家渡过难关,争取最后胜利。会场又悲壮,又严肃,全体干部都站起来,举起胳膊宣誓。

会后,分组坚持、隐蔽,保存力量。大水、双喜、小梅几个人划成一组,回到区上,就召集群众大会,动员老百姓坚壁东西,掩护干部。干部群众都忙着准备起来。

敌人很快就来了。这一带地皮薄,挖不成地道,大水他们在各村挖了些地洞。可是对钻洞没信心,就化了装,跟老百姓一起撤。敌人可越来越多了,这儿也有,那儿也有,说不清哪儿来,说不清有多少。淀边河边,堤都给敌人的车子队封锁了。人们四下里跑,往麦地里钻。敌人围住村,咕咚咕咚直打炮。

下午,敌人就"拉大网"了。外面一层马队,里面一层步兵队,方圆几十里的合击圈儿越圈越小。大家成群地往东跑,哗地退回来,又往西跑,又哗地退回来,哪儿也有鬼子啦。看得见这村也是火,那村也是烟,村村都响枪。可怎么着也跑不出了啊!好些妇女、孩子哭了。

大水他们沉住气,偷偷把手枪埋在地里,压上个大土块,做了记号。眼看敌人更近了,那马队,一匹匹大红马,头扬着,尾巴撅着,撒开蹄子,一个圈一个圈地跑,越围越紧。里面的人越凑越多,挤成疙瘩了。大钢盔大皮靴的鬼子步兵,和绿军装的汉奸队,都端着亮闪闪的刺刀,一齐围上来,把男女老少全轰到大路上,男的分在一边,女的分在一边,四面架起了机关枪。

"翻译官"和便衣汉奸走来走去地问:"谁是八路军?谁是共产党?站出来!"问了半天,没人应。又问:"谁是干部?谁是游击队?"还是没人应。一个穿白小褂儿的汉奸嚷:"嘿!你们这抗日窝子,还能没有啊?"鬼子起火了,就带着汉奸,从一头起,一个个地查:看看手,摸摸腿,扒下人们的手巾帽子,相脑袋,挑出去好些个。小梅看见,有认得的,有不认得的。后来高屯儿、老排长、牛大水都给挑出去了。小梅心里扑通扑通地直跳。鬼子汉奸又把许多年轻的妇女挑出来。轮到小梅了,一个汉奸说:"这是个漂亮娘们,别看她脸上黑,是抹了锅底灰啦。"鬼子就一把把小梅拉出去了。

太阳压树梢了。鬼子从挑出来的男人里,又拉出五个来,有老排长和高屯儿,都五花大绑地绑起,推到前面。汉奸们把铁锹扔在地上,强迫老百姓挖坑。老乡们不动手,汉奸就用劈柴棍子打,硬逼着挖了。

鬼子把绑着的一个小伙子拉过来,那是西渔村的王树根,他脸色死白,挣扎着大哭大喊。男女老少跟着都哭开了,大伙儿嚷着说:"都是老百姓啊!你们饶了吧!"可是鬼子把他推到坑里了。

接着又拉老排长。老排长紧闭着嘴,死死地盯着鬼子,慢慢地走过去。快到坑边了,他突然使全身力气,飞起一脚,踢中一个鬼子的下身,鬼子昏倒在地上了。另一个鬼子从后面一刺刀把老排长挑进坑里。

鬼子汉奸骂着,又一连推下两个人。剩下高屯儿了,他睁着圆彪彪的眼睛,跳脚大骂:"鬼子汉奸,你们这些王八蛋!中国人是杀不完的!早晚叫你们不得好死……"鬼子踢着打着,把他推进坑里,他还是骂个不停。汉奸就叫铲土。老百姓眼泪直流,一个劲地说好话。汉奸们夺过铁锹来,一铲一铲的土就把五个人埋住了。人们一片哭声,汉奸们可还在上面踩着土。

日头没了,军号响了,敌人把挑出来的男女带走了。

这儿的老百姓一下都拥到坑上,大家拼命地用手刨。可是,拉出一个,死了;又拉出一个,也死了……五个人,浑身上下都青紫了。

哭吧!哭吧!人们围着,哭天嚎地,老人们儿呀肉呀的叫,都用手指头挖他们的鼻子、嘴里的土。双喜流着眼泪,把高屯儿的两只胳膊上上下下地摇晃。救了半天,可只有埋在上面的高屯儿三个,慢慢缓过气来,老排长和王树根已经没救了。

二

带走的那些人,都赶进道沟里。男人走在前面,妇女跟在后头。一根绳子缚六个,一串一串的,鬼子汉奸掺在当间。男人们反绑着手儿,日本兵把背包子弹,尽套在他们的脖子上,坠得人东斜西歪啦。

牛大水脖子上也套了一个大背包,挂了几个小炮弹,勒得他透不过气来,只好用嘴慢慢把背包带子叼起来,用牙咬着。想起老排长、高屯儿他们,泪糊着眼,看不见道了。他想回头望望小梅,才一扭脸,鬼子的大皮鞋就踢上来了。道沟两边是马队,马蹄子带起的土,呛得人透不过气来。汗流下,鼻涕掉出来,只能弯下腰去,用膝盖儿擦。

大水一面走,一面想:"唉!人家骑在咱脖子上,爱怎么就怎么,这他妈的还成个什么世界呀!"

傍黑,他们路过一个小村,看见村边的柳树底下,一伙日本兵嬉皮笑脸地围着两个年轻姑娘,要扒她们的衣裳。姑娘们喊着,骂着,挣扎着……

小梅心疼地别转了脸。又听见村子里妇女们凄惨的哭声,叫人身上起鸡皮疙瘩。小梅想:"落到鬼子手里,真不得了!这可怎么好啊?"暗里把反绑着的手儿扭动,幸亏女人家绑得不紧,她一边走,一边磨蹭,慢慢儿绳子松了,她可照旧反背着手,好像绑住似的。一会儿,天擦黑了。又走了一阵,都进了村。正在拐弯的时候,小梅瞅汉奸没在跟前,脱出手,出溜钻进个茅厕里,蹲下来就解手,心咚咚地跳。

一直等到大队走远,天黑透了,还听见鬼子们大笑大叫,乱嚷乱喊,街上大皮鞋的声音咯喳咯喳地走过。小梅想,这村也有敌人住下啦。可是老待在茅厕里也不是个事儿,只好瞅个机会,硬硬头皮,从茅厕里钻出来,沿墙根溜出村,蹿到野地里去了。

小梅想起高屯儿、老排长几个死得太惨,牛大水他们又是不知死活,心里又难受又着急,独个儿坐在地里偷偷地痛哭了一场。这一带,地生,路不熟,黑洞洞的,连东西南北也分不出来。她在庄稼地里熬磨了一夜一天,实在饿得不行了。

后半晌,小梅转到一个村子边上,听一听,村里没什么动静,就偷偷溜进去。看得见到处都有烧塌了的房,破砖烂瓦里,有的还冒着烟,焦煳的臭味儿刺鼻子。街上,淌着大摊的血。有的地方,扔着许多罐头筒儿和鸡骨头、猪骨头,鸡毛儿乱飞……小梅只顾东张西望,不提防脚底下绊了个跟跄,低头一看,原来是一个绣着鸳鸯戏牡丹的新枕头。葱绿的枕头布裂了一个口子,从那里面淌出黑乌乌的荞麦皮。小梅打了个寒颤,急忙闪进胡同里,轻轻敲开一家的门,要口吃儿。

这家老大娘看小梅孤苦伶仃的一个妇女,就开了门,让进屋里,拿出饽饽给她吃。小梅一面吃,一面问敌人多会儿来的。老大娘叹气说:"一大早就来了,直折腾到过晌午才走,可吓死人啦!我们都给圈回来,开了会,谁家也不准藏八路,连环保!要不,'砍头烧房子的干活!'唉……唉!当街挑死了三个,村边上砍死了俩,高老盆家的小锁才三岁,好小子啊!鬼子耍弄他,拉住两条小腿儿,就这么一劈两半叉,血糊流拉地死了!你看这日子可怎么过!跑也不敢跑,待在家里吓也吓个半死啊!"

小梅拿着饽饽,才咬了两口,就吃不下了。她安慰老大娘说:"慢慢儿熬吧。过了这个劲头儿,准有翻个儿的时候!"说着说着,大娘就看出她是干部来了,心里很嘀咕,说:"好闺女,这儿待不住,你快拿上几个饽饽逃命吧。"小梅说:"大娘啊!你看,哪儿也有敌人,我往哪儿跑呢?既是来到你这儿,怎么着你也得留我过一夜。我们出来搞工作,也是为了老百姓啊。你就说,我是你的外甥女儿探望你来了,准没事儿。"

老大娘又害怕,又疼她,拿不定主意。小梅流着眼泪说:"咱们军民是一家,我要给敌人糟害了,大娘你不心疼我啊?"大娘一探身子,拉着她的胳膊说:"好闺女,别那么说,怪叫人难受的!你就待在这儿吧!"小梅问大娘,家里有些什么人。大娘说:小子在外面扛活,媳妇走娘家去了,家里光有老两口子,没外人,叫她放心。

忽然,她们听见大街上,车轮子轰隆隆的,还有过队伍的声音。老大娘忙去顶上大门,回来脸色都变了,对小梅说:"鬼子又进村了!你这么着不行,快藏到里间屋去!"到了里面,可没个藏处。老大娘手忙脚乱地把小梅推在炕上,拉过一条破被子给她盖了,拐着小脚到外间屋,舀了一勺泔水来,洒在炕跟前,上面撒些灰,随手拿个破嘴壶和一个碗儿,放在小梅枕头边,又把她媳妇的一双臭鞋放在炕沿上。

听得见邻舍家的门,砸得咚咚咚的,又是吼,又是骂。小梅正惊慌,这家老头儿从隔壁跳墙回来了,说:"来查门啦!"他走进来,一见小梅,就愣住了,瞪着眼儿说:"你是干什么的?"小梅一时答不上。老头儿急得跳脚拍屁股,低声地喝着:"快出去!惹出祸来怎么办?把我们杀了,烧了,可怎么着?"

小梅坐起来,正要说话,敌人就来叫门了,连踢带砸地大骂:"妈的,顶门干吗?你们不想活吗?"老大娘忙把老头儿推出去,着急地拉小梅躺下,拿被子兜头盖脸地给她蒙起来。

忽然听见喀嚓一声响,门倒了,七八个鬼子汉奸冲进外间屋,吆喝说:"你们准藏八路了!快说!"乓的一下,不知道什么砸了。小梅怕老头儿发坏,心里止不住地咚咚咚直打鼓,暗想:"妈的!死就死,怕什么!"心一横,就平静下来了。

这时候,听见老头儿在外面说:"我们都是庄稼人,哪来的八路军呀!"敌人向他要钱,他拿不出,敌人狠狠地打了他一个耳光,进来了,说:"八路的!八路的!"老大娘坐在炕沿上,守着小梅说:"我听不懂呀！你们干什么啊？"

鬼子看见破鞋破被子，到处都是肮里肮脏的，皱起眉头，捂着鼻子，指指炕上说："这，干什么的？"老大娘说："我外甥女儿有病呀！你看病得这样，好儿天不吃东西了，才吃了药啊！"鬼子说："八路的有！"就用刺刀挑被子。

小梅裹得很紧，鬼子没挑开。一个汉奸冲上来，一下就把被子掀开了，扔在炕头上。老大娘哀求说："你们修修好吧！刚吃了药，别给风冒住了！"汉奸又抽出枕头，扔在地上。到这劲头上，小梅不怕了，假装着哼哼起来，闭着眼儿，就像病很重，昏昏迷迷似的。老大娘掉下眼泪说："大女！大女！你忍着点儿，一会儿我给你烧水喝！"就给小梅掐脑袋。鬼子歪着头儿看着。老头儿进来说："这是我外甥女儿，刚吃了药啊。"过来拿被子给小梅盖上了。

鬼子突然说："妇救会！妇救会！"老大娘说："我听不懂话呀！要喝水？我给烧水去！"汉奸走过去说："走吧走吧。多脏啊！一看也不是个架势。"鬼子们捏着鼻子，嗳嗳喂喂地走了。老头儿去上门。老大娘松了一口气，说："可吓死我喽！"小梅一骨碌爬起来，拉着她说："好大娘，一辈子忘不了你啊！我就认你干娘吧。"老头儿跑进来，说："同志，受惊了吧？刚才我不懂事儿，对不住你啦！"小梅忙说："老大伯，你说哪里话！让你们担惊受怕，我才对不住你们哩。赶在这个节骨眼儿，也是没办法，多会儿环境好了，怎么着也要常来看你们，你们是我的恩人啊。"当天住了一夜。第二天，听说鬼子住下不走了。

三

小梅看村里待不住，趁鬼子集合吃饭的时候，叫老头儿探好路，就悄悄地溜到野外去了。

101

野地里,麦子长得挺旺,正在往饱里灌浆。高粱、棒子也该锄了,有谁管呀?小梅和好些逃出来的老百姓藏在麦地里,妇女们用奶头塞住孩子的嘴,不叫哭出来,可是自己的眼泪,直往孩子脸上掉。大路上,敌人的马队、车子队,来来往往地跑,人们趴在麦地里,动也不敢动,气也不敢透了。

晌午,枪声响得很密。小梅偷偷从麦梢儿里望过去,瞧见黑老蔡领着县大队的一伙人,给远处的鬼子兵追得往这边跑,同志们一边跑,一边回身去打枪。可是这边道沟里也有敌人,机关枪响开了。小梅急得心都要跳出来啦,她瞧见同志们慌乱了,可是黑老蔡一声喊,手一挥,大伙儿就掉转身,朝着他指的方向往横里冲。黑老蔡故意让自己落在后面,他跑一阵,打一阵,两只手轮流开枪,掩护同志们退却。同志们也一边跑一边打。

突然,一声炮响,炮弹就在黑老蔡后面炸开了,一棵小树冲上天空。黑老蔡趴了一下又跳起来,他的衣裳着了火。小梅急得浑身出汗,看见他一面跑,一面脱下衣裳扔开,露出黑不溜一身疙瘩肉,脖子、胳膊上都流着血。两下里二三百鬼子追他,黑老蔡两支枪,乓乓乓一连打了两梭子。旁的同志都不见了,黑老蔡也钻进高粱地跑了。鬼子乱纷纷地追过去,枪炮直吼了半天。小梅看得满眼是泪,心里真结记得不行啊!

四

小梅在地里碰见秀女儿了。两个人见了面,又是难受又是欢喜,就在一块儿跑。饿了就向人要口饽饽吃。有个伴儿还好一点,可是又遭遇了敌人,两个人又跑散了。

小梅碰见一个老婆儿在地里剜菜呢。她就跟老婆儿说好话,央告说:"大娘啊!你看我一家子跑散了,没个地方存身,你认我个闺女,带着我吧!"老婆儿看她怪可怜,就把小梅带回家了。

家里,儿子出外做买卖,有个儿媳和小孙子。过了两天,老婆儿盘问出小梅是个干部,害了怕,就叫她走。小梅眼看着天黑了,又下着雨,就哀求说:"干娘啊!你看黑洞洞的,我又没个投奔处,下着这么大的雨,叫我往哪儿走啊?"老婆儿看着她就害怕得发抖,说:"好同志哩,你……你快走吧!隔壁老恒家藏了个八路,前儿个早上连老恒媳妇一齐砍了。老……老恒媳妇奶子都割喽,肠子流了一地……你……你不走,我可背不起这个祸啊!"小梅要求再留一宿,天明就走。老婆儿怕得不行,直着眼睛,推她说:"好闺女,我也是给鬼子逼得没办法!你……你可别说我狠心……"她一面流眼泪,一面去开大门,小梅万般无奈,只好走出去了。

小梅淋着雨,眼里转着泪花儿,在黑乎乎的街上走。家家户户都插上门了,也看不见一个人,不知道往哪儿去好。稀里糊涂走到村口,看见一个庙,心里想:"唉!没办法,就到庙里避避雨吧。"刚走进去,忽然打了个闪,亮烁烁的,看见里边青面獠牙的一个大泥像,咧着大嘴,两只圆圆的眼睛,对她凶狠狠地瞪着,手里举个大钢鞭,就像要打下来似的。吓得小梅头发根儿都立起了,赶忙退出来。

雨淅淅沥沥下着,好像许多人在哭。

小梅孤孤单单地坐在庙台上,心里乱麻麻的。想起同志们死的死,散的散,大水、双喜、黑老蔡……也不知道死活。到处都是敌人,剩下自己一个儿,黑间半夜给人推出来了……要是给敌人抓去,死了也没人证明是怎么牺牲的,这可怎么办呢?还能往哪儿走呢?

眼泪顺着腮帮子往下淌。她想起老娘,回家两年就亡故了,临死也没有见一面。又想起小瘦,这可怜的孩子给张金龙抢了去,活活儿糟害死了。想到这儿,又是恨,又是气,又是伤心,又是着急,越哭越恸,恸得肠子都要断了。

一阵风,吹着她湿透了的衣衫,她忍不住打了个寒战。雨,不知道什么时候停了。抬头一望,西面天空黑沉沉的,远处还在打闪。东面,云可散了,小星星在眨眯眼儿。小梅忽然想起那天全县干部开紧急会议的情景:县委书记黑老蔡号召大家不动摇,不悲观,誓死和人民站在一起,渡过难关,争取胜利。大伙儿望着毛主席的像,庄严地举起胳膊宣誓……她又想起黑老蔡常讲的红军过雪山草地的故事,红军干部战士跟随毛主席,那么苦还坚持,最后终于取得了胜利。那天,黑老蔡他们给几百鬼子围着打,他挂了彩,也还拼命抵抗呢,自己好好儿的,泄什么气呀!哭,哭有什么用!想来想去还得坚持,还得找同志,找组织。对,找到党,就有了主心骨,就有信心,有办法,劲儿也有处使啦……可是,往哪儿找同志,找组织呢?

她勉强站起来,感到眼里冒金花,浑身酸痛,一点力气也没有了。只好找个背风的墙角坐下去,脑袋靠着砖墙,累得迷迷糊糊的,一合眼,就睡着了。

五

傍明,小梅在庙门外冻醒过来,湿漉漉的衣裳还贴在身上,凉冰冰的。又怕有敌人,赶快离开村子。在一个园子地边的小屋门口,想不到又碰见秀女儿了,再一瞧,田英和陈大姐也在里面。这可见了亲人啦!你抱抱我,我抱抱你,快活得眼泪都流下来了。

小梅心疼地说:"瞧!你们模样儿都变啦!"她们说:"你还不是一样!"陈大姐病得很厉害,前天敌人追她,她跳墙逃跑,又把腿摔坏了。田英尽腰疼,疼得都直不起腰来。田英看小梅外面穿的一件蓝褂儿湿了,忙叫她脱下来晾晾。大姐脱下里面的一件褂儿给小梅换上。

秀女儿说:"哎!可惜我的包袱,要在跟前多好啊!"她拉着小梅告诉她:"那天碰上敌人,包袱在洼里丢了,跑了两天两夜,不知道怎么糊里糊涂地又转回去了,包袱还撂在那儿呢。可欢喜吧,抱上包袱又跑,跑跑可又跑丢啦!"大家都笑了。

大姐说:"你们小声些。天明了,这儿待不住,咱们还得跑!"四个人出了小屋。大姐的腿拐着,小梅和秀女儿扶着她。田英两只手叉在腰里,弯着腰走,一边说:"真是!我这个腰,使劲也直不起来!那天那么多人挤,挤也挤不直。嗳,真是!真是!"秀女儿调皮地学她口音说:"真四!真四!嗳,挤也挤不子!"逗得她们直笑,又不敢笑出声来。

不提防庄稼地泥乎乎的,大姐一滑,连扶她的,三个都跌倒了,身上弄了好些泥,手都成了泥爪子。秀女儿的鼻子上也碰了一坨泥,大家又是个笑。田英指着秀女儿说:"你好!你好!跟人学,烂嘴角,跟人走,变黄狗!"秀女儿说:"你别说啦,瞧我的架势!"她背起大姐,小梅忙抬起大姐的脚,三个人晃晃荡荡地跑。大姐说:"哈呀!我这李铁拐驾起云来啦!"她们怕敌人发觉,都钻进麦地里去了。

一连几天,她们在野地里转,不敢进村去。嘿,什么是那吃的呀!什么是那喝的呀!碰着老乡,要上一个半个窝窝头,四个人你推我让地分着吃。碰不上,什么茴香、小葱、野蒜,胡乱八七地填肚子。直饿得她们两眼发黑,肠子都拧成绳子啦。大家衣裳又单薄,铺着地,盖着天,睡了几天"洼",肚里又没食儿,陈大姐的病越发重了。

这天晚上,陈大姐浑身烧得滚烫。急得她们三个搂着她,抱着她,想不出个办法。小梅说:"这么着不行啊!好人都顶不住,病人更吃不住劲儿。咱们得宿到村里去,能喝口热水,也沾点儿光。"大姐咬着牙说:"别那么着!我这个病怕好不了啦!跑又不能跑,颠又不能颠,老累着你们可不行啊!要是到村里去,谁留咱们这一伙子呢？你们还是扔了我，走你们的吧！"那三个说："大姐，别那么说，咱们要死也死在一块儿！"她们架着她，慢慢儿走。

到一个村子附近，小梅和秀女儿先去探了探，回来说，敌人傍黑走了，已经跟一家老乡说好，可以去歇歇。就架着大姐，走到村边，进了一个秫秸编的柴门儿。一个四十多岁的大婶子，探出半个身子到门外，四面望了望，回头对她们小声说："你们悄悄儿地，快到屋里去！"

大婶子随手把门带上，叫她的女孩子在门边听着点。她急忙引她们到里间屋，安顿病人睡在炕上，用被子盖好，吹灭了灯，低声说："咱们都是一家人！我也是抗属，你们在这儿待着不碍。鬼子来，就钻野地。"小梅说："大婶子，我们这个同志病得厉害啦！你给她烧口水喝吧。"大婶子说："行行行！"就出去了。

她们四个觉得浑身都疼，躺在炕上，说不出多舒服。一下子都睡着了。矇矇眬眬地有人推她们，睁开眼儿一瞧，屋里点着灯，小窗户上蒙着一件破棉袄。大婶子站在炕边，小声说："同志，你们快吃吧。这点儿东西，我藏了好些天，就怕鬼子翻出来。给你们吃了，我心里就痛快啦！"

她们看见，炕沿上放着热腾腾的四碗汤，她们端起碗儿来，想不到碗里是擀得细溜溜的白面条。一股香喷喷的油炸葱花的味儿，直钻鼻子。哈呀！这些天，她们尽吃的什么呀？她们笑了！笑了！笑着笑着，眼泪扑簌簌地掉在碗里了。秀女儿哭着说："干娘啊！你打发了我们两个饽饽就行啦！你给做的白面……白面条儿……"四个人哭得更厉害了。大婶子忙安慰她们，自己的眼泪也掉下来了。

六

吃罢饭,她们跟大婶子合计,偷偷儿在麦子地里,跟打老鼠仓似的,挖了一个洞,口儿小,里面大,挖出来的土都运到远处。除了陈大姐病着,她三个连大婶子和她的小闺女一齐动手,直鼓捣一夜才挖成。大婶子又从家里抱来了干柴火,铺在洞里。她们四个白天黑夜都在洞里钻着。大婶子母女俩假装挑苔菜,一天给她们送两次饭,还报告情况:这几天,鬼子汉奸尽包围村,抓青年、抢东西、搜查八路、找村干部……有一天就来了五次。村里伪政权建立起来了。附近较大的村子,都在修岗楼,有的已经修起了。

小梅她们在洞里待着,一连好几天不敢出来。洞里又湿、又黑,四个人谁都长了一身脓疙瘩疥,又痒、又疼,怪难受。柴火堆里多少跳蚤啊,咬得不行。她们腿也伸不直,头都窝着,小梅笑着说:"你们见过卖烧鸡的吗?咱们都成了窝脖子鸡啦!"

秀女儿忍不住说:"老这么钻着,可把我憋死啦!我真想出去跑跑哟!"田英说:"你老实点吧,别找事儿啦!"陈大姐发愁说:"咱们的人可不知都在哪儿,怎么能跟他们取上联系才好呢。"小梅早就有这个想法,提议说:"这个洞小,两个人待在里面就宽敞了。我和秀女儿出去找关系,留田英照护大姐,我们找着人,再来接你们,好不好?"大家都同意了。

这天晚上,小梅、秀女儿从洞里爬出来,大婶子送给她们一个破篮儿,里面是饽饽和煮山药,小梅、秀女儿就奔黄花村的方向去了。

憋了好些天,一走到野地里,这舒服劲儿可真不能提啦。秀女儿不住地使大劲吸气,说是有小喇叭花的香味儿。小梅说,不是花香,是麦子香呢,又说:"青纱帐起来了,咱们又好活动啦!"

她俩走了一阵,来到一个村子,躲在黑暗里听一听,没什么动静。两个就商量,想进去探一探,打听机关在哪儿。她俩进了村,绕了两个小胡同,可一个人也碰不见。老百姓都插上门了。摸不清情况,也不敢叫门。正迟疑呢,忽然听见戏匣子唱开了洋戏,还有人嘀里嘟噜地说话。小梅拉着秀女儿低声说:"坏了!咱们跑到人家眼皮子底下啦!"秀女儿还不信,隐在胡同口里,探出头儿向街上一望,街东头果然矗起一个大岗楼,亮亮地射着灯光。秀女儿忙转身说:"真晦气!快跑吧!"

刚跑,一个小门咿呀地开了,走出一个男人来,看她俩挺惊慌,就叫她们站住,问:"你们是干什么的?"秀女儿忙说:"要饭的。"那人怀疑地说:"怎么你们黑间半夜还要饭呢?准不是好人!"小梅一下子瞧见他手里提着个手枪,心就抽紧了。那人说:"你们跟我来!"就把她俩带进屋里去。

一进屋里,那男人就把秀女儿挎的破篮子要去,凑在油灯底下检查。篮里可没什么,只有两块煮山药,几个玉米饽饽。他摇着脑袋说:"不对头!你们撒谎呢。你们既是要饭的,一定这家要一点儿,那家要一点儿,怎么这篮里的饽饽是一个颜色,一样大小呢?明明是一锅出来的么。你们不说实话可不行!"小梅、秀女儿给他说得无言答对,小梅只好说:"我们原本不是要饭的,是串亲戚的,黑夜失迷道儿,走岔路啦!"又指着秀女儿说:"这是我表妹,她年轻,不懂事儿,说错了话,你可别多心。"

那人穿一身便衣,年纪也就是二十多岁,两只眼睛瞅瞅小梅,瞅瞅秀女儿,来回地打量,瞅得她俩耷拉着脑袋,心里直发毛。那人忽然站起来说:"你们俩准是干部。你们说说,在哪区工作的?"

秀女儿坚决地说:"我们连干部的边儿也挨不着,我们就是老百姓!"那人盯着她们,突然问:"你们认得程平、黑老蔡不?"她俩心更慌了,一齐摇头说:"我们不认得!"那人又说:"你们不说实话,送你们到岗楼上去!"她俩刷地变了脸儿,年轻人可笑起来了。

他说:"你们别害怕,咱们都是自己人,县大队在这儿住着呢,我叫个人来跟你们对对面。"说着,他走到对面屋里去了,听得见有人开大门走出去。小梅和秀女儿悄悄商量说:"县大队还能扎在岗楼底下呀?准是故意诈我们的!咱们把口供编好,死也别承认!"她俩就坐在炕沿上唧咕开了。

刚把口供串好,那男人来了,后面跟着一个人,黑不溜、笑眯眯,连鬓胡子毛碴碴的,可正是黑老蔡。小梅和秀女儿乐坏了,忙跳下炕,说:"哈!闹了半天原来是你哟!"秀女儿拉着黑老蔡的大手说:"可把我们俩吓坏了!"黑老蔡脖子上的伤还没好,他歪着头儿笑着说:"怎么你俩到这儿来装要饭的?咱们的村干部还以为你们是汉奸呢!"秀女儿指着那村干部笑了起来,说:"我们才以为他是汉奸呢!"

小梅问黑老蔡:"怎么你们这么大胆儿,偏偏凑在岗楼底下住呢?"黑老蔡笑着说:"我们慢慢摸出门儿了。越是这样的地方,敌人越不注意。只要咱们掌握住下面的干部和群众,什么问题也没有。"他得意地笑着:"嗨!别说冀中没有山,人山比石山还保险!"

说了一阵闲话,黑老蔡就引她们到另一个老乡家里,洗脸、吃饭。小梅、秀女儿就像出门流落了好些年,回家见了自己的亲人,许多话儿说也说不完。真是,找到了组织,办法也有了,信心也高了,情绪也好了,两个人嘻嘻嘻地只是笑。

黑老蔡给她们说了许多同志的消息,又说到牛大水给敌人抓去以后,还没有信儿。他一面打发人接陈大姐,一面安顿她俩休息。

休息了两天,黑老蔡就对她俩说:"以后别再乱跑了。现在有许多工作要做,已经给区上布置下去,你们赶快到西渔村找双喜他们去吧!"就叫一个村干部送她俩走了。

第九回　生死关头

"趁早收起你那鬼算盘，
想叫我当狗难上难！"……
太阳偏西还有一口气，
月亮上来照死尸！

——李季的诗

一

牛大水一伙，给敌人圈去的那天晚上，走近一个大村子。看见村外边隔几弓就有一堆火，鬼子跑来跑去的。到了村口，前面的敌人停下了，汉奸们喊着说，村里都住满了。鬼子就把抓来的男人们留在村口，妇女们都带进村去。

大水心里着急地想，这些妇女要倒霉啦！他注意地看着一个个妇女从他面前走过，有的低着头，有的掉着泪，有的惊慌地望着，有的还抱着孩子。走完了，独独不见杨小梅。大水惊疑不定地想："小梅哪儿去了呢？是不是给糟害了？"正想着，脑瓜儿上梆地挨了一下，原来前面的人又走动了。

他跟着来到村边的一个大场上。场的四周，也烧着一堆堆的火，有些鬼子还拿门窗家具往火里扔。大水这一伙，身上挂的东西都给拿走了，一下子觉得很轻松，可是脖子酸得抬不起头来。鬼子们围成一堆堆地在场边上吃饭。大水他们只希望能喝口水,谁的喉咙里都火烧火辣地难受啊。

有一个当差的老头儿,提了一桶水来。一串串绑着的人们立时围上去,都想把头伸到桶里去喝。忽然一个日本军官骑着匹大白马来了,就在马上一脚把人踢开,让他的马饮水。人们都围在旁边看。那该死的马喷着鼻子,呼噜呼噜地吸了个饱,把肚子喝得滚瓜似的了,马脖子上还流下好些水。马走了,桶干了,有几个人可怜巴巴地趴在地上啜那泥浆。旁的人望着那骑马的鬼子走去,气得都瞪直了眼儿。

夜里,四周的火堆,还是烧得很旺。大水他们和敌人排成菊花瓣儿,睡在大场上。抓来的人在里边,头对头,一层一层的,最外边的两层是敌人。要逃跑,一定会踩着敌人,怎么也跑不了。大水一夜没睡着。有人唉声叹气,给放哨的鬼子骂得不敢做声。

早上,鬼子汉奸吃了饭,叫他们站成两行,又往外挑人。牛大水也给挑出来了。剩下的就在这村修岗楼,挑出来的一批,押着往城里送。路上耽搁了好几次。天黑,走到一个村子。这村也住满了敌人。大水他们给赶进一个很脏的院子里,鬼子把干净一些的北屋占了,伪军占了东屋,把大水他们推进西边一溜小坯屋,关起来。

大水这一伙,一连两天水米没沾牙,饿得前腔贴后腔,渴得喉咙里冒火。又是累,又是热,谁都头昏眼花的倒在地上。有些人哼哼,鬼子的刺刀就从窗洞里捅进来。

鬼子吃过晚饭,都睡了,只留着两个伪军在大门口放哨。三间小坯屋,都锁着门。大水屋里六个人,里边有村干部,有民兵,有老百姓。一个十七八的小伙子渴得哭了,说:"这不叫人渴死啊!喝尿也情愿。尿又尿不出哟!"大水想来想去,想不出个办法。小伙子熬不住,用头碰着墙,哭着说:"怎么受得了,我不活喽!"他的头,碰得墙上的土沙沙沙地落下来。

大水正在想着黑老蔡的话:在艰苦的环境里,咱们共产党员,要时时刻刻领导群众作斗争……他听见墙上的沙土落下来,忽然心一动,想起了一个主意。就低声劝那小伙子:"兄弟,别哭了,咱们慢慢想办法。"大水跪起来,直发晕,勉强凑在窗户台前等着。等了一阵,放哨的伪军换班了,有个伪军过来,往窗洞里瞧瞧。大水叫住他,跟他说了许多好话,又用道理打动他,伪军答应给他们提些水来。

大家听到有水喝,都挣扎着坐起来了。大水蹲在地上,叫他们都凑过来,小声说:"乡亲们,咱们都是难友,得商量着点。我说,明儿个押到城里,不是枪崩就是刀砍,反正是个死,倒不如咬咬牙,想法子逃出去,这提来的水就是咱们的救命水!"他悄悄地跟他们说了个办法。几个人喊喊喳喳商量了一会儿,都同意了。

那伪军开了门,提进一小桶水来。大伙儿千恩万谢地说好话。伪军高兴地说:"没什么,都是中国人!"出去锁上门,走到大门口去了。大水叫每人喝一小口,润润嗓子,他自己想着是个共产党员,应该"起模范",就一点儿也没有喝。

大水是拴在绳子的一头,小伙子是拴在另一头。大水和他背对背,摸索着给他解绳子。一会儿,六个人都偷偷解开了。一个人站在窗口瞭着,那五个有的抹下头上的手巾,有的撕下一截袖子,沾着水,轻轻儿扑到墙上去。土墙闷湿了,就用手挖。

弄了老半天,眼看着快挖透了,忽然窗边的人紧张地弯过腰来,小声说:"来了,来了!"六个人急忙背过手,拿着绳子,照原来的样子坐着。牛大水那宽宽的背,贴着那挖开的洞,大家连口气都不敢出。伪军开了门,进来说:"你们喝够啦?"几个人忙说:"喝够了,喝够了,真麻烦你啦。"伪军把桶提出去,又锁上门走了。

有的人可吓得打哆嗦,泄了气儿。大水说:"别害怕!快加一把劲,就成功了。"大伙儿咬咬牙,又紧张地挖起来。忘了渴,忘了饿,也不知哪儿来的气力,一会儿就挖通了。大水先钻出个头去,望了望,就爬到外面。接着一个个都爬出去,跟着大水,溜到村外,就分散逃跑了。

二

大水在地里胡混了几天,心里想:"老这么东跑西颠的,也不是个事儿,找'堡垒户'钻个洞试试看吧。"

晚上,他溜进一个村子,跳墙进了尹大伯的家。尹大伯是个红脸白胡子的老头儿,和他的小孙子正吃饭呢。一见大水,老人家忙下炕说:"大水,你可来了!这些天见不着咱们的人,真是有天没日头,可把我老头儿憋坏啦。"那孩子也叫叔,拉大水上炕吃饭。

大水一面吃一面问:"咱们挖的那'草鸡窠'呢?"大伯说:"不是在你屁股底下哩!好好儿的,单等着你来呢。"大水舒舒服服地吃了一顿饱饭,大伯点起一根火绳,熏蚊子,叫大水安安稳稳睡他的觉,说:"有我在,百不怎么的!别看我门神老了不捉鬼,我耳朵可灵着哩。"老人家安顿大水在炕上睡下,爷爷孙子两个就夹着破被子,到房顶上去放哨。老大伯一夜没睡,尽支起耳朵听呢。

天一扑亮,敌人进村了。老人家忙叫醒大水,端下锅,大水钻进炕里面地底下挖的地洞,洞口搁好洋铁片。大伯又坐上锅,添了水,烧起柴火来。

敌人挨家搜查,查到这一家。一个汉奸踢着尹大伯问:"老头子!你家八路军藏在哪里?"尹大伯慢慢站起来,用手托着耳朵,凑过去问:"你说什么?"汉奸大声说:"问你见了八路军没有?"尹大伯说:"哦哦,八路军?见来着,见来着!穿的灰不叽的粗布,还拿着枪哩!"汉奸忙说:"对对对。在哪儿?快说!"尹大伯说:"啊呀,可多呢!全宿到这村啦。"汉奸急忙问:"他们多会儿来的?都住在哪儿?"老头儿说:"你别忙,让我想想!那一天我正赶集回来,买了点年货,眼看灶王爷就要上天啦……"汉奸气得打了他一巴掌:"他妈的!谁问你去年的事儿?这个老棺材瓢子!"

鬼子吼着:"洞!洞!"汉奸对着老头儿的耳朵嚷:"问你,洞在哪儿?"老人家眯缝着眼儿,说:"什么?洞?头年我养了个大狸猫,嘿,一看就是个好猫,把耗子治得影儿也不见啦,哪还有洞呀?"汉奸嚷着:"你他妈的!不是小洞,是大的,地下挖的!"尹大伯伸着头,仔细地听着,笑起来说:"哦!这回我可听明白啦。嗨,早知道,早领你们去啦。你们跟我来!"就领他们到后面,指着粪窖说:"你看!这不是啊?我家这是三月才起的,还没多少粪!不信你瞧!"说着拿个粪勺搅给他们看,臭得那些鬼子忙捏着鼻子走开。汉奸用手在鼻孔下面扇着,眉头拧成疙瘩儿,说:"得了得了!快放下吧!你他妈的真刺儿头!"一伙人骂骂咧咧地走出去,嘴里说:"晦气!倒霉!碰见这么个糟老头子!"

他们出了门,尹大伯托着白胡子,差点儿笑掉了下巴,赶忙对小孙子说:"我老头儿出嘴,你小孩子出腿。快跑出去再打探打探,咱们得多提防着点儿!"小孙子答应着,跑出去了。

三

大水在尹大伯家,一连住了好几天。鬼子汉奸常来折腾,都应付过去了。大水想:"有群众掩护,待在这'草鸡窠'里倒挺稳当。"可是他又想:"老待在这儿,外面的情形一点不知道,双喜他们都见不着,小梅又不知道下落,家里老人也不知道怎么着了!天天钻洞,什么工作也不能干,可不把人憋死呀?"

一天晚上,他辞别了尹大伯,先去寻他的枪。

野地里,月亮照得挺明快。高粱、棒子都长高了,可是草也长得挺稠。大水心疼地想:"这地可是该锄啦!"在一片树林里,他碰见赵五更、艾和尚。同志们见了面,心里可豁亮多了。谈了几句话,艾和尚就拉着大水的胳膊说:"大水啊,我告诉你一件事儿,你可别难过!"大水忙问什么事。艾和尚说:"敌人把你爹抓去,逼着要人,老人家受了点儿罪,村里保他出来,没两天就去世了!"大水听了,呆呆地坐在坟头上。艾和尚一劝,他就哭开了。

牛大水越哭越伤心。艾和尚和赵五更劝了半天,他才擦着泪,咬牙说:"好狠的鬼子汉奸啊!那么大岁数的一个病人,也逃不出他们的毒手!我牛大水活着非报仇不行!"他打听同志们和兄弟小水的消息。五更说碰见马胆小了,听说小水跟着双喜呢。又说高屯儿救活了,杨小梅也逃了出来。埋在地里的枪,双喜都起走了……大水听了,心里才松快点儿。

大水又问黑老蔡、双喜在哪儿。艾和尚小声告诉了黑老蔡的地点,说自己才从那儿来,路上遇见的赵五更。黑老蔡说:双喜在西渔村,叫大家跟双喜——跟组织联系好,千万不要失掉关系。又叫大家一定要把枪带在身上,在任何情况下,决不能放弃了武装,必要的时候就得跟敌人拼。还叫同志们多做些群众工作,等敌人的疯狂劲儿一过去,就集中力量,打击小股的敌人……这些话,艾和尚可记不清,只说了个大概的意思。末了他说:"黑老蔡已经把工作都布置给双喜了,咱们赶快找双喜去,双喜在一个堡垒户家待着呢。"

赵五更也正要找双喜,三个人就急急忙忙奔了西渔村。谁想艾和尚糊里糊涂,又把地点记岔了。五更也光知道双喜在这村,可说不清在哪一家。他们找了半天没找着,心里挺着急。看看罗锅星在西天只剩一树高,天快明了。他们不敢在村里待,只好到村外庄稼地里,找了一片场,就在滑秸垛旁边睡一会儿,三个人轮流放哨。

天刚麻麻亮,敌人来围村了。鬼子怕老百姓发觉,都从高粱地里走,头前是便衣汉奸引路。放哨的艾和尚可睡着了!

大水迷迷糊糊听见高粱叶子刷刷地响,心一惊,坐起来回头一瞧,不好,四五个便衣往这边走呢!忙叫醒赵五更,说:"快醒醒!不知道什么人来了!"又去推艾和尚。赵五更忙拿着枪站了起来,说一声:"快跑!敌人来了!"就往前蹿。敌人发现目标,赶忙去追他,大水、艾和尚都没有枪,见滑秸垛旁边靠着个秫秸箔,就钻了进去。

赵五更看见敌人追他,急忙回头打了两枪,打死了头前的一个敌人,就跑得不见影儿了。大水、艾和尚从秫秸箔的另一头钻出去,蹿进高粱地。没想到顶头碰上了鬼子,一下按着大水的脑瓜儿,把他卡住了。大水要有枪,也就可以把鬼子打死,自己逃走,可他空着手。猛一挺,褂子哗地扯破了。鬼子拧住他一只耳朵,大水挣扎着扭过去,转身一个耳光,把鬼子打了个侧不棱,一个指头打在钢盔上,疼得发麻。那边艾和尚也跟一个鬼子打起来了。

大水正想跑,另一边又跑来两个鬼子,嘴里说着:"好的好的!上的上的!"原来鬼子爱摔跤,都把枪扔了,要捉活的。一个鬼子先扑上来,抱住大水就摔,嘴里嗯嗯嗯的。他两个就地十八滚,打了个瞎架。旁边两个鬼子看大水劲头儿大,也都扑上来。大水一个打不过三个,给他们按住了。鬼子解下大水的束腰带,把他绑起来。艾和尚那边只一个鬼子,艾和尚急劲儿大,把他摔在一边就跑,那鬼子爬起来就追……

四

天明了。敌人把牛大水拉到场上,一群鬼子围着看。矮胖的鬼子小队长饭野用手攥攥大水的手腕,那手腕儿真粗真壮啊。又用手一拃一拃地量量大水的肩膀,比他自己的肩膀宽得多。他那红红的酒糟鼻子哼了一声,嘀里嘟噜不知说些什么。那挨了巴掌的鬼子,人们都叫他什么"初一加三郎"的,是个高个儿,他老噘着嘴,低着头,翻起白眼儿对大水瞅着。鬼子们看看他,又看看大水,都叽里呷啦乱笑。

饭野小队长会几句中国话,问大水:"你什么的干活?"大水瞧见旁边有井,有菜园子,就说:"看瓜的。"汉奸问:"看什么瓜?"大水说:"看北瓜。"饭野那红鼻子一缩,露出不相信的神气。他哼了一声,弯下腰去,看看大水的手心,没死肉。又蹬一蹬大水的腿肚子,倒是挺有劲儿。立时眼睛一鼓,说:"嘿,八路太君的有!"就把他带到村北口大堤旁边去。

他们把大水绑在堤边一棵柳树上,手反绑着,上中下三道绳子捆了个紧。鬼子们有的打他耳光,有的用大皮鞋踢他。正打得凶,那边又有一群鬼子,拥着一个人过来,那人头上的血流了一脸。大水吃了一惊,看出他正是艾和尚。艾和尚因为空手,也给活捉了。

鬼子把他推到牛大水跟前,一个汉奸手里拿着艾和尚的黑皮带,指着大水,问艾和尚:"你认得他不?"大水忙说:"我不认得他,他怎么认得我?"汉奸照大水脸上就是一皮带:"谁他妈的问你呀!"又问艾和尚:"说!认得不认得?"艾和尚说:"我,我也不认得他。"鬼子把他一推,艾和尚就一屁股坐在堤坡上了。

两个鬼子拿着两根粗木棍,打得艾和尚乱叫,疼得往两边让,身子一仰,腿一蹬,一棍就把一条腿打折了。艾和尚给打急了,猛一挺,呼地往下蹿,就钻了高粱地。可是腿折了,他跑不了啦!鬼子把他拖回来,说:"你两个统统死了死了的!"一枪就把艾和尚打死了。大水闭着眼儿等他打,可是听不见枪声。睁眼一看,艾和尚已经栽到堤根下了。

大水看到活蹦乱跳的艾和尚一眨眼的工夫,就死在敌人枪弹之下,心里一阵疼。想着:"反正活不了啦!"就大声问:"你们有种,怎么你们不打呀?"汉奸说:"你到底是不是八路军?"大水说:"我就是八路军,活着,就跟你们干,死了,也是光荣的。不像你们这些狗杂种!"鬼子狞笑说:"八路,好的好的!"回头跟汉奸说了什么话;汉奸对大水说:"哼,你倒想死,且不叫你死哩!"

这当儿,村子里乱糟糟的,男女老少给鬼子赶得大哭小叫。有个外路来的买卖人往村外一跑,也给鬼子抓到堤边来了。敌人问他是不是八路,他说不是,就打开了。那商人连忙喊:"别打别打!我有个话说:我的大哥跟你们是好朋友,看我大哥的面上,饶了我吧。"汉奸问:"你的大哥是谁?"那商人忙解开腿带,拿出一卷联合票给他们说:"看!我这个大哥不是你们的好朋友吗?"汉奸笑起来说:"这真是个买卖人!"饭野小队长眼一眯,鼻子一缩,露出一口大黄牙,笑嘻嘻地点了点头,说:"金票的金票的!买卖人,好!"又一挥手:"开路开路!"商人爬起来就跑了。

村里的老百姓,都给赶到村口来开会了。敌人把大水从树上解下来,说:"走!挑八路去!"就把他押到会场,从一头走过去,叫他"拔相"(就是挑选人)。男女老少都吓得战战兢兢的,偷着眼儿瞧大水。大水一眼看见双喜也站在里面,心就跳起来了。双喜的眼睛直直地望着他,好像在说:"你可是个共产党员,看你坚决不坚决!"

饭野小队长手里攥着一把刺刀,问大水:"里面有八路的没有?"大水说:"没有!"那饭野鼓着眼睛,恨得嗯嗯嗯的,举起刺刀,照大水的心窝就刺。大水扭过脸去,咬着牙说:"反正没有!你刺吧!"饭野只哼了一声,又推大水往前走。群众脸都吓黄了,噙着泪花儿。大水看见马胆小、谷子春,还有兄弟小水,好些队员、干部都在里面,一个个直勾勾地瞅着他。

敌人押着大水在场里走了一遍,大水一个也没有说出来。饭野小队长起了火,回头吼了一句什么。立刻有个鬼子兵引来三条洋狗,都气咻咻地吐着红舌头。饭野呜噜叫了一声,指指大水的腿,一条狗就蹿上去,只一口就连肉带裤子,血淋淋地撕下一大块。

大水挣扎着,凄惨地叫了一声,疼得他头上汗珠儿直往下滚。饭野又指指大水的胳膊,那洋狗猛地直立起来,两个爪子往前一扑,又咬了一口,大水就昏过去了。

忽然,人群里一个白头发的老妈妈,跌跌撞撞地冲出来,扑在大水身上,眼泪直流地喊:"你们别造孽啦!这是我的儿呀!你们要把他治死啦!"群众都哭了。几百个男女老少一齐哀求说:"他实在是个好庄稼人啊。你们饶了他吧!"鬼子怕老百姓怜惜他,就一脚踢开老婆儿,把大水架起来,带走了。

五

敌人回到东渔村,牛大水醒过来了,敌人把他押进警备队住的后院,关在南屋一个木笼子里。傍黑,看守他的老头儿,悄悄对他说:"你娘看你来啦,你们说话小声点儿。"就走出去了。大水心里想:"我娘早死啦,怎么又来个娘呢?"正想着,看守带进来一个白头发的老妈妈,手里提着个篮儿。大水认得她是西渔村王树根的娘,王树根已经在"扫荡"开始的时候,给敌人活埋了。当下王大妈跟看守说了两句话,老头儿就出去了。

老妈妈抓住木笼,白发苍苍的头伸过来,小声说:"大水啊!我把你认下啦,你就说你是王树根。双喜叫你沉住气,什么都别承认。咱们一村都在保你呢。唉,我的亲人哪!看着你,真叫人心疼得不行啊!今儿个谁也吃不下饭,大伙儿正在给你凑钱呢。"大水听着,心里一阵热辣辣的,泪珠儿直往下掉,哭着说:"娘!……你放心!……你跟双喜说,我死活总得争口气,你们……别结记我!"

老妈妈撩起破衣襟,擦了泪,从篮里拿出乡亲们交给她的鸡子儿、油馓子、烧饼……许多东西,塞进木笼里,放在大水跟前。又从怀里摸出个小纸包儿,塞给大水说:"小子,这是我给你的一点钱儿,留着你零花吧。"老妈妈不敢多耽搁,叮咛了两句就走了。

过了两天,两个伪军端着枪,把大水提出去过堂。走到鬼子营房,大水看见门口站着西渔村的许多老乡亲,老妈妈也在里面,都眼巴巴地望着他。

大水进了屋子。一个白脸儿鬼子,戴着一副小眼镜,人家叫他"狗牙子伤"的,正坐在那儿,和旁边一个翻译官说话,伪队长杨花脸也坐在一边。翻译官叫大水站到桌子跟前,问他姓什么叫什么,住在哪儿。大水一口咬定是西渔村的,叫王树根。又问他是干什么的,大水说是庄稼人。杨花脸问:"你到底是不是八路?"大水说:"我一年到头,耕耩锄耪,怎么是个八路呢?"杨花脸拍着桌子,喝着说:"你不是,你那天为什么承认是八路呢?"大水说:"他们一个劲儿打我,把我打昏了,我说的胡话。"

杨花脸转过脸去,跟"狗牙子伤"咕噜咕噜地说了一阵话,那"狗牙子伤"点点头,就用红蓝铅笔,在一张纸上写"共产党"三个大字,指着牛大水:"你,共产党?"大水吓了一跳。可是"狗牙子伤"在那三个字上划了个大"×",说:"你,不是!"又写"八路军"三个大字,说:"你,八路军?"大水又吓了一跳。"狗牙子伤"又划了个大"×",说:"你,八路,不是的!"又写"工作员",又划掉。最后写了个"良民",说:"你,良民,好的,好的!开路,开路!"杨花脸笑着对大水说:"太君饶了你了,好好儿种你的庄稼去吧!"伪军就给大水解绳子。

"狗牙子伤"抬一抬小眼镜,站起来,和杨花脸走进里间去。一面走,那"狗牙子伤"一面说:"杨队长!你,王树根的金票,大大的有,大大的发财!"杨花脸说:"我要发财,这个的有!"说着用手在脖子上砍了一下,"狗牙子伤"就嘻嘻嘻地笑起来了。

大水放出来,刚出门,老乡亲们就围上来了。有的扶着他,有的问长问短。一伙人给他裹好伤,换了衣裳,欢欢喜喜地往村外走。一转弯,迎头来了几匹马,人们赶快让开。头一匹马上骑的一个胖军官,像是何世雄。几匹马过去了,老乡们低声说:"胖子这会儿在城里当什么大头儿呢!咱们快走吧。"

正说着,忽然一匹马转回来了。马上一个挎盒子枪的喊了声:"站住!你们干什么的?"大水一听是张金龙的声音,忙低下头。

原来那人正是张金龙。这破落户,这流氓,这地主的狗腿,在"扫荡"一开始,就投奔了他原来的主子何世雄,当上汉奸了。这会儿他一马过来,说:"嘿,这不是牛大水吗!我看着就像你!"说着跳下马,提着盒子枪,高兴地走来说:"哈,巧极了,正找你呢!快跟我走吧。"老妈妈抢上来说:"你这是干什么呀?才打官司出来,日本人那儿都没事啦!咱们都是中国人……"张金龙一个巴掌把老妈妈打得跌在地上了,用盒子枪指着大水说:"牛队长!你不是英雄好汉吗?走吧,到咱们何大队长那儿去,耍耍你的威风吧!"

说话间,又有两匹马转回来了。大水咬着牙说:"好张金龙!我早知道你要干这勾当的!英雄不英雄,咱反正不当汉奸!走就走!豁出我这一百多斤,怕你我就不是爹娘养的!"张金龙掏出绳子来,拧着大水的胳膊就捆。老乡们都上来说好话。张金龙骂着,把大水捆了个五花六道,一匹马交给那两个伪军,他推着大水就走。

六

他们把大水带到何庄,押在何家大宅的后院。

何世雄这次回来,可耀武扬威了。这几年他在城里当汉奸,村里把他过去霸占的土地,都让原主耕种了。扒堤放水的第二年,又把他搜刮老百姓的血汗——埋在地里的几十石麦子,退还穷人渡了春荒。这次他一回家,就"猪八戒倒打一钉耙",夺回土地,还挨家挨户搜粮食、抢东西、打人、牵牲口,又到处找咱们的干部。幸亏干部们藏的藏了,跑的跑了,家属们投亲戚,靠朋友,寻吃要饭,也都逃了。他没法子出气,就放火,烧了许多房子。

这天晚上,日本司令龟板路过这儿。何世雄摆了酒席招待他,那股子奉承劲儿,真是恨不得捧着龟板的屁股亲嘴呢。

那龟板,瘦长脸儿,高颧骨,留着仁丹胡子,会说中国话。他捻着胡子,抬起下巴,两只黄黄的小眼珠斜瞅着何世雄。他那女人似的嗓子,傲慢地说:"大和民族是世界上最强的!你看,大日本皇军在太平洋上,把美国都打败了!你们小小的中国,不用打!"

他吹了一通"中日提携"的理论,说汪精卫好,又说蒋介石也不错,背后伸出个胳膊跟皇军拉手呢。就是共产党大大的坏,是皇军的死对头,所以一定要把主要的力量放在"剿共"上。一说起"剿共",他那武士道精神使他额上筋都暴起来了,声音发尖地说:"剿共好比刨树的,你把树枝树身的统统锯了,底下又会出树!你要把共产党的下层组织统统查出来,刨了根,就是有树也死了的!"

鬼子司令走了以后,何世雄就把牛大水拉出来审问。

七

夜深了,牛大水给押到何世雄的屋里。

屋里点着两盏大泡子灯。人们一个个凶眉恶眼,杀气腾腾,旁边放着棍子、刀、绳、压人的杠子……火炉里烧着烙铁和火箸。大水瞧着,就像进了阎王殿似的。

何世雄见了牛大水,恨得咬牙。他凶狠狠地笑着说:"牛大水!什么都给你准备好了,你看哪样菜好吃就吃哪样吧!"两边的人喝一声:"跪下!"大水说:"跪什么!我没有罪!"何世雄拍着桌子骂:"你混蛋!"大水气得心头冒火,说:"你八个混蛋!"何世雄满脸横肉,挥手说:"叫他尝尝!"两个特务拧住大水的胳膊,一个从后面用条白布把他脑袋一勒,另一个拿两块檀木板,照大水脸上啪啪啪左右来回地打,几下子,打得大水嘴里连血带沫子流下来,舌头都麻了,像棉花瓤子似的。眼角上也挨了一下,只觉得昏昏沉沉,不知道事了。

他们用一卷草纸把大水熏醒过来。何世雄问:"黑老蔡、刘双喜他们在哪儿?"大水说:"不知道!"何世雄问:"上一回你和刘双喜到这儿来抓我,是谁报的信,谁出的主意?"大水一只眼糊着血,一只眼瞪着,说:"你别问我,你问我干吗!"何世雄冷笑说:"嘿!这小子还没尝着好滋味呢!给他一碗黄米饭吃!"

大水背后那家伙,用膝盖顶住大水的腰,手里的白布紧紧一勒,勒得他仰了脸儿,旁的人就用小米泡凉水,往他鼻子里灌。还听见何世雄说:"你吃这碗饭怎么样啊?饱饱儿地吃一顿吧!"大水忍不住,一吸气,呼地就吸进去了,呛得脑子酸酸的,忽忽悠悠地又昏过去了。

他们又把他熏过来。大水迷迷糊糊的,鼻子里喷出来的小米全成了血蛋蛋,嘴里也喷出来了,身上又是血又是水。何世雄得意地说:"你小子好啊!铁嘴钢牙,柏木舌头。到了我手里,看你还厉害不厉害!"

张金龙叼着个烟卷儿来了,对大水露出金牙齿,笑嘻嘻地说:"还是说了吧,牛大水!你们党员,什么不知道啊,你又是区上的红人!黑老蔡就是你的表哥,你和刘双喜是他的胳膊腿儿,下层组织都是你们鼓捣起来的。你说出来没事儿,不说出来,怎么也过不去这一关!你看我从前也干的那一行,跟你是一势,说过来不就过来啦!"

大水气得浑身乱颤,眼珠子都瞪出来了,一嘴黏糊糊的血沫子,呸地唾了张金龙一脸,说:"汉奸王八蛋!谁跟你一势?"张金龙掏出绸手绢,抹抹脸,一条眉毛压了下来,狠狠地瞪着牛大水:"妈的!你小子还卖骨头?"随手抽出烧红的烙铁,把大水的裙子撕开,就吱啦啦地烙他的背,背上烧得直流油,一阵阵地冒烟,满脊梁都烧煳了啊!大水喊,大水叫,大水破口大骂:"你们这些汉奸王八蛋,好狠心!对中国人一点不留情啊!共产党八路军抗日救国,有什么罪呀?"他眼里掉下来的,不是泪,都是血啊!

何世雄拧着眉头,慢慢地吸烟。忽然抬起眼皮子,奸笑着说:"牛大水!你别死心眼儿,拿着鸡蛋跟石头碰!你这是何苦呢?人家黑老蔡、刘双喜未必有你这么坚决!你硬抗硬顶,白白送了命,谁来怜惜你呀!"忙叫人给大水松了绳子,端个凳儿给他坐;劝他说:"你也别难过!今天我喝了点儿酒,弟兄们打了你,显得怪对不起你的。其实这也没什么!你也别放在心上。你看金龙,过这边来多'得'呀!吃得好,穿得好,还有钱儿花!只要你回心转意,我也给你个官儿做,让你也阔气阔气!"

何世雄一面说,一面楞着三角眼儿瞅大水的脸色。见大水低着头儿不说话,想他一定给说动了,就给张金龙丢了个眼色。张金龙出去了,他接下去说:"要说抗日,我何世雄过去也是抗日的,现在也不是不抗日啊!抗日的时间长着哪,着什么急呢?"

张金龙进来了,后面一个人端着托盘,盘子里有酒有肉,有白面卷子,过来放在大水跟前的小桌子上,何世雄伸手说:"牛同志!快吃吧!给你压压惊!你是个好样儿的,咱俩今后交个朋友!"

大水气坏了,拿起一碗猪肉,照着何世雄就摔过去。何世雄让不及,油卤卤的,直洒了一身,碗也打烂了。人们忙捉住大水。何世雄跳起来,气得脸儿发紫,喝着说:"这小子真他妈不识抬举!给你脸不要脸,我倒瞧瞧,看你拧得过我,还是我拧得过你!"他吼了一声,几个如狼似虎的家伙,又横拖倒拉地把大水拾掇开了。

他们用尽了各种刑罚,大水受尽了各种罪。他们想掏出口供,把这一带共产党一网打尽。大水可咬着牙,一个字也不说。鸡叫了,拾掇他的人们全累得不行了。何世雄擦着秃脑瓜上的汗,把鼻子都给气歪了,说:"这号东西不是人!快拉出去砍了他,喂狗吃!"

大水已经瘫在地上不能动了。一伙人架着他,张金龙拿着一把大刀,颠着屁股走在头里,何世雄的那条狼狗,摇着尾巴跟在后面,都往村外走。

月儿很明,四下里静悄悄的。到了村南一片乱坟堆,一棵孤零零的枣树旁边,他们剥下大水的血衣裳,大水只穿个裤衩儿,光着头,赤着脚,被他们推推搡搡地按在地上。狼狗坐在一边等着。张金龙先把刀子在石头供桌上哧哧地磨了几下,月光里,那刀子真亮啊!他挥起了大刀……

第十回 睡 冰

在困难中不动摇！

——毛主席的话

一

张金龙刚挥起刀,后面有人喊着过来:"喂！喂！慢着慢着!"张金龙回头一看,几个人跑到跟前来说:"大队长叫你先别砍,赶紧回去!"牛大水已经昏过去了,这时候迷迷糊糊地想:"我不是死啦？怎么脑袋不掉下来呢？"晕晕腾腾地觉得有人架着他走。一会儿,回到何家大宅,又给关到后院的小屋里了。

张金龙心里纳闷,提着大刀片子,进了何世雄住的北屋,看见屋里坐着大太太,老太爷……好些个人,都在啼哭。何世雄一脸气恼,正在对一个护兵发脾气。张金龙也不敢问,坐在一边听听,才明白是何狗皮从镇上回来,半路给刘双喜他们劫走了,放护兵回来送信,要用何狗皮换牛大水。约定了地点,限明天交人,要不送回牛大水,撕了他狗皮,还要报仇。

大水在小屋里醒过来,摸摸身上,这儿也是血,那儿也是血。披着的血衣裳已经粘住了,脱也脱不下。浑身疼得像乱刀子割,比上刑的时候还受不了啊！坐也不能坐,躺也不能躺,侧着身子,脑袋靠着墙根,眼泪和着血,慢慢地流了下来。

他心里想:"唉,我牛大水怎么落到这个地步啦!要不是出来工作,得罪下人,还会受这么大的罪啊!我这是下了十八层地狱了,叫天天不应,叫地地不灵,有谁知道我的苦楚!"他想尿尿,可是短裤衩跟血肉结成一块了,动一动就疼得要命,只好尿在裤子里了。尿螫着伤口,疼得他搅心似的,咬紧了牙。

他哭着想:"我的娘啊!这怎么受得了呀?倒不如干脆死了好。"他勉强睁开一只眼瞧瞧。屋里很暗,外面可明了。几只家雀在窗棂上啄呢,啄啄又拍拍翅膀飞走了。大水不知怎么就想起黑老蔡,想起杨小梅,想起许多同志们,可不知他们都在哪儿,一定还在坚持哩。他就想到那一天,大伙儿举起胳膊宣誓:"再怎么困难也不悲观动摇!"大水想:"嘿,我刚才想些什么来着?我是个共产党员,我他妈的还不抵个群众啊?老百姓还坚持抗日哩,我受了点刑,就想寻死,呸!我真他妈的糊涂!"气一壮,心一横,觉得疼也不那么厉害了。

大水想想他的娘——王大妈,想想尹大伯,想想许多老乡亲,冒着危险,费尽心机搭救他,他自个儿可想寻死!嘿嘿,这倒对得起人啊?他靠在墙上,自己也觉得好笑:"不出来工作,就能逃得过吗?老百姓死的还多呢,这埋怨谁去!都是鬼子汉奸那些王八蛋害人。他妈的,我牛大水不死啦!只要能活着,就得报仇!"

二

大水醒一阵,昏一阵,迷迷糊糊过了一天。晚上,他又醒过来,觉得晃晃荡荡的,听见打棹的声音。心里想:"莫非我在船上吗?该不是把我扔到河里淹死呀?"他想坐起来看看,可是浑身没一点劲儿,头也抬不起来,一下又糊涂过去了。

船到了一片苇塘旁边,濠里咿咿呀呀出来一条小船。船头上坐着一位老先生,月光照着他雪白的长胡子,银亮亮的。他神清眼明地望着大船招招手,两只船靠拢了。他过这边大船上来,跟何世雄的父亲见面,两个人拱手让座。

船上那些伪军,都把手里的枪放了下来。梁广庭老先生说:"那边找我当个中人,牛大水来了没有?"何世雄的父亲指给他,老先生掀开破被子,吃了一惊。他摸了摸大水的心口,慢慢放下被子,耷拉着眼皮不说一句话了。

那姓何的老家伙忙跟老先生解释,把打坏牛大水的责任,完全推在日本人身上。又说要把何狗皮送来了,才能放牛大水回去。梁老先生叹气说:"唉,太翁,这事儿我怕办不了!要说你们的少爷,我见来着,人家连一根汗毛也没动!将心比心是一个理儿。人成了这样子,这可怎么说?咱也不能一手遮天,一手盖地啊!那边的意思,原是先把牛大水接回去,再送你们少爷过来。你要不乐意,我就越发难以为力了。"两个人谈了半天,还是老先生担保,先把牛大水送过去。

大水给裹在破被子里,抬上小船。小船又咿咿呀呀地钻了濠,在苇塘里这么一拐,那么一弯,走了半天,来到另一片苇塘。划船的打了一声唿哨,苇丛里立时钻出两条小船,船上高屯儿、双喜、牛小水,都抢着跳到这边船上来。

他们一看见大水打成这个模样儿,都愣住了。高屯儿牙齿咬得咯铮铮地说:"这还行啊?他们把咱们的人打得死不死、活不活的,咱们可不能白白饶了这狗皮!"双喜忙说:"这笔账以后再跟他们算,现在人已经回来了,可别叫老先生为难。"没想到小水这孩子擦了擦眼泪,一句话不说,早跳回那边船上去,拔出攮子,把何狗皮的鼻子嚓的一刀割下了。何狗皮被蒙着眼睛,连喊饶命。牛小水举起攮子,说:"再他妈的喊,一刀宰了你!"双喜忙跳过去把他拉开,说:"别乱搞!这么着解决不了问题。"小水还狠狠地骂着,把刀上的血在鞋底上抹了抹,插进套子里。一伙人把大水抬过这边船上,老先生赶忙把何狗皮送走了。

半夜里,两只小船儿划到淀里一个小村,这村只有三十几户人家,四面全是水。小梅她们也早来到这儿,都眼巴巴地等大水回来呢。房东大嫂子早拾掇好一个炕,烧了一锅开水等着。人们把大水抬进来,杨小梅一看见,不由得一阵心酸,望着他含了两泡眼泪。他们把大水轻轻儿放在炕上,拿灯照着,一揭开破被子,围着他的同志们全哭了。

大水!大水!本来那么壮的好小伙子,这会儿给糟害成什么样儿了呀!脑袋肿得跟大头翁似的,狗咬的伤口都出了蛆,十个指头给钉子钉得从胳膊肘儿以下全乌紫了,浑身还哪儿瞧得见一块好肉啊!他昏迷着只剩下一丝儿气了。

从县大队找来的卫生员,给大水打了一针,大水醒过来了。他睁开左眼,看看双喜,又看看小梅,又看看高屯儿,看着看着,猛一挺就坐起来,喊:"怎么?是你们啊!"小梅忙扶住他,哭着说:"大水啊,你回来啦,你……不碍事啦!"

大水浮肿的脸儿露出笑模样了:"我回来啦,我回来啦,我可是见着你们啦!哈哈哈!哈哈哈!……"他不住地笑,他不住地说胡话,他在发高烧啊……

同志们的心给什么咬住了似的,都忍不住哭出声来了。

三

秋天,旱地上到处都是敌人。五里一个大岗楼,三里一个小岗楼。到后来,白洋淀里也有敌人了,大村都修了岗楼,小村也常去。敌人征的田赋,预借的粮食,吃不尽,天天香油白面,猪肉鸡子儿……老百姓吃草籽、榆树皮、酸里苗、红薯叶儿……有的挖野菜,挖着挖着就饿死了。环境真残酷,真艰苦啊!

程平、黑老蔡他们还在旱地上坚持。刘双喜一伙分配在西部白洋淀。他们掌握村干部,联系群众,跟敌人作斗争。

牛大水病了好长一个时期,全靠老乡亲尽心照顾,同志们轮流伺候。在那艰苦的环境里,不能不常常转移。老乡们有时把大水藏在洞里,有时藏在船上,有时用"小排子"把他藏在苇塘里。大水的病慢慢地好起来,大秋以后,伤也好得差不多了,只是身体很虚弱。

冬天,白洋淀冻冰了。太阳照在冰上,四下里亮晶晶的,冰上反映着天空的蓝色。鬼子坐着老百姓的冰床,一长溜,一长溜,飞快地在冰上跑,到各村搜索。他们明知道有八路活动,可怎么也抓不住。

后来,敌人的讨伐大队从旱地上转悠过来了。一时,这一带大大小小的村子,都住下了鬼子,搜查、翻腾、拷问老百姓……双喜他们和一些村干部,都在老百姓的掩护下撤出来,隐蔽在白洋淀的苇塘里。这一年,白洋淀的苇塘,全留了"边苇"——老百姓把里面的苇子割下,四周围留下一圈苇子,好掩护八路军。

一连好几天,双喜他们都在苇塘里的冰上过日子。饿了,把老百姓偷偷送来的麻饼、棉籽团儿、野菜搀的糠窝窝……杂七杂八的冷东西,分着吃,渴了就嚼冰凌子。双喜说笑话:"这是冰糖哪!一人一块,不花钱。"大家咯吱吱,咯吱吱的,嚼得怪起劲。送来了地梨面的饽饽,就给大水吃。大水脑瓜儿上箍着白布,仰躺在高屯儿怀里。他很过意不去:"我的伤已经好了,凭什么该吃好东西呀?"拿个饽饽让来让去,临了还是吃半个,那半个一人掰一小块儿,分着吃了。小梅穿着老百姓给她的破棉裤,膝盖儿上吊着一块破布,西北风吹着,破布儿一掀一掀的。秀女儿说她:"哈,你这个裤子上还吊个门帘儿呢!"小梅也忍不住笑起来,说:"你这调皮鬼,别出我的洋相啦!"

太阳射在冰上,刺得人眼睛疼。人们成堆地坐着,有时候开讨

论会,有时候擦枪,擦着擦着,就唱起歌来:

  枪声响,
   大炮轰,
  残暴的敌人来围攻!
  不怕枪响,
  不怕炮轰,
  我们要粉碎敌人的围攻!

  枪声响,
   大炮轰,
  残暴的敌人来进攻!
  不怕枪响,
  不怕炮轰,
  把敌人消灭在冀中!
  …………

  晚上,月亮挂在天空,冰上闪着青幽幽的光。突击队轮流出发,到这村那村,去骚扰敌人。留下来的同志,在冰上垫着苇叶子,铺着席,就在冰上睡。男同志一摊,女同志一摊,三四个人盖一条被子。人肉是热的啊,睡着睡着,冰就化了,身子底下水唧唧的。小梅笑着说:"你们翻身打滚,可得小心点儿啊,冰给肉吸得薄了,别把咱们漏到水晶宫里去哟!"那边大水笑着说:"别打牙玩啦!这么厚的冰,搬个火炉子来,也漏不下去。"大家挤着乱笑。

  在冰上睡了几天,每一个人眉眼儿都浮肿了,有的腰疼,有的腿疼,女同志都闹肚子疼……可是,谁都嘻嘻哈哈的,没有一个人叫苦。

  一天夜里,下雪了。风呜呜叫,雪花儿乱飘。一阵工夫,雪就把他们埋住了。同志们蒙着席子,冻得睡不着。男的,女的,就低

声儿唱起《新中华进行曲》:

> 我中华英勇的青年快快起来,
> 起来! 一齐上前线,
> 四万万觉醒的大众
> 已不能再忍受这横暴的摧残!
> 满怀的热血已沸腾,
> 满腔的热泪总不干,
> 不将暴敌扫荡誓不生,
> 不将国土恢复誓不还!
> …………

第十一回　拿　岗　楼

冬天到春天，
　环境大改变；
白洋淀的岗楼，
　端了多半边。

——民歌

一

刘双喜这一伙，在冰上坚持了七天七夜。鬼子讨伐队讨伐不出什么结果，反倒受惊，挨打，没奈何，只好撤走了。干部们又藏到村里，活动得更欢啦。

有一天晚上，双喜到程平、黑老蔡那儿去开会，到的同志很多。分区的首长报告目前形势：敌人占了这么多的地方，兵力不够分配，许多村的岗楼只能用伪军把守，正好各个击破，打开局面。双喜回来以后，大伙儿讨论了党的指示，就活动开了。

据他们掌握的伪办公人反映：伪军小队长周斜眼坏得不行，天天要这要那，打得老百姓和保长们飞蹦乱跳。好容易给他找了白面，他嫌少不要，把白面全撒在地上。有两个村干部藏在家里，被他抓去毁了。有一天，他还强奸了一个十四岁的小闺女。老百姓都恨得他牙痒痒的。高屯儿派一个小队员，到他岗楼附近侦察情况,又给周斜眼抓去,大卸八块,说:"他妈的,优待八路军,叫他睡水晶被子!"就把七零八散的尸首,扔到冰窟窿里了。

这天,周斜眼带着个伪军,又到一个村诈财。回去的时候,向村里要了两个冰床,两个民伕送他们回去。冰床一前一后,在冰冻的白洋淀上溜得挺快。周斜眼忽然看见一片苇塘,回过头来问:"咦,这路怕走得不对了吧,怎么走到这儿来啦?"那瘦个儿老乡笑着说:"周队长,你放心吧。我们一年三百六十天,天天在淀里来来去去,就是闭着眼儿也走不差。"后面冰床上那个高个儿老乡说:"着哇!这是条近路,一会儿就送你到家啦。"

周斜眼看见冰床溜进苇塘的濠里了,正想问,忽然觉得后脑上一个什么东西凉冰冰的,听见背后说了声"别动!"就伸过来一只手,把他的盒子枪提走了。周斜眼知道后脑瓜儿上顶的是什么,吓得一动也不敢动。后面冰床上那个伪军,也碰上了跟他一样的运气。

冰床停下了。他两个给押进苇塘里。那高个儿老乡——高屯儿,把周斜眼拉到一边,用枪指着他,粗声粗气地说:"狗汉奸,你糟害老百姓,杀咱八路军,咱们县上批准了,今天执行你,你把脸背过去!"周斜眼脸上没一点血色了,还想说话。高屯儿把他一推,照后脑瓜当的一枪就打死了。

旁边那个伪军,吓得浑身打哆嗦。瘦个儿老乡——刘双喜说:"你别怕!咱们只杀最坏的。只要你以后不给敌人做事,就放了你。"那伪军愿意回家为民。双喜、高屯儿教育了他一顿,叫他先帮着做一件事,再放他回去。

当天晚上,同志们带了枪,暗暗把岗楼包围了。刘双喜穿了周斜眼的军装,由那个伪军引着,到岗楼底下。伪军喊:"快放下吊桥,队长回来了。"里面的伪军不提防,连忙放下了吊桥。双喜一声不响地走进去,突然拔出枪来,把他们逼住了。高屯儿一伙人冲进去,一枪也没打,就把岗楼拿下了。

伪军缴了枪,都放回家去。岗楼一把火烧掉了。

二

一天后半晌,双喜他们四个人都是治鱼的打扮,脚上穿着"牛皮绑",带着"脚齿"。两只冰床上放着鱼篓子,和砸冰用的凌枪。高屯儿、牛大水都拿着五股鱼叉,站在两个冰床的头上。冰床的后梢,双喜、赵五更使篙丫子一撑,两只冰床溜了个快。

一会儿,来到小蒲村,望见岸上岗楼底下,有个伪军在站岗。他们就沿着岸,慢慢地撑。高屯儿的鱼叉上,吊着个大鲤鱼,活蹦鲜跳地甩着尾巴。那伪军见了,忙喊:"喂,打鱼的,过来过来!"高屯儿说:"嗳,我们忙着呢。老总,你有什么事啊?"伪军一面走过来,一面喝着:"他妈的,过来!我瞧瞧,你拿的是什么?"

两个冰床在一棵大柳树底下傍了岸。那伪军跑过来,站在岸边说:"我们班长正想吃鱼呢,就留下这条大鲤鱼,以后你们来拿钱。"说着伸手就来抢。高屯儿说:"老总,你慢着!这条鱼前面岗楼上已经定下了。以后叉下大鱼,再孝敬你吧。"伪军不依。双喜忙说:"先生,你别着急,你要大鱼,这篓子里还有呢,才叉上来的,都活着哩。"伪军说:"小了我可不要!"就弯下腰来看。

刘双喜不慌不忙,从鱼篓子里掏出手枪来对着他,说:"别做声!"伪军吓呆了。高屯儿说:"嚷,就打死你!"一手把伪军的枪夺了。双喜说:"你可别害怕,咱们中国人不打中国人。你好好儿说给我们,班长和弟兄都在哪儿?枪在哪儿放着?"那伪军上牙打着下牙,说:"我我我说,你们饶命!楼上没人,他们都在北北北屋,班长怕弟兄开小差,枪都在他东间墙上挂挂挂着呢!"

正说着,又有一伙治鱼的撑着冰床子来了。双喜向他们招手说:"来吧,来吧,叫咱们送鱼呢。"他们过来了。留下双喜看着伪军,大水、高屯儿左手提鱼,右手拿枪,大袄搭在胳膊上盖着枪,走在头里。一伙人把枪揣在怀里,跟在后面。来到岗楼跟前,进了栅栏门,闯进北屋一看,堂屋没人,西间有几个人围着火,脱了衣裳在搓疥。东间那班长身上罩了一块大白布,一个师傅正在给他剃头呢。

　　大水、高屯儿直奔东间。班长斜着眼睛看见鱼,笑着说:"哈!送鱼来啦?"高屯儿亮出枪来,对准他说:"着,吃鱼吧!"班长吓傻了眼儿。剃头师傅剃了半个脑袋,一害怕,刀子掉在地上了。几个"治鱼的"奔进来,把桌上的盒子枪和墙上的大枪都敛了。大水、高屯儿一面把班长捆起来,一面对剃头师傅说:"没有你的事儿,你还不快跑?"那师傅一听口气,就知道是八路军来了。拿上他的东西,很高兴地跑出去了。

　　西间的伪军可发觉了,披上袄就想逃走。牛小水、赵五更一伙人,早拿枪堵住了门口,喝着说:"谁跑?叫他吃黑枣儿!"只一阵工夫,一班人连班长全押到了岸边。

　　附近的老百姓得到消息,都欢天喜地的,偷偷把冰床子送来。双喜他们就把俘虏和胜利品,一下子都载走了。留下大水、高屯儿放火烧岗楼。老乡们帮忙用席子卷成筒儿,从底下点着柴火,火头顺席筒儿蹿上去,烧了个旺。楼上的手榴弹忘了拿,轰隆轰隆地炸得怪响。有些老百姓这才知道,说:"嘿呀,八路军多会儿来的呀?怎么见也没见着,就把岗楼端啦!"

三

　　这天,黑老蔡来了。他们县委分了工,几个委员深入各区,直接领导对敌的斗争。黑老蔡就分配在这儿。

　　晚上,他了解情况以后,就跟大伙儿商量,要拿大杨庄的岗楼。

在西部白洋淀,这是最大的一个钉子,非拔掉不行,恰巧那儿的伪队长就是张金龙,李六子在他手下当班长。同志们愤恨地说:"张金龙坏透了,咱们先拾掇这家伙!"许多人主张,把张金龙抓来,给牛大水报仇。

可是,张金龙这小子很刁滑,人少不出村,提防得很紧。岗楼又造得挺严实,外面两道铁丝网,站着双岗,天一黑就下锁,还有恶狗守着,楼上房上都有放哨的。村里办公人也给勾结得紧紧的,没法掌握。大家商量了半天,想不出一个办法。

杨小梅说:"我的姥姥家就在那儿,我先进去看看怎么样?"牛大水不放心地说:"这怕不行,听说你舅在岗楼上当差,你去,他不把你毁了?"旁人也怕出错,不叫她去。小梅坚持要去看一看,说,就是不成也坏不了事儿。黑老蔡叫她小心些。当天晚上,送她到大杨庄村外,小梅就偷偷突进去了。

小梅去了三天,还没有回来。同志们很担心,秀女儿急得哭了。黑老蔡也怕这事儿不大把稳,说:"今天夜里再不回来,明天我们突进去看看。"牛大水也愿意一块儿去。几个人在小屋里直等到半夜,小梅可回来了。

她脸蛋冻得通红,一边鬓发上结着冰花,两只灵动的大眼睛望望大伙儿,喜洋洋地笑着,一边撩开棉袄的大襟,一边对秀女儿说:"快拿把剪子来!"秀女儿拿了剪子,笑着问她:"你出什么花样儿呀?"小梅手冻僵了,叫秀女儿把她底襟的角儿拆开,拿出一张纸来,递给黑老蔡。

几个人连忙凑在油灯跟前看,那是一张麻纸,上面用铅笔画的横一道,竖一道,小方块儿,小圆圈儿,乌七八糟,不知道是些什么。大家笑起来:"你这是闹的什么玩艺儿呀?"小梅笑着说:"有了这玩艺儿,岗楼准拿下啦。"大家都莫名其妙。

小梅用手指头点给他们看:"你们瞧! 从南往北数:这是淀,这是堤,这是平地,这是深沟。上面一顶吊桥,过了桥,这两道曲里拐弯的是铁丝网,有一人多高,满是铁蒺藜。铁栅栏门上一把大锁,门里边这几个小圈儿是五条狗。再往里是大门,钥匙张金龙拿着。进大门头一进院三间北屋,住一班人。北屋顶上这个小三角儿,是抱角楼,日夜都有岗。第二进院,这个大圆圈是个大岗楼,一共四层,有三丈高,最高一层也是日夜都有岗。第三层上住着李六子,第二层上住一班人。第三进院,这两个方块儿是东配房,一明一暗,张金龙这王八蛋就住在里间,迎门搭的床铺,护兵在外间睡,西配房闲着,北屋是两层楼房,楼上也住一班人。这三进院子,四周围的墙又高又厚,就跟城墙似的……"

秀女儿忍不住打断她说:"嗨,真腻歪人!你说了这么半天,可到底怎么进去呀?"牛大水也说:"真他妈的难搞!"

小梅笑着说:"你们别着急,听我说下去么。这一所房子,原来是朱百万的宅院,后面还有三进院子。中间的过道门是堵死了,没法进去。前面第三进院的二层楼上,东西两间房的后墙,都有窗户,很高,都用砖垒住了……"秀女儿气闷地说:"唉,说来说去,还是个进不去么!"

小梅心里可有个底儿,含笑的眼睛望了望大伙儿,说:"这就进去啦!这两个窗户,堵了砖,可是没勾泥,能拆下来哩!"

双喜寻思着说:"这二层楼上不是还住着一班人吗?"小梅说:"人在那两间住,东边这一间是个过道,有楼梯,不住人。"牛大水问:"窗户后面是个什么地方,怎么过去呢?"小梅指着她的地图说:"这不是画得挺清楚啊!你们瞧:北边这个大门,原是朱家的后门,前面修了岗楼,朱家就从北边这个门出入。咱们要从朱家这个门进去,左首有个小门,里面是个大跨院,闲着的,挺长,一直能通到二层楼的背后,要是贴着西墙根走,四层楼上站岗的也看不见。"

到这时候,谁的心里也都豁亮了。黑老蔡的眼睛快活地闪着光,望着杨小梅,说:"哈呀,小梅,真难为你!这次要拿下岗楼,首先是你的功劳!"大家都很兴奋。小梅笑着说:"开头我舅不敢说,我好容易跟他谈通了。他什么都告诉了我,就是不敢给我们引路。这也不碍,以前我到朱家去过,这条路我还熟。"

大家商量好怎么打,天不明,秀女儿和牛小水就出发,给同志们送信去了。

四

晚上,同志们集合了。天阴得很沉,对面不见人。一伙人带了梯子、铁锉和叫做"软收子"的小锯,摸到大杨庄西边苇子地里。

小梅提着小油瓶儿,说:"你们等着,我去了。"双喜说:"你一个能行吗?还是我跟着你去吧。"小梅说:"我一个人就办了,人多了怕给发觉。"

小梅独个儿闪进村,到了朱家北门。门还没有插上,她轻轻儿推门进去,藏到右手的一间厨房里。等了一阵,里面有个妇道出来,把大门插上了。进了二门,又把二门插上了。小梅等到深更半夜,悄悄走出来,仔细地用鹅毛在大门上下的转轴上抹了油,一点没声音地拉开门,又把跨院的小门也开了,就出来,把大门轻轻带上,急忙回到苇子地里,说:"门开了,快去吧。"

大伙儿跟着小梅走。天很黑。他们一个跟着一个,转弯抹角,来到朱家大宅,进了跨院。院里的荒草半人高,大家贴着墙根溜过去。到了二层楼后墙东窗户下面,搭了梯子上去,用铁锉和"软收子",抹了蒜——这样可以没有声音,就悄悄地卸开窗棂,把里面垒的砖,轻轻抽出来,一块一块往下传。

窗户弄开了。双喜先进去,在过道里听听房里的伪军都睡得呼噜呼噜的。他轻手轻脚摸下楼梯,院里张金龙住的东配房黑着。闪到第二进院,看见大岗楼的中间两层有灯光,没有声音,听得见顶上一层,那哨兵正在吹口哨玩儿。再往前去,第一进院,抱角楼上没有动静,北屋里伪军也都睡得死死的……

双喜探明了情况回来,头一拨赵五更五个就进去,溜到院里埋伏起来。第二拨黑老蔡、刘双喜五个,到大岗楼下隐蔽好。第三拨牛大水、高屯儿五个,到张金龙住的东配房门口守住。第四拨牛小水五个,留在二层楼。大家都准备好,静悄悄的,单等黑老蔡到大岗楼顶上,解决了哨兵,一齐动手。

黑老蔡带了四个人,轻轻摸上第二层岗楼,看见桌上点着几个灯,伪军都睡得跟死猪似的。留下三个人,他和双喜又上了三层楼。灯光里,枪套子挂在墙上,李六子光着脑瓜儿,枕着盒子枪,下巴朝上,张着个嘴,正在打呼呢。又留下双喜,黑老蔡独个儿提着盒子枪直往上走。顶上那哨兵听见楼梯响,问:"谁?"黑老蔡沉住气,低声说:"是我。"一面跨大步子上去。哨兵问:"你是谁?"黑老蔡笑着说:"哈,是我么,还有谁?"哨兵说:"你换岗来啦?"黑老蔡已经上了楼,一眼瞧见,黑暗里闪亮着烟卷儿的火光,那伪军抽着烟,怕冷地拢着手,一支大枪在怀里抱着。黑老蔡抢上去,一手攥住他的套筒枪,一手用盒子枪顶住他,喝一声:"别动!好好儿待着,没你的事儿!"就听见这儿也喊:"别动!"那儿也喊:"别动!"前前后后都动作开了。

那哨兵吓得不敢做声,乖乖儿地缴了枪和子弹,黑老蔡押着他下来。双喜已经把李六子的盒子枪,从他脖子底下抽出来,正在用枪拨拉他说:"醒醒!醒醒!"

李六子眼也不睁,吧唧着嘴儿说:"别闹喽!闹了一宿啦,还闹什么!"双喜扭住他的耳朵,拉他起来。李六子嘴角上挂着一绺黏沫子,翻了翻白眼儿,瞧见双喜、黑老蔡拿枪对着他,好像是在梦里,越发地糊涂了。黑老蔡喝了一声:"快穿上衣裳走!"李六子才吓醒过来。两个人押着他们往下走。

二层楼上,三个同志身上都背了几支大枪,看守着俘虏。伪军们衣冠不整地挤在一块儿,瞧见黑老蔡、刘双喜,有些认得的,忙点头哈腰地说:"大队长,区长,你们来啦,正盼着你们咧。"黑老蔡笑着说:"好么!你们把东西拾掇拾掇,把包袱、被子背上,咱们一块儿走!"

黑老蔡忙着要下楼,正碰见牛大水、高屯儿急急忙忙地跑上来问:"这儿有张金龙没有?"黑老蔡吃了一惊,可镇静地问:"怎么?他不在屋里?"大水说:"屋里光有一个小护兵,我们从后院找到前院,那两拨子都得了手,抱角楼上的哨兵也叫下来了,可就是找不到张金龙!"

高屯儿见大岗楼上也没有张金龙,急得跺脚,说:"这可怎么着?他妈的,护兵那小子也说不知道!"双喜把李六子带到这边来,很和气地低声对他说:"六子,你一定知道,张金龙到底上哪儿去了?"李六子搔搔脑瓜儿,胆小地望着他们,说:"啊呀,这我可说不清!"气得高屯儿一把抓住他的领子,骂道:"你这王八蛋!还想当汉奸吗?不说出来我揍你!"李六子忙说:"别揍别揍!我说给你!"高屯儿放了手。李六子小声说:"他准是玩娘们去了,我就是不知道他在哪一家。你们只要问他的护兵王圈儿,就问出来了。王圈儿送他接他,还能不知道他在哪儿吗?"

这时候,赵五更、牛小水都跑上来了,问:"找到没有?"黑老蔡叫大家别着急,先把前前后后的俘虏和缴获的东西,一齐集中到后院,不许声张。自己就和大水、高屯儿,带着李六子,去问王圈儿。

王圈儿可低着头,挂着两行眼泪,还是说不知道。黑老蔡看这孩子的神气,知道是害怕着呢。他一只大手搭在孩子的肩上,自己坐在他旁边,问:"小兄弟,你是哪儿来的孩子呀?"王圈儿头也不抬,嚼着嘴说:"我是王庄的。我替我爹来当伕,他扣住,就不叫我走啦!"黑老蔡说:"是这么个事啊!嘿,看张金龙这汉奸王八蛋,尽跟鬼子一个心,欺负咱中国人!你快告诉我,这家伙在哪儿,咱们抓住他,救了你,还给百姓除一个害,你看好不好?"

王圈儿侧转脸,望了黑老蔡一下,又哽哽咽咽地说:"我⋯⋯我不敢说,他……他知道了,我就没命啦!"黑老蔡说:"我们马上就去抓他!以后你跟着我们,有我们护着你,不用害怕。"王圈儿松心了,擦干眼泪,说:"行,我领你们去!"

黑老蔡他们走到院里,人已经集合好了,他安顿了一下,就带着一部分人,赶忙去抓张金龙。

五

杨小梅在二层楼的窗户下面,等得很心焦。黑老蔡几个从梯上下来了。小梅问情形怎么样,张金龙抓住没有。黑老蔡说:"楼拿下来了,张金龙不在,我们抓他去。这边由双喜负责,你到他们那儿去吧。"说完,一伙人跟着王圈儿走了。

他们出了朱家北门,转了几个弯,来到一个姓陈的小寡妇家门外。黑老蔡先派赵五更、牛小水把住前门,又派牛大水、高屯儿守住后墙,黑老蔡亲自带着王圈儿几个人上房。

张金龙这会儿没睡着,正和小寡妇耍笑呢。听着房上仿佛有脚步声,仔细一听,他就知道不好,心里一急,就对小寡妇低声说:"坏了!有人来抓我们了!快穿上衣裳,我保护着你走!"小寡妇吓昏了。两个人急忙穿了衣裳,张金龙提了盒子枪,拉着她就走。

对面房上已经压了顶,黑老蔡他们正预备下来。张金龙轻轻儿抽出门闩,猛地开开门,照对面屋顶打了一枪,随手把小寡妇往门外一推。房上的人听见开门,瞅见屋里有个人影儿跑出来,只当是张金龙,就一个排子枪打下去,那小寡妇被打死在院里了。

枪声一停,张金龙箭似的蹿过院子,开了大门就想跑。门外赵五更正要开枪打,可是牛小水扑了上去,想捉活的。赵五更不敢开枪,也抢上去抓他。张金龙会拳,一闪身把小水摔在地上就跑。赵五更跟屁股就追。张金龙钻进小胡同,赵五更也追进小胡同。赵

142

五更一枪打去,枪子儿嗖地从张金龙头皮上擦过。张金龙回头一枪,也没打中,就转弯抹角,拼命往村外跑。赵五更死死地追,跟住不放。

到了村外,张金龙在冰上跑。赵五更也在冰上追。他一面追一面喊:"张金龙!别跑了!你也是个中国人,缴枪就不杀你!"张金龙一面跑一面喊:"赵五更!你放了我,往后有你的好处!"赵五更恨得咬牙,跪下一条腿,瞄准那黑影打去,张金龙左肩膀中了一枪,一个踉跄差点儿摔倒。他站住脚,转身就是一枪,赵五更正要放第二枪,可就给张金龙打中了。

黑老蔡一伙不知道他们往哪儿跑了,听到枪声,很着急,忙跟着声音找。找了好一会儿,才发现冰上有个人影,拿着大枪,跪在那儿,喊了几声不动,跑过去一看,正是赵五更。牛小水把"化学"的牙刷把子点着,青白的光照见精瘦的五更,一只眼闭着,一只眼睁着,仿佛还在瞄着敌人。他可是已经死了。胸口淌下来的血,流在冰上一大摊,冰化下去一寸多,鲜红的血水,连人冻住了。黑老蔡流泪说:"五更真是好样儿的!"牛小水忍不住放声大哭。同志们一个个低下头,泪珠儿掉在冰上。

他们发现前面的冰上也有血,那血迹一路过去,朝申家庄那一面去了。谁都咬牙切齿,发誓要给五更报仇。这时候,岗楼烧着了,是双喜他们和大杨庄的老百姓在烧楼,火头很大,蹿得挺高,在黑暗的夜里特别亮,冰上映红一大片。黑老蔡他们忽然看见,东边,远远的一个村子里,也蹿起了火头;靠南,又有一个村子里,也起了火;把那边天都照红了。同志们知道,东部白洋淀,也在烧岗楼呢。

第十二回　最后一滴血

为保卫国土
流最后一滴血
　　　——党的号召

一

张金龙逃到申家庄,在郭三麻子的岗楼上治了几天伤,就抬到镇上去了。咱们这边,将俘虏们教育了三天,连李六子都放了。

春风到处吹,白洋淀开冻了。游击队更加活跃,又拿下了好些个岗楼。敌人几次三番到这儿来抓伕派差,想把岗楼重新修起来,可是老百姓和八路军一个心眼儿,白天修,晚上拆,总是修不起。敌人没办法。八路军就把白洋淀里大部分村庄都控制了。剩下一些村子、岗楼没有拿,伪军也给我们掌握了。

可是,城里、镇上,和申家庄……那些据点里的日本人还不甘心,经常集中兵力,到这一带来,强迫老百姓继续支应他们。共产党怕村里受害,各村都派"联络员",表面上应酬敌人。伪办公人也派进步分子给当上,有的保甲长骨子里还是共产党员,暗里都维护老百姓的利益。敌人要什么东西,尽量掌握住不交,少交,或是晚交。用种种办法欺骗敌人,把敌人的眼睛耳朵都蒙起来。

麦收了。申家庄的敌人,向这几个村子要三千斤白面,三千斤鱼。要了几次,保长一个劲儿诉苦,说没有这些东西,怎么也敛不起,拖延了很久。后来郭三麻子打发人送信来说,限二十四小时全数送到,要不,就要来杀个鸡犬不留。

到了期限,还是没有送,敌人就坐船出发了。半路上,他们看见对面来了三只小船,船上载的鱼和白面。敌人喝住问:"往哪儿去?"船上一个小老头儿说:"我们是大杨庄的,给你们岗楼送东西去呢。"郭三麻子看着,不满意地说:"嘿,怎么这样少?"小老头儿眨着眼睛说:"唉,敛这点儿东西,可真不容易啊!你们看,淀里有什么麦子地?这年头,人们都饿着肚子,又能打出多少鱼来?几个村的保长黑间白日地敛,敲着锣,嗓子都喊破啦。你们去瞧吧,这会儿还在敛呢!"

日本兵骂了几句。郭三麻子对老头儿瞪着眼说:"他妈的,别废话了,快送去吧!"小老头儿连连点头,说:"是是是,队长,这就送去呀。"他们打着棹,往申家庄去。回头看着敌人的船儿去远,就消消停停地拐了个弯儿,把船划进苇塘里,睡大觉去了。

敌人到了大杨庄,果然看见,村里办公人在街上敲着破锣,一家家敛东西呢。两个甲长抬着一个大筐,里面是破铺衬,烂套子,小孩儿的裤子,老太婆的帽子……乱七八糟,什么也有。

敌人觉得很奇怪。郭三麻子正要问,弄这些干什么,忽然看见一个办公的拿着一把破锄,从一家跑出来,后面一个老头儿喊着追他。老头儿拉住办公人,扑通跪下说:"你行行好,留下我这把锄吧!这是我老爷爷传下来的,我亲手摸过这么些年,种地吃饭全靠着它啊!"郭三麻子问办公人:"你们要这些破东烂西的干什么?"保长米满仓跺脚说:"唉,队长,你还不知道?你到家家户户瞧瞧去,这年头,谁家还有好东西?把这些破烂弄到集上卖了钱,多少还能给你们称些白面啊!"

正说着,那边打起来了。是办公人拔了人家的锅,一个老婆儿揪住他大哭大闹,办公人劈手就是一个耳光,打得老婆儿滚在地上嚎开了。米保长向郭三麻子直诉苦,暗里给三麻子塞了些钱,说:"村里实在穷得不行啦。队长为老百姓出力,谁不知道个好歹!大伙儿给你凑几个零花钱。"三麻子假痴假呆地藏了钱,跟日本人说了几句话。日本人皱着眉头摇脑袋,只好召集群众开了个会,讲了讲话,就回来了。

敌人回到岗楼上一问,并没有三只船来送东西。日本人很起火,准备第二天去讨伐。可是一大早,米保长来了,不满意地对郭三麻子说:"你们到我们村里也去看过了,实在困难得不成啊!你们嫌交得少,跟我们说么,怎么连人带船都扣起来呢?这事儿叫我回去怎么交代呀?"

郭三麻子丧气地说:"唉,倒霉,我们多会儿见一颗粮食来?别说了,准是又给八路卡去了!"米保长听了,又是叹气,又是跺脚,急得快要哭出来了。鬼子小队长反转来安慰他,说:"八路的大大的可恶!保长的好!明天皇军的去剿八路,统统死了死了的!"米保长心里好笑,鞠了个大躬说:"是是是,统统死了死了的!"赶忙回去了。

二

鬼子出来"讨伐",尽挨揍。有一次敌人的三只包运船,都是"大槽子",上面载满了大米、席、鸭蛋,从市镇出发,往天津去。半路上,中了游击队的埋伏,二十几个伪军都解决了。鬼子死的死,伤的伤,给活捉了好几个,都送到军区日本反战同盟支部去了。两挺捷克式轻机枪,一挺玛克辛重机枪,都给黑老蔡他们缴获了。以后,敌人就不敢轻易到淀里来。

中秋节,申家庄伪大乡公所催粮,把这一带保长都传去开会了。天黑,还不见保长们回村。黑老蔡刚从县上总结工作回来,和同志们在大杨庄一家堡垒户的院子里,一面等候消息,一面闲谈。

从墙外的树梢后面,慢慢儿上来了滚圆的大月亮,照得院子里挺明快。小梅、秀女儿把乡亲们慰劳的葡萄、梨儿、花生、枣子……都搬出来,笑嘻嘻地分给同志们。双喜、高屯儿耍了个"打棍出箱",逗得大伙儿乱笑,双喜见大水坐在门坎上的黑影里,看起来很没精神的样子,就过去拉他起来,给他一个棍儿,叫他演"叫花子拾黄金"。大水推托说嗓子坏了,怎么也不肯演。

这天,大水想起老爹死得很可怜,自己受刑以后,身子骨很不中用,一劳累就吐血,心里隐隐约约地觉得很凄惨。小水拉住大水的手儿,问:"哥,你怎么啦?是不是身上不舒坦?"大水说:"怎么也不怎么!"高屯儿拍手说:"哈,我知道了,大水准是想媳妇啦!"大水不好意思地说:"屯儿,别胡扯了!"

黑老蔡知道大水的心事,心里怪疼他。给高屯儿一提,也感觉大水是该结婚了。他含着笑问大家:"怎么着?咱们大伙儿给他找个对象吧!"双喜跳起来,扬着一只手儿,快活地说:"嗨,不用找!远在天边,近在眼前,现成儿就摆着一个呢!"他一说,大家不约而同地看着杨小梅。看得小梅心里发慌,忙低下头,假装剥花生仁儿。

秀女儿拉着小梅说:"我看就是这一个!你们同意不同意?"大家笑着喊同意。高屯儿跳起来说:"我举双手同意,这可真是一对儿!"黑老蔡笑着问:"小梅,你有什么意见?"小梅心跳得很厉害,脸儿臊得通红,想说同意又不好意思说出口,可又不愿意说不同意,就假装开玩笑地说:"怕他看不上呢!"

小水调皮地拉着大水问:"哥,你看上看不上?"大水笑着摔脱他的手,不说话。大伙儿一个劲地问,问得大水下不来台,只好也假装开玩笑地说:"我早看上她啦!"同志们都笑起来。双喜心里想:"他俩要真的结婚了,可再好也没有啦。我给他俩当个介绍人吧!"

正在说说笑笑,去探听消息的老乡回来报告说,开会的保长们都给敌人扣留了,押在申家庄大乡的乡公所。七天以内,粮食不交齐,就要把保长枪决。大伙儿一听这个消息,都愣住了。静了一会儿,黑老蔡说:"这事儿要不跟伪大乡打通关系,怕解决不了问题。"

不过,提起这个大乡,人人都发憷。敌人在那儿村边上修了一个挺大的岗楼,鬼子伪军日夜都戒备得很严。伪大乡长申耀宗,心眼儿挺多,很难打交道。人们说,他明里不显,暗里劲头儿可大呢。最近镇上何世雄又派何狗皮到申家庄,当特务队的队长,帮助郭三麻子,实行鬼子的一套"强化治安",闹得挺凶,谁都不容易突进去。

黑老蔡寻思着说:"保长们一定得救回来。他们要给敌人杀了,往后工作更不好做了!可是要救保长,就得'克'住申耀宗,叫他给咱们办事。反正这个地区是要开辟的,眼前这一关,再怎么困难,也非突破不行!"

黑老蔡那么一说,许多同志就抢着要去。高屯儿说:"那就是个刀山,我也得钻钻!"大水说:"这地方好比一片园子地,本来是从我们手里生、手里长的,非把它弄回来不行!"双喜说:"还是我去吧。要是不成,你俩再去。"黑老蔡考虑的结果,决定派双喜先去。双喜就忙着准备,第二天晚上,突到申家庄去了。

三

双喜刚进村,就远远地看见何狗皮带着特务队迎面过来。双喜可像猴儿似的机灵,连忙闪进一个胡同里。月亮照得明朗朗的,何狗皮看见一个黑影儿一闪不见了,忙带着人叫喊着追过来。

双喜路很熟,在胡同里拐了个弯儿,想绕出去,可想不到那胡同堵死了。敌人已经追进胡同,他匆忙间瞧见几家老百姓都上了门,只有一家房子烧了,破门还敞着,跑进院子去一看,西边还留着一间要倒不倒的屋子。他急忙钻了进去,掏出盒子枪,隐在一扇破门后面。听见何狗皮喊:"这是个死胡同,咱们一家家搜,看他妈的跑哪儿去!"

他们乱哄哄的,砸门,骂街,到住家户去搜查。胡同里,脚步声来来去去的,双喜忽然听见有个熟人的声音说:"我去那里面瞧瞧!"就有个人跑进院里来。双喜从破窗户里往外瞧,月亮光里认出是李六子。

李六子提着手枪,东张西望;一进破屋,就打手电。双喜从门背后跳出去,一把抓住他的手腕儿,用盒子枪逼着他,低声说:"别做声!怎么宽大了你,你又干起这事儿来了?今天我再饶你一次,你可不能坏了我!"李六子吓得打战说:"不是我自个儿投的,是他们硬叫我来的!"双喜说:"你别害怕!我要打死你早打死了。都是中国人,犯不上费子弹。今天我放了你,你要有点儿良心,你就说里面没人,你要没半点中国人味儿,你就领他们来抓我,反正我死了,你也不得活!我死是为了中国人,你死是为了谁?你好好儿想想!"

李六子说:"你放了我,我决不坏你的事儿!"双喜一松手,李六子刷的一下就冲了出去,跟兔子似的。双喜想:"坏了!准备吧。"就趴在窗口,用枪对院里瞄着。李六子跳出去,碰见崔骨碌,崔骨碌在"五一大扫荡"的时候投了敌,这会儿也在特务队里混事儿。他伸着头儿问李六子:"真奇怪!这里面也没有吗?"李六子说:"没有没有!我找过了。"

何狗皮他们挨家挨户翻腾,可是搜不出来。末了,走到这个破院外面。何狗皮问:"这里面搜过没有?"有人说,大半搜过了。何狗皮挥着枪说:"再搜搜!我就不信,难道他插起翅膀飞了不成?"就有三个特务提着枪走进来了。

双喜想:"怎么也跑不出去了,豁出我这一百多斤拼吧。"他瞄瞄准,叭的一枪,就撂倒了一个,那两个吓得回头就跑。何狗皮喊:"好!在里面,在里面!大伙儿快冲进去,抓活的!"可是特务们谁都不敢往院里走。

双喜在屋里听着,虽然很紧张,瘦脸儿上可闪过一个笑影儿,心里想:"哈,这伙孬种,吹什么牛,要想抓活的可是难上难!我打死一个就够本,要是打得好,还赚他妈几个!"他心里充满了勇气,充满了自信,眼睛一动不动地瞄着大门口。

那何狗皮瞧见队员们怕死,大家只是嘴里诈唬,听起来倒是怪邪乎,可谁也不往里迈一步,就拿枪头子戳他们说:"冲!冲!怎么不冲?"有的特务给他戳急了,说:"队长,这么着不行!明光月亮地,人家在屋里,咱们瞧不见他,他瞧咱们可瞧得准准儿的,不是白送死啊?"何狗皮自己也害怕,就马上派人到岗楼去搬兵。

四

立时,鬼子伪军都出动了,来了足有七八十人,四面房上都压了顶,对面房顶上还架了一挺机枪。郭三麻子叫崔骨碌几个在房顶上喊:"快出来!四面都团团围住啦,你还能往哪儿跑?""把枪扔出来!投降了,给皇军干事儿,不比穷八路强啊?"

崔骨碌还直着脖子喊:"喂,我说里面的人,你听着!机关枪就在你脑袋上瞄着呢!你屁股下面坐着什么橛子,根儿还那么硬呀?八路军的饭我也吃过,有什么香的,有什么甜的?又管得紧,又没有钱儿花,还值当你那么拼命啊?我过到这边来,手里的票子大把抓,吃喝玩乐儿,可自在多啦。你还是快快归顺了吧!"

他们喊了半天,破屋里可一点儿动静也没有。一个伪军趴在房檐上,探出头来想看一看。屋里刘双喜可瞅了个准,心里暗笑。立时,一声枪响,飞出去一颗子弹,打中那家伙的脑门,一个跟斗从房上栽下来了。

伪军们吓得胆战心惊,心里想:"好厉害的家伙!"一个个都趴在房上不敢动。鬼子们恼火了,机关枪咯咯咯地扫射开了。密密的子弹打得破窗棂的木条儿乱飞,屋顶震得一个劲儿掉土,眼看就要塌下来了。

双喜左边牙巴骨打穿了,肩膀上也中了两颗子弹,不住地往外冒血。他跌在窗台底下,头发晕,两眼冒金星,老毛病又发作了,喉咙里一阵腥气,吐了两口血。他怕敌人冲进来,只好狠着劲儿,挣扎着跪起来。他身上只带了两颗小的圆手榴弹,忙开了盖儿,准备好,咬紧牙关,定了定神,靠在门框边,往外睁大着两个眼儿。

机枪一停,大门口的鬼子和伪军果然端着枪冲进院里来了。双喜摔出一颗手榴弹,两个鬼子倒在地上,旁的带伤逃了出去。敌人一连冲了两次,都给打退了。可是双喜只剩下最后一颗子弹啦。

鬼子发慌了,这么多人对付不了他一个八路,可怎么着!数一数,前前后后伤亡了十几个人,再这么拼下去,更要吃亏。他们叽咕了一阵,又想出了个鬼点子,从四面房顶上丢下许多乱柴火,准备放火,连人带房烧了他。

双喜侧歪着身子,倒在墙根上,血和汗湿透了衣裳,只剩下一口气了。他顶上最后一颗子弹,想着这一次没有完成任务,心里怪难过。忽然听见何狗皮在房顶上骂:"他妈的!你出来不出来?一时三刻就把你烧成黑炭了!你要乖乖儿投降,还能饶你一条狗命!"

双喜听得恼火,硬鼓起劲儿来喊着:"何狗皮!别放你娘的狗屁!老子是个共产党员⋯⋯死也不投降!今天你们可⋯⋯大大的⋯⋯赔⋯⋯本啦⋯⋯"他那受伤的脸儿调皮地抽动了一下,还想多说几句,挖苦挖苦他们,可是他牙巴骨麻得厉害,舌头都木了,已经说不清话,只是昏昏沉沉地想:"我死了,这枪可不能落到敌人手里!"他心里还有几分明白,记得以前听说过:堵住枪口打枪,枪膛会爆炸。他很费劲地举起枪来,困难地用舌头顶住凉冰冰的枪口,心里觉得这样办,总算对得起党,对得起毛主席,对得起老百姓。就毫不犹豫地,对自己嘴里,打了最后一颗子弹……

为祖国,为人民,为党,他光荣地流尽了最后一滴血!

第十三回　探　虎　穴

不入虎穴，
焉得虎子！
——成语

一

黑老蔡他们得到双喜牺牲的消息，非常悲痛，连许多老百姓都哭了。双喜的遗体给敌人运到城里去照相，又弄不出来。黑老蔡心里想："上级几次来指示，要打开局面，恢复地区。这个工作再艰苦，也得突破难关！"他对牛大水说："斜柳村工作更难搞，我准备自己去，申家庄你还熟，我想叫你去。咱们共产党员得坚决勇敢，不怕牺牲，一个不行再去一个，总得成了功！大水，你怎么着？有这个胆子去吗？"

大水早想提出要去的，只是双喜没成功，他怕自己的能力更不够，正在想使个什么巧计，才能得手，见黑老蔡问他，就说："老蔡，你不用动员我！我接受党给我的任务，一定要想办法完成它，你放心吧！"旁边高屯儿抢着要去。小梅插嘴说："你们男同志，谁的目标都大，容易暴露，倒不如让我们妇女混进去，敌人不注意。"大水笑着说："我手里已经拿到令字旗，你们谁也抢不走啦！"黑老蔡说："对，别争了。谁合适干什么就干什么。大家都有工作，谁也闲不住。"商量了一阵,除了小梅守机关,旁的人都分配了任务,约定三天以后都回到大杨庄集合。开辟地区的同志们,这一天晚上统统出发了。

大水接受双喜的经验,准备晚一点去,免得碰见敌人。半夜里,他要出发了,事先约好送他的老乡可还不见来,大水很着急。小梅说:"别等了,船有的是。这会儿人们都睡了,临时找也很麻烦,就我送你去吧!"大水笑着说:"得了吧!去的时候好办,回来你一个人怎么着?这白洋淀可容易失迷呢。"小梅怪他说:"看你!隔着门缝儿瞧人,把人看扁啦。我也是河边生,河边长,这一条路,船来船往也不知道走过多少遭儿,还有个错呀?"

大水看她有把握,也不再反对。两个来到岸边,解了一只小船。小梅说:"你坐到船头上去吧。"大水说:"该我打棹么,还能叫你……"小梅抢着说:"别!我没事,你这个工作可辛苦多啦。"大水就在船头上,对着小梅坐下。小梅立在船梢上,两脚一前一后地站稳,挽了挽袖子,把"棹荷叶"套着"棹丫子",两只手儿熟练地一打棹,小船儿就轻轻荡开去了。那映在水里的一个圆圆的月儿,给打得粉碎,银亮的光,在水面上忽闪忽闪地摆动。

船儿转了个弯,来到大淀。四下里静悄悄的,没一点声音,只有棹儿哗啦哗啦地打着水。走了一阵,小梅说:"你这回去,打算先到哪儿落脚?"大水说:"我打算先找李二叔,就是住在我家隔壁的。你看怎么样?"小梅寻思着说:"嗯,这位老人家我也认得,对八路军挺有认识,就是不知道这会儿怎么样。以后,你突到申耀宗家里,要碰上鬼子伪军怎么办呢?"大水说:"我总得探清楚才去么。黑老蔡已经跟我谈好了,咱们尽量少杀人,实在争取不成,再打死了往外突。万一碰上鬼子伪军跟他在一块儿,也是一样的办法,反正跑不了就光荣牺牲。前有车,后有辙,双喜就是我的榜样!"

小梅一听这句话,心就抽紧了。她默默地打着棹,一对大眼睛发亮地直望着大水,心里有许多话儿,可说不出来。静了一会儿,她一只手停了棹,擦擦头上冒出来的汗珠儿,说:"大水啊!你这一去,是到老虎嘴里拔牙,可得多加小心,千万别有个闪失。眼睛耳朵放灵动些,遇到紧要关头,可沉住气!你可得记住我的话……完成了任务就按时候回来,别叫大伙儿挂记你!"

大水见小梅这样关心他,心里很感激,很快活。他望着小梅,笑得咧开了嘴,挥着手儿,很有信心地说:"小梅,你放心!我这回非完成任务不行!干了这么些年的工作,不能白吃了老百姓的棒子面儿。黑老蔡已经教给我许多办法,你的话我也一定时时刻刻放在心上,决不会出错。你等着好消息吧!"说着,离敌人不远了,望得见岗楼上的灯光,听得见岗楼上"喂——噢——"的叫唤。两个人都不言声了。

杨小梅挨着苇塘,轻轻地打棹,小船儿轻轻地飘,飘了个快。一会儿,她左手往下一按,右手一连划了几下,小船儿滴溜溜转过来,悄悄往孙公堤绕过去,傍了岸。大水跳上岸,回头对她笑了笑,说:"你回去吧。"就转过身去,钻进青纱帐,不见了。小梅直望着青纱帐里,听那窸窸窣窣的声音去远,才慢慢儿把小船划到苇塘里。又听了许久,这才打着棹儿回来。

二

牛大水绕西头进了村,贴墙根轻轻溜到李二叔家门口,从旁边的茅厕里,爬墙进了院。在窗户跟前,低低叫了两声,里面没回音,又用一根秫秸棍,入进窗户里搅了搅。里面咳嗽了,可是还不敢搭腔。大水又叫:"二叔,二叔,是我啊,你快开开门!"

李二叔听出口音了,才开门接他进去。他用被子先把窗户堵住,点了灯,拉着大水说:"老天爷!你怎么来啦?"大水说:"我来看看你。二叔,咱们从前挖的'堡垒'塌了没有?"李二叔说:"没塌。

你瞧瞧!"他端个灯照着。大水推开炕前的砖,里面是个小月亮门,这洞一直通到隔壁人家的炕底下。大水心里想:"行喽,这就有了保障啦。"

李二叔放下灯,把大水爹怎么死的,双喜怎么牺牲的,一五一十说了个仔细,又报告村里的情形,说白天黑夜短不了清查户口。末了他说:"大水啊,这些王八蛋真可恶!我天天想你们,盼你们,差点儿把我的老眼都盼瞎啦。今天,你可来了!你就待在我这儿,不要走,有我老头儿就有你!"

李二叔的儿子媳妇都起来了,到这边屋里亲热地和大水说话。一会儿,鸡叫了。大水钻进洞里,老头儿把被子递给他,那媳妇还塞进个枕头,大水就在里面吃饭、睡觉。

大水在洞里足足睡了一天。傍黑,他出来对李二叔说:"我找申耀宗去。"老头儿吃惊地说:"你怎么找他?他是大乡长啊,可厉害多咧!"大水说:"不碍事!我有办法对付他。万一我出了错儿,死也不暴露你!"

李二叔睁大眼瞧着他,用一只满是青筋的手,紧紧攥住大水的手说:"别那么说,好小子!你们泼出命去干,不是为了咱老百姓啊!我一个穷老头子怕什么?可是,你怎么找他呢?"大水说:"我到他家里找他去。"李二叔想了一下,说:"你先别走呢,我先去探探风势,你再去。"老头儿提着个空油瓶,假装打油,走出去了。

一会儿,李二叔回来说:"在家呢,快走吧!我想了个主意,咱们这么着,我走在头里,你远远儿跟在后面,再叫我小子走在你后头,我们爷儿俩给你两头保着镖。要是碰见坏蛋,我们咳嗽为记,你忙躲开。你看这个主意使得使不得?"大水高兴地说:"好!咱们就这么着。"又说:"万一我出了错儿,你们到大杨庄报个信……"李二叔忙止住他说:"别那么说,好小子!天保佑你,决出不了错儿!"大水笑着说:"好好好!办完事,我可能不来这儿,你不要结记我。"

三个人先后出了门,拐了两个弯儿就到了。申耀宗的家是个高门楼儿,两扇挺老的黑门敞开着。大水两头望了望,掏出盒子枪,顶上了子儿,大小机头都张着,就走进去了。

三

申耀宗家前院里,南屋黑着,没点灯。二门是个圆门洞,没有门。牛大水进去,看见里院北屋、东西屋都点着灯。黑暗的院子里,窗户显得特别亮。大水直奔上房,在门口一听,里面没人声。大水心里想:"要是有汉奸队,一定会说话的。"就轻轻儿进了堂屋。

堂屋黑着。东间可有灯光,吊了个门帘儿,飘出来一股大烟味儿刺鼻子。大水猛然想:"妈的!他不是跟伪军头子一块儿抽大烟,才不说话吧?"他心里转了个弯说:"要是伪军头子带着护兵,我先打拿枪的,再打炕上的。"他使枪头子一挑门帘,就闯进去了。

里面,申耀宗正躺在烟灯跟前,他的小婆躺在他对面,正给他装烟呢。申耀宗瞧见牛大水端着盒子枪进来,脸上变了色儿,一侧歪坐起来说:"牛队长,怎么你来了!打哪儿来?"牛大水叫他不用起来,说:"你先抽吧,抽足了咱们再谈。"申耀宗忙着下炕,说:"我抽足了。你请坐!真对不起,我尽做些没出息的事儿。"大水见他没枪,就把手里的盒子枪关上小机头,保了险。

屋里油漆的家具,和大大小小的玻璃镜,都亮闪闪的,布置得挺讲究。牛大水穿得很破烂,拣个椅子坐下,把枪放在桌子上。申耀宗忙叫小婆去烧水,小婆刚才一急,一泡尿早撒在裤子里,这会儿硬撑着起来,抖着腿儿要出去。大水说:"别走!我不喝!"小婆就不敢动。大水叫申耀宗坐下来,问他:"你那东西屋里是谁们?"申耀宗说:"东屋是我儿妇,西屋是我母亲和内人,没有外客。"牛大水说:"把他们都叫到这儿来!"

申耀宗依顺地走出去,大水跟着他,顺便去把大门插上,一家人都带到上房来了。她们哆哆嗦嗦地问："吃饭了没?"大水说："我饭也吃过了,水也喝过了,就谈个事儿。八路军不乱杀人,你们别害怕!"女人们坐下来了。大水就像上课似的,给他们讲了一顿国际形势、国内时事和统一战线。他们不管听懂听不懂,都哼呀哈地点头。末了,大水对申耀宗说："老申,你看我讲得对不对?"申耀宗忙说："这可句句都是实话!"大水说："好。咱们都是中国人,都抱成堆儿,团成个儿,跟日本人干。你在大乡上办事,我想知道知道岗楼上的情形,你敢不敢跟我说?"

申耀宗是个猫儿眼,看时候变。他说："咱们都是中国人,怎么不敢说?我吃这碗饭也是好吃难消化。一个中国人,还能跟日本人一条心?"就把岗楼上的人数、枪支、军官的姓名、特务活动的办法……都说了。又问大水："你看,我说的有虚吗?"

大水点头说："倒还差不多。老实告诉你,你干这事儿,太危险!八路军看你忘了是个中国人,本来决定是要打你的……"申耀宗吓得脑皮子直炸,忙着说："牛队长,我可是人在曹营心在汉啊!"大水说："这就好。八路军向来是宽大政策,只要你将功折罪,就可以宽大你,胜利以后还能有你的地位。你是个大乡长,几个村的老百姓,都在你手里攥着。你只可以表面上应敌,心里可得向着中国人,给老百姓办事。"申耀宗忙说："是是是!只要我办得到,一定尽力而为之,尽力而为之。"

大水就和他谈,叫他想法子把保长放出来。申耀宗搔着头皮说："牛队长,这可是日本人下的命令,我也做不了主……不过……既然你提出来,再怎么千难万难,我自然总得想办法达到目的。"大水说："你可得快些!"申耀宗说："我明天就去。"

谈了一会儿,大水说："时候不早,咱们歇了吧。"申耀宗问："你住在哪儿?"大水说："就住在你家里,我还要跟你一块儿睡。"申耀宗想了想,说："怕岗楼上有人来,咱俩就在这里面小套间睡吧。"大水说："行喽。你一家可得在这外间睡,谁也别出去。要是敌人来找你,就说你没在家。"

申耀宗一家人,都在外间屋一个大炕上睡。大水和申耀宗两个睡在小套间里,一个在东头,一个在西头。炕上铺的大红毡,绣花枕头,滑溜溜的绸被子。大水可哪里睡得着?他心里打算盘,肚里拿主意,又怕申耀宗偷偷跑出去叫人,还怕敌人闯进来。他枕着枪,假装睡熟了,耳朵可听着动静。申耀宗也没睡着,他肚子里大大小小几杆秤,正在称斤约两地活动呢。鸡叫了,申耀宗睡着了。大水心里还是琢磨来,琢磨去。

四

天一发明,牛大水就起来推醒申耀宗,说:"老申,要是敌人来找你怎么办?"申耀宗一骨碌起来,下了炕就往外走。大水问他:"你到哪儿去?"他说:"我去解个手。"大水说:"我也要解手。"就跟着他出去。

一会儿,一家人都起来了,忙着烧水做饭。申耀宗给牛大水舀洗脸水、漱口水。大水说:"你快洗了走吧。我也没有牙刷牙粉,随便洗洗就得了。"申耀宗穿了长袍,戴上礼帽。大水跟他说:"你去好好办那件事。我等着你的信儿。要是你叫敌人来抓我,你一家人性命难保。我不过是一条命,我活不了,你一家子也跑不了!"申耀宗说:"我怎么也是个中国人,你等着瞧吧!"就出门去了。

大水穿着破衣裳,坐在堂屋里。申耀宗的娘说:"你别待在这儿了,你上里间屋躲着去吧。"大水心里想:"我才不去哩!"他站起来说:"我给你们扫院子吧。"就拿着个大笤帚,扫了一阵院子,又到外院南屋里,帮他们喂牲口,心里盘算:"嘿,这可是个好地方,我在这儿把着大门,谁也出不去!万一申耀宗带人来抓我,他可不提防我在南屋里。"

他喂了骡子又喂牛,看着那大黄牛努着嘴儿嚼草,爱得不行。他抚摸着牛脖子,想着有个牛耕地够多么好呀!申耀宗家使唤的老婆儿把饭端来,是白面烙饼、炒鸡子儿和片儿汤。大水说:"赶快端回去,做活的还能吃这样的饭?"老婆儿为难地说:"已经做好了,还另做呀?"大水怕有人来,紧着吃完。在南屋一直等到晌午,还不见动静。老婆儿又端来饺子。大水说:"八路军向来就吃两顿饭,这会儿不饿。"叫端回去了。

后半晌,听见大门响了。大水暗暗隐在南屋的窗户跟前,瞧见申耀宗回来了。他手里提着两条大鲤鱼,直往里院走。大水忙躺在草堆上,假装睡着了。一会儿,申耀宗进来推他说:"胆子真不小啊,还睡觉呢!"大水起来,笑着说:"我可相信你,这是来到保险的地方啦。"申耀宗高兴地说:"好,够朋友啦!咱们到里面说话吧。"大水说:"岗楼上的人不来找你?"申耀宗说:"不会来了,他们打牌呢。"

两个人到了北屋,坐下来。大水问事情办得怎么样了,申耀宗捻着八字胡,得意地说:"哈,我给他使了个缓兵之计!我跟日本队长说:'太君!眼看七天的日期到了,咱们要真的把保长杀了,干落个坏名誉,还得不到好处,倒不如把保长放回去,叫他们安心工作,好好儿给咱们催粮。一来显得皇军仁慈,二来村里有个负责人,咱也有个抓挠。'我又运动翻译官帮着敲边鼓,两下里一夹攻,哈哈,就大功告成啦!日本队长答应明天就放他们回去。牛队长,你看这事儿我办得怎么样?"

大水点点头,称赞了他几句。申耀宗可又来了个大转弯,说:"这一关过去了,将来要再交不上粮食可怎么办?"大水笑着说:"做了这一步,再说下一步么。咱们先给他拖,拖不下去,再想办法对付,不行啊?"申耀宗想了想,也只好这样,没奈何地笑着说:"行喽,行喽,就这么吧。"大水说:"你好好儿干吧!反正老百姓的困难,你也知道。"

傍黑,申耀宗又请大水吃饭,吃的是白面饺子,红烧鲤鱼。大水皱着眉头说:"啊呀,这……生活太腐化啦!这都是老百姓的血汗……"申耀宗不好意思地说:"你难得吃这些,就吃一顿吧。这也是我优待八路军的一点意思!"大水一面吃,一面和他谈应敌的原则,又跟他约定以后联络的办法。等到人们都睡下了,大水说:"老申,我该回去了,你送我一段路吧。"申耀宗想了一下,说:"行。如果碰见人,你别言声,我来应付。"大水揣好了枪,跟着申耀宗,来到村外。申耀宗就回去了。

月亮已经上来。大水走到孙公堤,在堤坡上一棵大柳树底下,打了个唿哨,苇塘里就咿呀一声,钻出个小船来。船梢上一个十六七的小伙子,打着棹,飞快地傍了岸。小伙子笑着问:"哥,成了吗?"大水说:"成了,成了!"一跳就上了船。小船掉过头,往大淀里蹿去,一霎时,就成了个黑点儿,被夜雾隐没了。

第十四回　结 婚 的 谜

越想越甜赛砂糖，
涎水流在下巴上。
——李季的诗

一

牛大水回到大杨庄，同志们也都回来了。一下突开了好些个村子，大伙儿都很欢喜。过了一天，保长们果然放了回来。大家又开会，讨论党的指示：一方面要利用上层关系，主要还是要组织下层群众，扩大我们的力量。同志们又都出发，牛大水再到申家庄去，暗里发动群众，恢复各种组织。

可是何狗皮领着一把子特务，邪得厉害。这没有了鼻子的恶狗，还伸着头儿，到处走，到处嗅。有一天，他还打发人，把高屯儿老娘骗回家去，半夜里放火，活活把她烧死，尸首烧得蜷缩起来，成一疙瘩黑炭了。

牛大水赶回来报告。黑老蔡气愤愤地说："咱们一方面宽大，一方面还得镇压。对何狗皮这样的坏蛋，决不客气！"大伙儿都嚷："非撕了这狗皮不行！"高屯儿更是捶胸顿脚地哭着，要去报仇。黑老蔡跟大伙儿商量了一下，就决定大水、高屯儿两个去，瞧机会掏出何狗皮，执行了他，好警告旁的"铁杆汉奸"。

这一天夜里,大水、高屯儿到了申家庄,从李二叔那里探听到何狗皮在朝鲜人开的白面馆里过瘾呢。他两个摸到白面馆,翻墙进去。何狗皮带的一个护兵在西屋里睡着了。何狗皮和李六子在北屋炕上抽料面,朝鲜人坐在旁边,正在给他们捏馄饨。大水、高屯儿端着枪闯进去。何狗皮不提防,一下子给高屯儿抓住了"分头",拖下炕来。大水平举着枪说:"谁嚷打死谁!"李六子和朝鲜人都吓得不敢动。大水把何狗皮、李六子的枪都收了。

高屯儿捆好何狗皮,转过脸来说:"嘿,李六子,你又当起汉奸来啦!"随手把他和朝鲜人也捆了,三个人嘴里都给塞了棉花。没有鼻子的何狗皮,看着大水、高屯儿,早吓傻了,两只贼溜溜的眼珠子跟着大水、高屯儿转。牛大水又到西屋,把护兵的枪提了,带他到北屋,嘴里也塞了棉花,捆起来。

大水、高屯儿暗暗商量,决定把李六子也带出去,借着执行何狗皮的机会,再教育教育他。商量好了,大水对护兵和朝鲜人说:"没你们的事儿,你们老老实实地在这儿待着!"就留下他俩,从外面扣上门,把何狗皮两个带走了。

高屯儿押着何狗皮,牛大水押着李六子,悄悄儿往村外走。这两个汉奸都没有五花大绑,是用他们自己的外腰带捆着手的,大水他俩攥住带子头儿。一出村,那何狗皮想着自己干的坏事儿,早知道不好,他趁高屯儿不注意,猛地一挣歪,带子头从高屯儿的手里滑出去了,何狗皮撒开丫子就跑,慌得高屯儿就追。大水着急地喊高屯儿:"你怎么不打?"高屯儿慌忙打了一枪,可没打中。大水尽顾着那一头,没想到手里牵着的李六子,一使劲儿,也挣脱了带子往东跑。大水回手就是一枪,李六子扑通倒下了。大水急忙跑去看,刚好打了个准,子弹从后脑打进,前额射出,地上一摊血,脑瓜儿上还噗噗噗地冒血泡呢。

高屯儿追了一阵,没追上,走回来打着自己的头,气呼呼地说:"我真该死!眼看着给他妈的跑了!"说着,这高个儿的年轻人,蹲下来就哭。大水垂头丧气地走过来,说:"唉,这事儿可坏了!李六子也跑,我一着忙,就把他打死了。真他妈的倒霉!该打死的没打死,不该打死的倒打死啦!这可怎么办?"

正说着,村东那岗楼上听到枪声,打开了机关枪,子弹直朝这边飞。他俩不敢多耽搁,急忙回来了。

二

回到机关,两个人都受了批评。那何狗皮可就不敢在申家庄待,丧魂失魄地到镇上他父亲那儿,一连躺了好几天,起不来炕。

不久,申家庄岗楼上的鬼子兵,怕对付不了八路,都撤到镇上去了,只留下伪军在这儿守备。郭三麻子更害了怕,也托病到镇上疗养。黑老蔡他们趁这机会,给岗楼上写了警告信,街上也贴满了抗日救国的宣传品。欢迎伪军反正的标语,一直贴到岗楼上。

一天晚上,黑老蔡和牛大水正在申耀宗家谈个事儿,忽然听见脚步声。隔着玻璃窗一望,看见三个伪军提着枪,走进里院来了。申耀宗变了脸,惊慌地站起来说:"快着!你们藏到套间里去吧!"黑老蔡可镇静地说:"不碍事,我来应付他们!"他把小手枪掖在袖筒里,盒子枪扔在炕上,装作没有准备的样子,又低声对大水安顿了几句话。三个伪军掀开门帘,进来了。

伪军一进来,瞧见炕上坐着一个连鬓胡子的黑大汉,穿着便衣,两只眼睛亮闪闪地对他们打量着,旁边坐着个粗眉大眼的庄稼汉。大乡长申耀宗站在一边,神色很不安。伪军很奇怪,一转眼,又瞧见炕上放着一支盒子枪。他们猜想那两个准是八路军,一时吓慌了,马上就想退出去。可是那庄稼汉叫住他们说:"别走!我们大队长有话跟你们说哩。"

三个伪军一听是大队长,更害了怕,赶忙都立正,一齐鞠躬说:

"大队长有什么吩咐?"黑老蔡拧着眉头问:"这么晚了,你们还出来乱跑什么?"他的膛音很亮,三个伪军听得脸儿发黄,恭恭敬敬地垂着手儿回答:"是,大队长!出来想找口烟过过瘾,没别的意思。"黑老蔡说:"坐下吧!"伪军说:"队长在上,我们立一会儿吧。"黑老蔡说:"不要紧,都是中国人,坐下谈谈吧。"

伪军们在靠墙的大坐柜上坐了,把大枪靠在身边。一个烟鬼模样的班长,掏出一盒香烟递过来:"大队长,您请抽!"黑老蔡说不会抽烟,他又让牛大水抽。大水说:"咱不抽那个,八路军抽上了纸烟,还了得!"

那班长碰了个软钉子,只好给申耀宗递了一支。自己不敢抽,假痴假呆地把烟盒放进口袋里。只见黑大汉扬起眉毛说:"我对你们有个指示!"伪军们瞧他脸上很严肃,觉得形势不妙,连忙立起来,腿儿发抖,说:"大队长,您有什么指示,我们一定照办。"那大队长说:"第一,没事不准出来乱跑!""是,大队长!""第二,不准勒索老百姓!""是,大队长!""第三,出来不要随便带枪,带枪也得倒背着!""是,大队长!""还有,往后有事找保长,不准随便串老百姓的门。老百姓没经过事,哪经得起你们吓唬?你们说对不对?""是是是,大队长!"

牛大水咳嗽一声,也扬起眉毛说:"我对你们也有个指示!你们别尽想着吃白面。这年头儿,老百姓哪来那么些白面给你们吃?你们说对不对?"伪军们都点头,说:"是是是!对对对!"

黑老蔡和颜悦色地说:"你们也不用客气。咱们都是中国人,乡里乡亲的。你看,我们武器都放在炕上,就没把你们当成敌人看待。今天跟你们谈的,你们必须切实做到,我们经常要来检查的。你们可记住了!"他们说:"统统记住了,大队长!"那班长又说:"我们一定本着您的指示前进!"黑老蔡说:"好吧,你们回去吧。以后看你们的表现。"他们说:"是,大队长!以后看吧,反正我们干什么,你们都知道。"

他们提着枪,又一齐鞠了个躬,就要走。申耀宗急忙走上两步,故意表白说:"李班长,我不送你们了。今天两位八路同志来教育我,捎带把你们也教育了一阵子,这可真是无巧——不巧!哈哈哈!"班长说:"可不,两位同志真把我们点拨开了,这比抽一阵大烟还过瘾呢!"说着,三个人恭恭敬敬地退出去了。

等他们走远,黑老蔡他俩才把手枪从袖筒里掏出,忍不住大笑起来,说:"真有意思!这是送上门来,请咱们上了一课!"

三

经过不断的争取和教育,伪军们比以前规矩得多了。老百姓暗里流传着这样的歌谣:

> 黑间来了八路军,
> 八路军同志比弟兄还亲;
> 　毛蓝褂,
> 　紫花裤,
> 头上蒙着白羊肚。

> 同志一来话没头,
> 敌人不敢下岗楼……

可是,新调来的伪队长——外号"大老鸹"的——还挺邪乎,他到酒店喝酒,肉铺称肉,不论买什么东西,都不给钱。还呱呱呱地大骂八路军,说:"八路军给日本兵打光了,怕个屁!"

村里秘密恢复起来的农会、青会几个积极分子,背地和牛大水商量好,有一天夜里,瞅大老鸹出来,突然把他堵在一个胡同里,用枪指着他说:"你吃了什么豹子胆,敢发坏?你说没有八路军,眼下就有八路军!你要是服八路军,你就得好好儿对待老百姓!"牛大水还把他说的坏话,做的坏事儿,全给指出来。大老鸹吓得直不起腰,打躬作揖地说:"是我眼大没珠子,不懂人事!我干什么说什么,你们全知道,你们是隔着玻璃瞧王八呢。往后我再不敢胡闹了!"

大伙儿教育他半天,才把他的枪还给他,放他回岗楼了。

从这以后,大老鸹再不敢发横了。岗楼上都按咱们的规定行事。有时候,黑老蔡到村里检查工作,就派人把大老鸹叫出来,随时教育他,纠正他。

有一次,大老鸹的护兵偷了一位大娘的夹袄,大娘告到妇救会。夜里,妇救会集合了好几十个娘们,坐在岗楼对面的房顶上喊话:"伪军同胞们!八路军给定的那些规程,你们忘记啦?你们糟害老百姓可不行!"大老鸹在岗楼上喊:"姊子大娘们,有什么话你们说吧!"妇女们喊:"怎么你的护兵偷赵大娘的夹袄?马上还给人家!要不,我们妇救会就不依!"第二天,那夹袄果然就还给原主了。

四

申家庄局面打开以后,黑老蔡找牛大水、杨小梅到他那儿去谈谈。他想调牛大水开辟何庄,由小梅接替大水,掌握申家庄的工作。问他们有什么意见,他两个都很乐意地接受了。

黑老蔡看他俩并排坐在炕沿上,刚好一对儿,心里说不出的喜爱。他笑眯眯地说:"大水、小梅啊,你们俩都是好同志,一个早离了婚,一个到现在还没娶。我看你两个挺合适,我给你俩当个介绍人吧。你们先互相了解了解,好好考虑一下。你们看怎么样?"

大水心里扑通扑通地跳,想着:"哈,一块儿出来工作了这么些年,我还不了解她呀!"小梅脸儿通红,心里也想:"嘻,他什么心眼儿,什么脾性儿,我早摸得熟透透的啦,还用得着了解!"他俩心里虽然这么想,嘴里可不好意思说出来。

还是大水先开口说:"我没有意见!我对杨小梅同志,印象很好。她工作挺积极,东奔西跑,多会儿也不闲着,对同志又挺关心,以前家里拉后腿,也不妥协。反正她挺好!我也说不上来……"小梅笑着对他说:"得了吧!我的缺点儿挺多,哪一样也比不上你!"又对黑老蔡说:"我对牛大水同志,我挺赞成他。他太好。他,立场挺坚决,敌人把他拾掇成那么个样儿,他也不投降。工作上挺有一套,学习也比我好。我对他什么意见也没有!"

黑老蔡听他们说完,忍不住哈哈大笑,说:"好好好!县委上的同志都想给你俩介绍,等环境再好一些,你们就可以结婚啦!现在好好儿安心工作,别着急!"他说进大水、小梅的心眼里去了,他俩都成了大红脸儿,挺难为情地笑了。

小梅到了申家庄,住在李二叔家里,每天晚上出来活动,领导下层群众工作。还经常化了装,到申耀宗家里去,根据上级的指示,掌握这个伪大乡长,暗里给咱们办事。一拿到情报,就交给交通员,送到机关上去。

日子长了,小梅在申耀宗家也就不提防了。谁知道有一天晚上,斜柳村岗楼上的饭野小队长路过申家庄,想起郭三麻子说过,申耀宗有一副象牙的麻将牌,心里想要,就来找申耀宗。护兵在门外站着,他一个人突然闯进来。小梅可正和申耀宗在屋里谈话呢。她一时躲不及,惊慌地站起来,心又跳,脸又红,用眼睛瞅着申耀宗。申耀宗心里着忙,表面上镇静地说:"太君,请坐请坐!"那饭野紧盯着小梅,问申耀宗:"这个……什么人?"申耀宗忙说:"这是我的外甥女儿,没有外人。太君请坐吧!"饭野坐下了。小梅对申耀宗说:"我去和妗子烧点水来。"说完,忙溜出去了。

饭野小队长一直看她出了门,还眯缝着眼儿,对门口出神地望着。一会儿才转过脸来,怪声怪气地笑着说:"你的外甥女儿,这个的!"他翘起一个大拇指,哈哈哈地大笑起来。原来杨小梅经常晒不着太阳,皮肤很白,刚才脸儿一红,鬼子看她挺漂亮,又见了小梅那一对黑亮亮的大眼睛,他早就眼馋,着迷了。

申耀宗暗暗地捏着一把汗,就跟饭野扯话把子,想把他的注意转到旁的事上去,可是问了几句,他好像没听见似的,说:"你的外甥女儿,多少年纪?"申耀宗心里想:"这可是坏了!我往大处说!"就随口答:"二十七岁啦!太君到岗楼上去了没有?"饭野缩了缩红鼻子,傻笑着说:"我的,"他伸出两只手,翻着,一十、二十、三十地比画。申耀宗点头说:"哦哦哦,太君三十岁啦。"鬼子小队长心神不定地坐了一阵,连麻将牌都忘了要,就走了。

第二天,饭野小队长托翻译官来找申耀宗,带来一只手表,一个戒指,两匹绸缎,说日本小队长看中了他的外甥女儿,要娶她。申耀宗推说外甥女儿已经出聘了。可是翻译官说,饭野小队长吩咐的,不论怎么着,非娶不行,后天就得把人送到斜柳村去。如果不照办,就要把申耀宗一家人抓起来。说完,翻译官留下东西,就走了。

申耀宗愁得直搓手,出来进去地乱转。尽管他心眼儿多,也变不出法儿来了。小梅来听说了这个事,也急出了一身汗。忙着要回机关去商量。申耀宗可不敢放她走。小梅又是急,又是气:"你不叫我走怎么着!难道你还想把我送给鬼子啊?你真敢这么做,八路军也饶不了你!"申耀宗跺脚说:"这不叫我难死啦?人家逼着跟我要人,我可怎么办!饭野小队长你也知道,一翻脸,说砍就砍了,这可不是闹着玩儿的!"小梅又用好话安慰他:"你先别急!我回去慢慢想办法,反正不能让你背了害,还不成啊?"说了半天,小梅才脱身走了。

小梅回到大杨庄,黑老蔡和同志们正在闲谈怎样对付斜柳村的鬼子。斜柳村的工作是黑老蔡亲自去开辟的,群众组织已经恢复起来了,经过了合法的斗争,保长也换成了咱们的人,还掌握了岗楼上的伪军。只有那几十个鬼子对伪军监视得挺严,有两挺机枪也攥在鬼子们手里,一时没法把岗楼拿下。那饭野小队长又刁又狠,嘴头上常说:"大日本和中国是一家子,皇军是来救你们老百姓的!"可是他眼睛一鼓,凶恶多了! 他杀的中国人真不少,还喜欢亲自动手,叫兵们拿一盆凉水,往人脖子上一泼,他举起刀,嚓的一下就把头砍了。还说:"日本可怜中国人,要不,早杀绝了!"

小梅把碰见饭野的事儿,跟同志们一说,大家都气呼呼地嚷嚷开了。黑老蔡叫大伙儿冷静下来,好好儿想些办法。他们研究了老半天,才想出个招儿,定了个计划,先把申耀宗叫到大杨庄,跟他谈。申耀宗很害怕,支支吾吾地不敢答应。当时就把他留下,另外派人给斜柳村送信,说申耀宗外甥女的家里已经应承了,到日子一准送去。同志们都急急忙忙地准备起来。黑老蔡还亲自到斜柳村去布置。

五

到了那一天,十八岁的牛小水扮了新娘,装着假发,穿着花缎旗袍,粉红袜子,半高跟皮鞋,擦脂抹粉,打扮得挺俊俏。头上蒙了一块红绸巾,腰里藏着小手枪。来帮助工作的陈大姐自告奋勇,给他当伴娘,也穿得很阔气。大杨庄的米保长装做新娘的表哥,穿着崭新的长袍马褂,戴着黑缎子小帽。县大队的四位武装同志也化装成亲戚。这六个人怀里都揣着枪。旁的同志另有任务,早都出发了。后半晌,这里送亲的船也开了。

船儿划近斜柳村,村里新换的保长王福海,早准备好了一顶花轿,两顶小轿,四个吹鼓手,连同几个鬼子兵和一班伪军,在堤上等着呢。堤边岗楼上守楼的伪军都跑出来看,不远的水面上,有几个老乡划着"鹰排子"在放鱼鹰,只听见"呜——噢儿"一声叫,好些个鱼鹰哗地飞起来,在空中乱转,一下都钻进水里逮鱼去了。

船儿傍了岸,王福海对米满仓点头说:"米先生,你们来啦!"米保长也笑着跟他打招呼。一伙人上了岸,陈大姐扶新娘进了花轿,她和米保长都坐进小轿里;吹鼓手吹打起来,前呼后拥地进了村。从东街走到西街,望得见村西头岗楼上,挂了一面日本旗,村口有一伙民伕正在修路。西街上,鬼子小队长的临时公馆门口,很热闹,有卖纸烟的,卖鸭梨的,卖糖葫芦的,还有些看热闹的闲人。两个鬼子兵在门口站岗。

轿子一停,两个日本人陪着饭野迎了出来。这天,又矮又胖的饭野,穿着黑色的洋服,雪白的硬领一衬,那酒糟鼻子显得更红了。王福海把米保长介绍给鬼子说:"这是新娘的表哥,申大乡长的外甥。"米保长忙作揖说,他姨夫闹病来不了,由他代表来贺喜。饭野龇牙咧嘴地笑着,迎接一伙人,到了客厅里。许多鬼子围上来,要看新娘。米保长忙拦挡住他们,笑着说:"太君,中国风俗,不能掀面巾!"陈大姐急忙扶新娘进新房去。

牛小水穿不惯高跟鞋,头上又顶了一块绸子,在门坎上绊了一下,差点儿摔倒。陈大姐忙扶住他,吓得他出了一身汗。

新房布置得很阔气:钢丝床,粉红帐子,大玻璃镜,躺椅。新娘坐在床沿上,屋里挤满了日本人。陈大姐说:"你们都出去吧!新娘子害臊。"鬼子们都看着笑。米保长笑着推他们:"统统开路,统统开路的!"

天已经黑下来。外面摆席了。男人们都到客厅里。客厅里吊着个大汽灯,灯光白得发青,亮得耀眼睛。饭野小队长请新娘的表哥上坐,米保长说:"太君的上坐!"饭野笑着说:"你的上坐!"满客厅的人有的让座,有的打哈哈。一个个桌子上都放满了鸡鸭鱼肉,酒瓶酒杯。

米保长他们五个,和饭野、王福海一桌。米保长笑着说:"跟中

171

国人结婚,要依中国风俗,大家多多的喝酒!"饭野小队长乐得鼻子眼睛都挤在一块儿了,大玻璃酒杯端起来咕嘟咕嘟地喝。王福海不断地给他斟酒。旁的人也都劝的劝、喝的喝。那些伺候的人跑来跑去,太阳牌啤酒一瓶一瓶地打飞了盖儿,送到一个个桌子上去。听得见厢房里那些伪军小头儿,划拳的声音也闹成了一片。

喝了一会儿,鬼子们喝上了劲儿,都拿起酒瓶子往嘴里灌。一个个喝成了丑八怪的样儿。有一个鬼子,就是那个"狗牙子伤"的,白脸儿喝得通红,抬了抬他的小眼镜,站起来,把军衣一脱,只穿个花条儿衬衫,在客厅当中跳起舞来了,腰里挂着一个布缝的小人儿也一跳一跳的。那对眼镜儿滑到了鼻尖上,他的眼睛在眼镜框子上面,滑稽地翻来翻去,做着各种鬼脸儿。他一面跳,一面唱。许多日本人用筷子敲着酒杯酒瓶打拍子,也都唱起来。

到后来,他们有的拍着巴掌,有的晃着脑袋,乱唱、乱笑、乱叫。桌子上弄得乱七八糟,好些个碟儿碗儿跌碎在地上,真是越闹越不成样儿!同志们看着敌人这个疯狂劲儿,心里都恨得痒痒的。

六

王福海的媳妇也在厨房里帮忙,她给新娘送来了饭,陈大姐和小水马马虎虎地吃了些,叫把饭端下去了。陈大姐把美孚灯捻暗些,悄悄对小水说:"快来了,你可沉住气,别露了馅儿!"小水低声说:"你们在外面,好好照着点儿!别叫我作了瘪子。万一闹坏了,你们可别丢下我就跑了!"大姐笑着说:"还能那样儿!只要你成了功,外面没问题。"

一会儿,两个鬼子架着小队长进来,扶他坐在床边的躺椅上。两个鬼子歪着嘴巴笑着出去了。大姐也忙出去,顺手带上门。小水侧着身子坐在床沿上,低着头儿。客厅里传来话匣子唱戏的声音。

饭野小队长醉醺醺地向后靠着,笑得眯缝了两只眼睛,怪馋地瞅着新娘子的侧后影。他抽了半支烟,然后扔开烟头儿,拍着椅子说:"来来来!这里的坐!"小水心跳着,不言声。饭野以为新娘子害羞哩,缩起红鼻子,露出一口大黄牙,嘻嘻嘻地笑着,伸手来拉他。小水一侧歪就趴在床上,偷偷地掏枪。饭野歪歪斜斜地起来,涎着脸儿拉他的腿。小水回过身来,当的一枪,没打中。饭野一愣,小水连着又打两枪,才把他打死了。

新房里枪一响,客厅里几个同志立刻拔出枪来,踢翻桌子,先打带枪的。鬼子们来不及掏枪,就给打死在地上。一时客厅里大乱。同志们堵住门口,一边打一边喊着:"投降不杀!"院子里,从墙上跳下来许多人,都是预先埋伏的县区武装,有些奔客厅,有些奔厢房。大门口两个站岗的鬼子兵,听到里面打起来,提着枪就往里面跑,忽然身后边几声枪响,两个站岗的都倒下了。那些化装小贩的村干部,都拿着枪往里冲。

这当儿,月亮还没上来,天很黑。村东头,淀边鹰排子上的"老乡",听到第一声枪响,就纷纷掏枪上岸。村西头,歇在大庙里的"民伕"们,也提了枪跑出来。这些都是区小队和村里秘密组织起来的民兵。黑老蔡跟岗楼上一部分伪军早接好头,这时候里应外合,不发一枪一弹,就把两个岗楼全拿下了。

一会儿,公馆里的枪声停了。厢房里那些伪军小头儿,都是黑老蔡教育过的,一见八路军得了手,都顺顺当当地缴了枪。客厅里的鬼子,死的死,伤的伤。有的跪在地上求饶,有的钻在桌子底下,给拖了出来,有的砸碎玻璃窗想逃命,也给活捉了。大厅里打了个稀里哗啦,花瓶粉碎,碟儿碗儿稀烂,桌椅板凳东倒西歪,军棋、扑克牌撒了一地……

同志们忙着搜索武器。牛小水打了一阵,假发早不知掉到哪儿去了,露着小光头,鞋也丢了一只,粉红袜子踩着地乱跑。他瞧见墙角落里立着个衣架,衣架上面挂一件黄呢子大衣,他满心欢喜,赶忙脱了花缎子旗袍,就去拿大衣,没想到那大衣自个儿在咕容咕容地动呢。小水吓了一跳,拿枪头子把大衣往起一挑,见里面藏着个鬼子,猴儿爬竿似的抱着衣架,簌簌地发抖。小水喝一声:"快下来!"鬼子一害怕,连人带衣架倒在地上,小水忙把他按住。米保长跑来一看,原来就是跳舞的那个"狗牙子伤",也给活捉了。

街上,人声嘈杂。村里的男女老少,都奔往岗楼去。他们举着火把,拿着铁镐铁锨,筐儿担子,一齐动手拆岗楼。拆下的木料、砖瓦,都弄回家去。只一夜工夫,两个大岗楼全成了平地。

七

斜柳村的胜利,使附近各村的伪军更动摇了。咱们的干部和老百姓都说:"趁热好打铁,把剩下的这些岗楼都他妈的一扫光吧!"

这一天,杨小梅把申家庄的工会、农会、青会、妇会、儿童团,全动员起来了,大家拿着各种各样的家什武器,情绪可高多啦。牛大水带来了一部分区小队,跟村里新组织的民兵一块儿,也都准备好了。天一擦黑,好几百人就密密层层地围住了岗楼。

大老鸹和伪军们不知道是怎么回事,都吓坏了。大老鸹不敢露脸,藏在垛口后面喊:"乡亲们,八路同志们,咱们都是一家人,有什么事,你们就说吧!"群众齐着声音喊:"大老鸹,你们待的日子太长了,快下来吧!我们要拆楼啦。""大老鸹,我们的棒子面,还想留着自个儿吃呢,你们回去当老百姓吧!""喂!伪军同胞们!你们那岗楼上的砖瓦木料都是我们的,我们等着使唤呢!"

杨小梅还领着群众唱:

鸟向明处飞,

人向活路走!
不做洋人奴,
不当日本狗!
回心转意重做人,
反正交枪是朋友!

歌声一停,牛大水就喊:"大老鸹!斜柳村消灭鬼子小队的事儿,你们该也知道了吧?咱们中国人不打中国人,你们快把枪缴了,把东西归置归置,马上就下来吧!都是中国人,快回到中国人这边来吧!"

大老鸹在楼上喊:"行喽,牛队长!老乡们!我跟弟兄们说说。"听得见伪军们在楼上嚷着:"说什么!下去就下去,早就不想在这上面待了!""待在这岗楼上怪难受的,还叫我待一辈子啊?""我们都准备好了,就等着这一天呢!"一霎时,捆扎好的长枪,子弹带,手榴弹,都用绳子从垛口上一捆一捆吊下来。岗楼四周围,立时起了一片拍掌声,越拍越响。几百个老百姓热烈地喊着:"欢迎伪军同胞回家!""欢迎大老鸹反正!""今儿个请你们吃白面!"……

只几天工夫,黄花村、何庄、东渔村……好些个岗楼,都这么"叫下来"了。

第十五回　指　　引

毛主席呀！
　亏了你，
　　给俺想出好主意！

——民谣

一

　　黑老蔡结记着大水、小梅的婚姻问题，总想抽空儿给他们解决，可是工作太忙，老是顾不上。

　　这期间，正规军在外线，接连打了几个漂亮的胜仗。地方党在敌后，领导群众，做了无数次胜利的斗争。到处局面都打开了，这一带地区也恢复了"大扫荡"以前的情况。县区组织重新健全起来，村政权也一天天巩固，各级武装比以前更加扩大了。只是从敌人"扫荡"以来，好些地主趁火打劫，向农民倒算、收地、夺佃、逼交几年的"欠租"，把粮食都刮走了。人是吃五谷的呀，谁也不能饿着肚子抗日。民主政府一恢复，群众都要求减租。县区干部又纷纷下乡，领导这一运动。谁想到减租中间，大水、小梅可闹起矛盾来了。

　　小梅分配在申家庄。这天她领着农民代表，到申耀宗家去说理。这一回申耀宗对农民特别客气，点头哈腰地让了座，问他们有什么事。一听说要减租,他就笑嘻嘻地说:"减租是好事么,兄弟完全没有意见。诸位乡亲既然来了,兄弟是竭力欢迎,欢迎——之至!反正,一切都好说!一切都好说!"代表们看他态度不错,觉得事儿不难办,心就放宽了,说:"既是申先生同意,这就好。咱们合计合计吧。"

申耀宗嘴上说得挺进步,东拉西扯,暗里磨蹭时间。这几天他听到风声,早就有了准备。一会儿,做活的就摆上席了。申耀宗站起来,满脸堆笑,伸着一只手说:"请吧,请吧!诸位轻易不到我这儿来,这也是兄弟的一点小意思。"

小梅一看这形势,觉得吃他的饭不妥当,就推说:"时候还早呢。咱们谈完了,还有旁的事儿。"申耀宗哪里肯依,嚷着:"杨同志,你干工作就不吃饭啊?你不饿,大伙也饿了。大伙不饿,我也饿了。咱们吃着说着还不是一样?"他看小梅犹豫不定,忙说:"杨同志,你们今天到我这儿谈工作,不吃我一顿饭,就是瞧不起我!以前日本鬼子在的时候,你常来我家,也吃,也喝,没把我当外人看待。今天你要到旁处去吃饭,你看我这个老脸往哪儿搁呀!"申耀宗不等小梅答话,就拉拉扯扯地把她推到上座。小梅不好意思坚持,只好坐下了。

申耀宗马上对代表们说:"哈,你们诸位,还用我一个个请吗?都是乡里乡亲的,不是大一辈,就是小一辈,全是一家人,快坐下吧!"代表们看小梅坐了,也不好推却,就围着桌子坐下了。

这天,申耀宗戴着小毡帽,穿着短棉袄,扎着棉裤腿儿,老是赔着笑脸,简直看不出是个地主的架势啦。他给大伙儿一个个敬了酒,就卖开嘴了。说话中间,他把杨小梅和代表们捧了一顿,又把自己抗日的功劳表了一番。大伙儿听了,仿佛觉得他真是自家人,心上可就不戒备了。

申耀宗又一劲儿地让吃让喝,话头儿就慢慢转到减租的问题上来。他诉了许多苦,说:"反正我这光景你们也知道,虽然我挂个财主的名儿,其实也是挺困难。不过,说困难么,总比你们众人强一点。怎么个减法,你们看着办吧!兄弟绝没有意见!"

小梅把减租法令一条条提出来,叫申耀宗实行。申耀宗满口答应,约定明天就立新契。大伙儿看他挺痛快,觉得他真是开明。本来还要反倒算,叫他吐出以前多要的租子的,也不好意思提出来了。

二

第二天起,农会主持,在村公所,给主佃双方立新契约。申耀宗原有两顷地,里面有四十亩在一九三八年减租的时候,因为孙家庄地缺,政府把它调剂给孙家庄的农民租种了。剩下一百六十亩,他可只立了一百亩的租约。

代表魏大猛说:"哎呀,咱们这地还是不够种么!"申耀宗想转移目标,暗里拉着魏大猛说:"孙家庄还种着我四十亩地呢。你们代表本村群众的利益,还不去要回来?咱村的地这么缺,人家的地可种不尽呢!"魏大猛生来是一冲子性儿,给他这么一挑拨,就把这些话儿对旁的代表嚷嚷开了。

大伙儿也觉得这话不错,就找小梅商量说:"咱村的地不够种,得把孙家庄四十亩地要回来!"小梅说:"你们要了,他们地不够种怎么办呢?"魏大猛说:"嗨,人家的地可种不尽呢。"小梅问他们,孙家庄的地到底缺不缺。代表们抢着说:"他们不缺也会说缺么,谁不愿意多种点儿地呀!""我们自个儿的地还不够种咧,为什么让给他们种呀?"有个八十岁的代表,外号"老祖宗"的,说:"他们缺地,他们自个儿想办法,咱们可管不了那么些!"年轻的柳喜儿说:"咱们自个儿挨饿,倒把白面卷子送给别人吃!"

他们你一句,我一句,说得小梅耳朵根子软了。她又不了解情况,觉得他们说的挺有道理,心里盘算:"这么着就把地要回来吧!这事儿倒好办,大水在孙家庄呢。"一想起大水,她心里就热乎乎的。她打发代表们先去讨论旁的事儿,自己一个人留在屋里,打开记录本,撕下一张纸,用她的花杆儿水笔用心地写着:

牛大水同志:

你近来工作忙吧?身体好吧?工作顺利吧?我想你工作一定有成绩的!你有什么经验教训要多多指导我呀!多多帮助我呀!今写信不为别事,就是有一个问题和你谈谈,就是我们这个村地少,代表们想要以前拨去的四十亩地要回来种,实在地不够种呀!你们研究研究吧!考虑考虑吧!希你来一个信答复好吧!再者我的工作顺利,身体很好!多多地放心吧!别不多谈,再见吧!

此致
敬礼!

并祝你完成任务!

杨小梅
十一月一日

她写完,又默默地念了一遍,掏出一个椭圆形的小手章,在她的名字底下盖了个印。写好信封,交给一个老乡,送到孙家庄去了。

大水一看信封上的笔迹,就知道是小梅写来的信,心里觉得甜丝丝的。他一连念了两遍,立刻拔出他的黑杆儿水笔,写了一封回信:

杨小梅同志:

接到你的来信,知你工作顺利,身体健康,心里真是欢喜不尽的!关于你要我多多帮助你,唉!想起来我太对不起你的,我天天想到你村看看,可是忙得走不开,大概我是犯事务啦！唉！咳！这是我很惭愧的！今后咱们一定要多见面,多联系,工作上学习上文化上政治上互相学习,这是我很盼望的！再者关于你提的那个问题,我也不知道,不摸头,最好请你们来这儿,咱们当面谈谈才好解决的！快来吧！一定来吧！我还有好些话和你谈的！

  此致

敬礼！

  并祝你身体健康工作顺利！

牛大水
即日

  大水写完信,掏出一个方形的手章,在他的名字底下,也端端正正地盖了个印。就把信交给那位老乡,带回申家庄去了。

  小梅接到大水的回信,很兴奋。第二天一早,就领着代表们到孙家庄去。"老祖宗"身子骨挺结实,因为心里牵挂那四十亩地,也挂个拐杖跟着去了。

三

  牛大水和孙家庄的代表们,正在解决张三、李四、王麻子——农民内部的土地纠纷呢。一见申家庄那边人来了,都站起来,干部和干部,代表和代表,就亲热地招呼、让座,欢欢喜喜地说笑开了。谈了一阵闲话,申家庄的代表就提出来要收回那四十亩地的事儿,孙家庄的代表一听就直了眼儿。僵了一会儿,孙家庄的代表把大水叫到隔壁屋里,悄悄儿叽咕了一阵,一个个走出来,脸上都不怎么好意思,他们让大水先开口。

  大水笑着对小梅说:"哈呀,杨小梅同志,你们这个事儿可不好办啊！申家庄的地不是很多吗？为什么要收回那四十亩地呢？"小梅先一愣,随后笑着说:"你还说这个话!申家庄的地不够种,你还不知道?"大水说:"申家庄的地怎么会不够种呢?"小梅说:"够种还问你们要地啊?"他两个越说越拧,脸上的笑影儿都没有了。两方面的代表在旁边听得着急,到后来再也耐不住,就你一言、我一语地抢开话儿了。

申家庄的代表说:"反正这地是申家庄的,应该归我们种!"孙家庄的代表说:"这地已经拨给孙家庄了,我们有优先权!"申家庄的说:"我们事变前就种上了,我们的优先权比你们还先!"孙家庄的说:"你们那个优先权不中用!没有三八年减租,哪儿来的优先权?"申家庄的又说:"我们代表申家庄农民的利益!你们这么着,叫我们跟群众怎么交代呀?"孙家庄的也说:"我们代表孙家庄的利益!你们这么着,叫我们跟群众又怎么交代呀?"……

那边代表跟代表争了个热闹,这边大水和小梅吵了个乱爆。大水说:"这有什么争的!不是明摆着的事儿啊?"小梅说:"就是明摆着的事儿么!你还跟我争什么呀?"大水生气地说:"我不跟你说了!明明你犯了本位,你还跟我吵!"小梅也生气地说:"咱们别说了!你自己犯了本位,倒还怪我!"大水指着小梅说:"唉!我看你是做了群众的尾巴啦!"小梅指着大水说:"嘿!你才是群众的尾巴尖儿呢!"……

这么着,代表对代表,干部对干部,大家脸红脖子粗,闹得不可开交。闹了半天,柳喜儿嚷得哑了嗓子,魏大猛叫得岔了气儿,牛大水急得脑袋蒙,杨小梅气得肚子疼。"老祖宗"累坏了,上气不接下气的,坐在一边,干瞪着眼儿……

正在这时候,县委书记黑老蔡检查工作来了。

181

四

　　人们都说:"好了,好了,老蔡来了,叫老蔡评评理吧!"大水就说大水的理由,小梅就说小梅的理由。申家庄的代表讲申家庄的道理,孙家庄的代表讲孙家庄的道理。真是公说公有理,婆说婆有理,两方面又争开了。听得黑老蔡哈哈大笑,笑得大伙儿都愣住了。

　　黑老蔡叫他们都坐下来,先歇一歇,清醒清醒脑子,然后问他们:"申耀宗倒算去的粮食,你们找他退了没有?"小梅那一伙吞吞吐吐地说:"这个……还没有呢!"大水那一伙也嘟嘟囔囔地说:"我们尽忙着鸡毛蒜皮的事儿,还没有顾上呢!"黑老蔡又问:"申耀宗有没有瞒地,你们弄清楚了没有?"这一问,两方面都瞪了眼儿:"啊呀……这可是……谁知道!"黑老蔡笑了笑说:"你们争地,连地有多少还不清楚,你们争什么呢?"大家都傻笑开了。

　　黑老蔡也忍不住好笑,他进一步问:"你们这是农民跟地主算账呢,还是农民跟农民斗争呢?"大伙儿不好意思地耷拉下脑袋,说:"可不是!错就错在这上面啦!""老祖宗"用拐杖一顿,说:"嗨,申耀宗的地多哩么!怎么七闹八闹就不够种了呢?"人们说:"还不是他把地倒来倒去,一会儿租给这个,一会儿租给那个,倒了个乱七八糟,弄得咱们摸不清啦!"柳喜儿拍着手说:"嘿,咱们这是嘴头子上挂着肉,牙齿倒咬舌头!"

　　魏大猛跳起来说:"坏了!这事儿咱们上当了!他妈的,都是我的过!要这四十亩地是我开的头,我可是听申耀宗说的,这不是给他耍猴儿啦?"大家都觉得,真是上当了。小梅红着脸说:"都怨我不好,那天我不该吃他的饭!人家把好话一糊弄,咱们就给迷混住啦!"

大伙儿想一想,算一算,申耀宗顶少有两顷地呢,他隐瞒住好几十亩,准想暗地租出去,多收租子。要是把这些地马上租出来,就没个不够种的,再把刮走的粮食一退回,人们就不会再挨饿了啊!

代表们心里一透亮,谁都笑开了脸儿。申家庄的就向孙家庄的道歉,说:"这是我们不对啦,找你们麻烦!"孙家庄的也向申家庄的赔礼,说:"我们也不好,跟你们吵嘴!"小梅对大水承认错误,说自己立场没站稳,工作不深入。大水抢着说:"我也有错误,我不追究明白,工作也是不深入。我把申耀宗撇在一边,倒跟你们闹,嘿,真是,我的立场跑到哪儿去了啊!"旁边黑老蔡听着,笑眯眯地望着他们,不言声。

大伙儿正说得热闹,魏大猛忽然喊起来:"得了得了!都是一家人,客气什么呀?咱们快找申耀宗去!"申家庄的都说:"走走走!"孙家庄的也说:"走走走!天下农民是一家!咱们一块儿去!"

大水、小梅问黑老蔡还有什么话,黑老蔡嘱咐说:"你们一块儿去很好,人多力量大。可是得随时注意,咱们对地主有斗争的一面,也有团结的一面。不斗争,不改善人民生活,就根本不能打败日本。不团结,不讲统一战线,也不能发挥更多的力量。毛主席说的,斗争是为了团结,团结是为了抗日。咱们不要右了,可也不要过左。大伙儿好好掌握住吧!"

代表们说:"对对对,咱们跟申耀宗讲理去!"大水、小梅领头,一伙人兴冲冲地走了,"老祖宗"拄着个拐杖,也急急忙忙地跟在后面。

五

路上,代表们又说笑开了。大水对小梅说:"哈,黑老蔡真来得巧！他要不来检查工作,咱们不定闹成什么样儿咧!"小梅笑着说:"嘿！你那会儿凶成什么啦？指着我的鼻子,尽给我扣帽子！反正我也没有招儿,你给我扣什么帽子,我也给你扣什么帽子!"

大水好笑地说:"那会儿我是屁股上挂镜子,照见别人照不见自己,心里可实在生你的气呢。"小梅说:"我还不是气得要命！心里说,这人怎么这样不讲理,真是个牛脾气,以后再不跟他好啦。"说着转过头来,对大水笑了。大水说:"你以后还跟我好不？"小梅腾的一下脸红了,说:"看你还问这个话儿!"

两个人都想起不久就要结婚了,反而不好意思起来,觉得并肩走着不合适,就分开,混在代表们中间去了。

代表们也正说得热闹。"老祖宗"说:"瞧咱们黑老蔡真行啊,怎么三言五语,就把我这老糊涂点拨开了？"魏大猛嚷着:"要不是共产党领导咱们,毛主席给咱们指道儿,咱们还不定碰死在哪儿呢!"

大家越说越高兴,越走越有劲儿了。柳喜儿唱起《东方红》,大伙儿都跟着唱起来：

东方红,
太阳升,
中国出了一个毛泽东！
他为人民谋生存,
　呼儿嗨呀,
他是人民大救星！

第十六回 爱 和 仇

石榴花儿红似火,
我疼你来你疼我。
年轻人多得像细沙,
你为什么单爱我?

——民歌

一

减租胜利,转眼又是春天了。黑老蔡抽空儿把大水、小梅的婚姻问题,在县委会上提出来,同志们全体赞成,说他俩早该结婚了。这时候,牛大水在原来的区上当区委书记,杨小梅已经调到县妇联会工作。黑老蔡找他俩谈好了,决定"三八"节结婚,县委、区委都拿出了一些钱,帮助他们筹备起来。

"三八"节到了。他们怕老百姓花钱、送礼,没有把结婚的消息传出去。白天,大家忙了一气工作,后半晌,县上的男女同志们送小梅到区上来了。区小队队长高屯儿和几个队员正在忙着打扫收拾。焦区长身上围了一块布,从伙房里出来,笑嘻嘻地说:"你们都来啦!今儿个他俩结婚,是我的掌勺,你们瞧瞧我的把式吧。"陈大姐笑着说:"区长亲自动手,还有个错儿呀?"田英忙着问:"新房布置了没有?"秀女儿在西屋喊:"新房在这儿呢!"

大家走进去,看见区妇会的三位同志,正在咭咭呱呱地笑着布置,忙了个手脚不闲。窗户纸都换了新的,还贴了红的剪花。炕上,是大红布面的新被子,白被单儿,都是县委、区委给发的。秀女儿站在炕对面的桌子上,正在往墙上贴画儿,是粮秣主任谷子春画的红花绿叶"并蒂莲"。

秀女儿一见小梅,忙跳下来,拉住她的手笑着问:"新娘子!你看我们给你收拾的新房,还有什么缺点儿呀?"小梅红着脸儿,说:"你也快结婚了,还这么淘气!"田英把自己做的一对新枕头拿过去摆好。旁的同志有送手巾、胰子的,有送牙刷、牙粉的,还有送笔记本的。程平同志有事顾不得来,他可送了一副喜联,秀女儿把它贴在画的两边,鲜红的纸上写着黑得发亮的字:

　　新人儿推倒旧制度
　　老战友结成新夫妇

还有一副横额,贴在上边,写着四个大字:

　　革命的爱

黑老蔡也送了一副对联,写的是:

　　打日本才算好儿女
　　救祖国方是真英雄

横额上写着生龙活虎的四个大字:

　　战斗伴侣

正要贴,忽然谷子春喜冲冲地走进来,两手拿着一张大纸,说:"快来看!快来看!"大家围上去瞧,原来是焦区长和高屯儿两个编的祝词,叫谷子春写的,那墨迹还没干呢。谷子春故意高声念出来,好给杨小梅听见,一句一句念得怪有劲儿:

　　牛大水勇气勃勃,

温暖了杨小梅的心窝!
两口子努力抗战,
准是越干越热火!

同志们听了大笑,说:"好好好!"就把它跟黑老蔡送的对联、横额贴在一块儿。

二

大家说了一阵笑话。黑老蔡忽然想起来,说:"咦,咱们的大水呢?"秀女儿跑出去说:"我去找他。"牛大水躲在东屋,心里乐滋滋、乱麻麻的,不知道做什么好。听见小梅来了,他心儿扑通扑通乱跳,脸上烫得不行,怕给人瞧见笑话,不敢出去,一个人歪在炕上,假装拿起一张报纸看着,可一个字也没有看进去。秀女儿进来瞧见了,就拍着手,大声嚷嚷起来:"你们都来瞧哟,新郎官还在这儿学习呢!"一把抢了报纸,拉着他就走。同志们都笑着出来看大水,大水满脸都红了,咧着个大嘴只是笑。

区干部忙着开饭,县上的同志也动手帮忙。在北边的大屋子里,用三张方桌并成一溜,旁边放了两条长板凳。区长他们把菜端来,两头各放了一大盆肉,一大盆鱼,还配搭两碟子炒菜——一碟子是粉条豆腐白菜,一碟子是白菜豆腐粉条。大伙儿坐的坐,站的站,吃着大米干饭,就着菜,有说有笑的,吃了个欢。

高屯儿发现大水只吃了两碗,就放筷子了,马上抓住他的手喊:"这可不行!你平常总要吃五六个窝窝头,今儿个怎么吃少啦?"众人随口同声地嚷起来:"通不过!通不过!不吃饱不让他结婚!"大水笑着,不好意思地又吃了一大碗,可吃得真开胃呀!

天黑下来了。老乡们消息挺灵通,虽然瞒着也都知道了,来的人真不少,有些外村的也赶来参加了。大屋子里挤不下,连院里都站满了人,可热闹啦。牛小水几个快活得蹦蹦跳跳地跑来,他们找了一对过年用的红纱灯,点得亮亮的,在大屋子里挂了起来。红光照着墙上毛主席、朱总司令的像,照着满屋子喜气洋洋的人们,也照着一对笑眯眯的新夫妇。缴获来的话匣子,唱着"洋人大笑",叽里呼啦地乱笑一气,逗得大伙儿全笑开了。

秀女儿她们跑进来,把自个儿做的两朵红花,给大水、小梅别在胸前,硬拉他俩坐在一条板凳上。马胆小和王圈儿把两大篮花生、枣儿倒在桌子上。小小子提着一把大茶壶,兴头头地进来,给大家倒上水。婚礼就开始举行了。

三

谷子春司仪。全体起立,向毛主席、朱总司令的像鞠了躬。大水、小梅又站在前面,给两位人民领袖的像鞠躬。接着又给介绍人和来宾鞠躬。谷子春直着脖子喊:"新郎新娘——相对一鞠躬!"大水老老实实地转过身来,站得笔直,准备给小梅鞠躬。小梅一扭脸,瞧见大水规规矩矩地对她站着,忍不住扑哧一笑,转身就跑。满屋子人都笑起来,喊着:"不行不行!得鞠一个大躬!"妇女们推小梅到前面,小梅慌慌张张地鞠了一躬,大水也忙着还礼。

大伙儿坐好,该证婚人讲话了。黑老蔡又是证婚人,又是介绍人。他笑眯眯地站起来,眼光向全体扫了一下,说:"同志们!今天大水、小梅两位同志结婚,很值得我们庆贺。他俩一块儿参加革命,又一块儿从残酷的斗争里锻炼出来,都成了很好的革命战士,我心里真是说不出的高兴!过去,在旧社会,他俩的婚姻不能自主,受了许多痛苦。现在,在抗日民主政府下面,他两个老战友,结成了新夫妇,以后的生活一定很美满幸福!可是,敌人还没有打倒,艰苦的斗争还在前面,希望他们俩,在共产党的领导下,更努力地工作,互相帮助,互相批评,不断地进步!最后……"他看着大水和小梅,开玩笑地眨眨眼睛,说:"希望你俩明年生个胖娃娃,给革命添个后代!"说得大家都笑了。

接着是来宾讲话。申家庄的李二叔笑呵呵地捧着四个红纸包儿,走到前面,把纸包儿放在桌子上。他一把抹下毡帽头,露出发亮的光脑瓜儿,很滑稽地鞠了一个躬,说:"今儿大水小梅俩结婚,哪一个老百姓的心眼儿里,都欢喜得不成!大伙儿想凑份子给他们送席、送幛子,公家都不叫送。没办法,只好凑了四样小玩艺儿,表表咱们的一片心意,大伙儿还琢磨了四句话——"

说到这儿,李二叔得意地举起一个红纸包儿,高声念:"大水、小梅两朵花——这是一包花生!"又举起第二个红纸包:"一心工作为了咱——这是一包点心!"大家听着笑起来。他又举起第三个包儿,念:"打败鬼子早安乐——你们猜这是什么?——是枣儿!"末了,他高高地举起第四个包儿,扯着嗓子更高声地念:"最后胜利笑哈哈——哈哈……这是梨儿!"听得谁都笑哈哈了,一齐拍手叫好。

谷子春又高声地喊:"新郎新娘——报告恋爱经过!"这就更热闹了,人们乱哄哄的。牛大水先给拉了起来,站在前面。他穿了一身灰布的新制服,头上戴着新军帽,一朵红花别在胸前。他满面红光,笑呵呵地说:"这可叫我说什么呀?我跟她没个什么恋爱经过!"大伙儿嚷:"不说不行!"大水说:"可当真没有嘛!"有人问:"你说说,你们俩亲过嘴儿没有?"大水满脸是笑,可又皱着眉头说:"这话可太不像问题啦!我两个一块儿工作这么些年,真是小葱拌豆腐——一清二白;别说亲嘴,就连个手也没有拉过呀!"

小水躲在人背后,喊着问:"你想拉了没有?"大水笑嘻嘻地坦白说:"想是想来着,我心眼儿里早就爱上她啦!"他连忙抓下军帽,鞠了个躬,逃下去了。

同志们大笑,说:"该小梅说啦!"小梅早把脸儿藏在秀女儿的身后面,躲着不出来。女同志们都拉她,小梅推脱不过,就拢了拢头发站起来。她穿着日常的袄儿,外面罩一件干干净净的蓝布褂儿,大襟上也别着红花。她一时不知道说什么好,憋了半天,才红着脸儿说:"他心里爱我,我……这事儿也不知在心里过过多少回啦!"说完,就搂着陈大姐说:"我可真没说的啦!"

一阵笑声里,谷子春又喊:"第八项——新郎新娘握手!"男同志们拥着大水,女同志们拥着小梅,两边走拢来。大水的胳膊给好几个人抓着伸出来。小梅扭着脸儿,臊得不行,同志们把她的胳膊抬起来。两个红红的脸儿笑得像云彩一样,两只热得出汗的手儿就握在一起啦。同志们鼓掌大笑,把他俩拥进新房里去。

四

新房里也挂了个八角红灯。同志们热热闹闹地耍笑了一阵。县上的同志赶着回去了,区长他们随手把新房的门儿带上,也都歇息了。剩下大水、小梅两个。小梅坐在炕沿上,笑眯眯地低着头儿。大水轻轻地插上门,回过身来,一时不知道怎么着才好。

灯光红通通地照着,小梅抬起头来,脸上显得很光采,眼睛跟两洼水儿似的望着大水说:"你累不?坐下歇歇吧!"大水坐在小梅旁边的一个凳子上,笑嘻嘻的,不转眼儿看着小梅。小梅抿着嘴儿笑,羞红的脸上显出两个酒窝儿。她不好意思地问:"你看什么?还没有见过我呀?"大水说:"我想着你从前到姐姐家来,还梳着个辫子呢,看见个生人,连头也不敢抬。后来受训的时候,发不上言就哭,咱们俩在班上,可真是一对傻蛋儿,我一想起来就好笑!"小梅说:"咱两个实葫芦,真是一根藤儿!……你还记得你撅烟袋杆儿不?"两个人对看着笑了起来。

说了一阵闲话,红灯慢慢儿暗下去了。他俩就上炕歇息。小梅抚摸着大水满身的伤痕,眼泪突然涌出来,滴在大水的胳膊弯儿上。她轻声轻语地说:"大水啊!那天晚上你在被窝里卷着抬进来,你给敌人抬掇成了什么样儿!真把我心疼得不行啊!"她脸儿贴着大水的脖子说:"你真坚决!真是好样儿的!你是火炼过的真金啊!"大水激动得声音发抖说:"你和同志们疼我,疼得真没处疼啦!要没你们耐心的照护,我出来也活不了!"小梅说:"革命真是个大家庭,你看谁对谁都跟亲人一样!"

大水想起了老爹,忍不住掉泪说:"唉,我爹要活着,瞧见咱们俩结婚,不定多乐呢!头一回你姐姐来说亲,要成功了,该多好啊!"小梅说:"那时候我才愿意呢,可怎么由得了自己呀!"大水亲着小梅说:"要不是参加革命,咱们俩怎么也到不了一块儿!"

灯熄了。他两个紧紧地抱着,心里像有块糖儿在慢慢地化。很久很久的,还唧唧哝哝说着话儿。

五

牛大水杨小梅结婚的消息,传到镇上张金龙耳朵里了。张金龙咬牙切齿地对郭三麻子说:"他妈的!牛大水这个坏种,我早就知道他没安好心眼儿!我那会儿要一刀杀了他,该多痛快呀!"三麻子冷笑说:"你也别生气,我看你早就当上王八了!"张金龙狠狠地说:"咱们瞧吧,早晚得叫他俩死在我手里!"

有人来找张金龙,说:"大队长请你马上过去。"张金龙来到天主堂,在大岗楼后面的洋房里,见到何世雄。龟板司令刚走。何世雄把日本人的计划跟张金龙谈了,又说最近张荫梧那边也有信来,要组织"国民党先遣军",打进"匪区",建立下层组织,暗杀干部,准备"收复失地"。何世雄脸上的横肉一动,笑着说:"日本人很信任我们,干这差事,每一个人一天就有一万块钱的活动费,张荫梧那边的还不在内。你好好儿干吧!"说着,掏出一叠联合票,叫他先拿去花。这可正对张金龙的心眼儿,他拍着胸脯说:"这事交给我没错儿!往后你瞧吧!"何世雄给他拨了几个人,又发了武器,指示了办法。张金龙带着人,就出发了。

五月的一天,小梅到区上发动做劳军鞋,只两天工夫,就收到一百多双。这天傍晚,她准备回县开会,把先收的鞋捆扎好,自己背了一捆。剩下两捆,牛大水刚好有空,和通讯员王圈儿两个背着,送她回去。

起身的时候,天已经黑了,没有月亮。稀朗朗的星星照着,野地里刚辨清个道儿。他们一边走,一边谈着话,忽然牛大水低声说:"别言声儿!看坟堆后面!那个人影儿干什么的?"小梅悄悄问:"在哪儿?"大水还没来得及答话,就听见那边叭叭地响了两枪,子弹直朝这边飞来。小梅觉得胳膊一麻,哎哟一声,闪了一个踉跄。大水忙说:"快爬下!"那边又响枪,子弹从头上飞过去。气得王圈儿嘟囔着骂:"哪儿来的坏种呀!妈的,打他王八羔子!"就跟着大水还枪打。

他们坚持了一阵,区小队听见枪声,急忙跑来,坟堆后面那两个黑影儿窜着逃了。大水、王圈儿忙看小梅,血从她袖口里流了出来。小梅咬着牙说:"不碍不碍!打在胳膊上了。"小队搜索了一会儿,没找着人。大水扶着小梅,一伙人就回来,猜想准是汉奸特务打的黑枪。幸亏小梅没伤着骨头,当天晚上就送卫生所医治去了。

六

隔了不久,又发生一件事。

区小队队员小小子没钱买烟卷儿,他偷了老百姓一只鸡,拿到集上去卖,给高屯儿发现了。高屯儿一时起火,打了他一巴掌,逼着他送回鸡,还给老百姓道了歉。小小子气不过,又不敢说什么,过了几天,就装病回家。他想弄几个钱,借了个小船到淀里去罩鱼。

这天雾很大,四下里白茫茫的。他把网儿撒了出去,正往怀里收,听到有人喊:"小小子,你怎么在这儿治鱼呢?"小小子抬头一看,瞧见张金龙和一个不认得的人坐了一条小船儿,从苇塘里出来。小小子心里很着慌,可又不敢走,只好硬着头皮说:"嗨,手边挺紧,想捞摸两个钱儿花。"

张金龙的船靠拢来,和他扯闲话,盘问他为什么不在小队上,要回家来治鱼。小小子不敢隐瞒,只好照实说了。张金龙看看他的鱼篓子,笑着说:"你忙活一天,能弄多少鱼呀?别瞎费劲儿啦!来来来,我送你几个零花钱!"小小子不敢不接。张金龙说:"咱哥儿俩不分你我,拿上花吧!"小小子想问他这会儿干什么勾当,又不敢问。张金龙给了钱,他们划着船走了。

一连三天,小小子不敢出门。这天晚上,张金龙带了个人,突然来找小小子。小小子知道他黄鼠狼给鸡拜年,没安好心眼儿,可又不能不接待他。张金龙跟他说了几句家常话,就悄悄儿告诉他说,八路军长不了,日本兵和警备队快要来"扫荡"了,还要在这村修岗楼,杀抗日干部和区小队的队员。小小子信以为真,害怕地说:"那怎么办?"张金龙笑着说:"你别害怕!旁人逃不了,你不碍。只要你常跟我联系着点儿,我给你保上险!"他给小小子留下几盒烟,就走了。

第二天晚上,张金龙又来了,说:"小小子,你别受这个穷罪啦!咱们组织上一拨人,劫个道儿,干个什么的,还可以瞅空子打干部,扩充些枪,在日本人那儿得功领赏。你说好不好?"小小子说:"我……我琢磨琢磨吧。"临走,张金龙说:"老弟,不是我同你的交情,说不到这儿。你想想吧,这里面的好处可多呢。可是有一桩,你要暴露了我,你一家子大大小小别想活!"他走了以后,小小子盘算来,盘算去,又不敢干,又不敢暴露。

第四次张金龙找小小子,问:"你决定了没有?去不去?"小小子跟他沾染上了,没办法,只好说:"你们先组织吧,差不多了我就去。"张金龙可攥住不撒手、叼住不松嘴了,他立时给小小子任务,叫他发展人。小小子答应慢慢儿找目标。

过了两天,张金龙又来找小小子。他刚喝了酒,两只眼睛都喝红了。他问小小子:"你发展的人怎么样了?"小小子说:"我还没找到对眼儿的呢,怕说不好,坏了事儿!"张金龙瞪着眼睛说:"你真不中用!哼,看你就不是个人种子!算了算了,你以后再找吧,咱们明天就要动手了!"小小子胆怯地问:"咱们怎么弄呢?"张金龙脸儿拉得更长了,那一股杀气很瘆人。他压低一条眉毛,凶狠狠地说:"嘿!这一回咱们什么都准备好了,就要砸他区公所,打死高屯儿,活捉牛大水,把那些王八蛋们一网打尽!小小子,明晚上你一块儿去,咱们拾掇他个痛快!"

小小子听得心惊肉跳,装着没事儿似的说:"嗳呀,我的枪也没带回来,空着手儿也能去呀?"张金龙说:"来,给你两颗手榴弹!"他随手掏出两个日本造的手榴弹,给了小小子。小小子问:"怎么个干法呢?咱们的人都有些谁?"张金龙酒醉心不醉,狡猾地说:"旁的你不用管,只等明天夜里,看三星正南了,你就在黄花村村东,水坑边的大柳树底下等着,到时候就会有人来叫你。他和你拍三声巴掌为号,你就跟着他来集合。"又说:"小小子,我这个人你也知道,你要好好儿干,事情成了,自有你的好处。你要坏了我的事儿,可别怨我手黑!"说着,丢下几张票子,匆匆忙忙地去了。

小小子一夜没睡着,心里上上下下,堵着一块疙瘩儿。早起饭也没吃,只是躺在炕上,脑瓜儿直发烧。晌午,大水、高屯儿来看他,手里拿着挂面、鸡子儿。大水瞧见小小子脸上颜色很不好看,挺关心地问:"小小子,你的病好了没有?我看你这几天瘦多啦!"高屯儿一把抓住小小子的手,难过地说:"唉,小小子,我这个人就是炮仗脾气,一时火儿上来了,由不得自己,过后又吃后悔药!大水他们批评我,我承认我打你不对,你可别放在心上!"

小小子听了,眼泪直流,说:"队长,你别那么说了,都是我不好!我心里知道……我……我实在对不起你们啊!"小小子心里有病,说到这儿,喉咙里哽得说不下去,更恸地哭起来了。哭得大水、高屯儿心里怪难受,忙安慰他说:"谁也有缺点,只要改过来就好啦。你好好儿养病,等身体养结实了,再去工作。"又说:"你有什么困难,你就说,咱们一定想办法帮助。同志们挺关心你,都想来看你呢!"小小子说没困难。他俩又安慰一阵,就站起来说:"今晚上还要开会,过两天再来看你吧。"又叮咛了几句,他俩就走出去了。

小小子心里热辣辣的,想想这些好人,眼看着就要遭毒手了,他们可还蒙在鼓里呢,怎么能不说给他们呀?他一时血往上涌,什么也顾不得了,猛地从炕上跳下,光着脚儿追到大门口,拉他们回来。大水、高屯儿很奇怪,问他是什么事。他又是害怕,又是着急,哭着把什么事儿都说了。

七

大水、高屯儿回到区上,和焦区长暗暗商量。开头他们想叫小小子跟着那个特务去集合,咱们的人远远地瞄着,只要知道他们集合的地点,就可以去抓。可是怕他们一集合就动作,来不及包围,又怕跟着的时候被特务发觉。最后就决定先抓住那个特务,再盘问集合的地点。

小小子偷偷地到区公所来了。大水、高屯儿把计划告诉他,他吓得发抖,不敢去。他们劝了一阵,又给想了个办法,小小子才勉强答应了。

三星正南的时候,区小队早准备好,等着信儿。小小子在坑边柳树底下蹲着。一会儿,一个人影探头探脑地来了,轻轻拍了三下巴掌。小小子站起来,也拍了三下。那人提着盒子枪走过来,问:"你是小小子?"小小子说:"是。往哪儿去呀?"那人说:"你跟我走吧。"

大水、高屯儿猛地跳出来,用枪指着他两个,说:"别嚷! 嚷就打死你们! 快放下枪!"那个特务说:"好,给你枪!"他把胳膊一甩,朝这边打了一枪,转身就跑。

大水、高屯儿跟屁股就追。眼看着那特务往麦子地奔,快要抓不住了,急得他俩忙开枪。那家伙中了三枪,死在麦地边上了。

大水、高屯儿和区小队到处搜索,可是张金龙那一伙政治土匪,听到枪声,早吓跑了。

第十七回　鱼儿漏网了

跑了的鱼是大的！

——俗语

一

小梅和大水一结婚,就怀了孩子。同志们常跟他俩开玩笑说:"哈,可叫黑老蔡说中了,你们俩真能完成任务呀!"

小梅怀着孩子,照常下乡工作。到第二年春天,身子就很沉了。上级又布置大生产,她还是很积极,叫她休息她也不休息。天天这村跑那村,开生产会议,还到处串门子,帮助老百姓订家庭生产计划。

这一天,她刚开会回来,怪累得慌。一进屋,就发作了。她一下子出溜到地上,肚子疼得直淌汗。房东大娘奔来看她,叫着说:"我奶!你怎么还不上炕?别把孩子生在地上呀!"小梅咬着牙说:"大娘呀,来不及了,我站不起来哟!"大娘慌忙把儿媳妇叫来,两个人架着,才把小梅弄到炕上。

大娘松了一口气,说:"你这个人呀,工作真干得邪!到临月了,你自个儿还不知道啊?"小梅哼哼着说:"生产……大事儿呀,……闹不好……就……打不赢鬼子啊!"大娘说:"你为咱们老百姓,心血都使尽啦!"

一会儿,孩子生下来了,是个小子,又红又胖,肉乎乎,粉个囊囊的。好些娘儿们听说了,都带了红糖、枣儿、小米、鸡子儿来看小梅。大伙儿抢着抱孩子,悄悄说:"看,长得多结实!肥头大耳的,活像个牛大水,刚好脱了个影儿!"一个媳妇说:"瞧这个眉眼儿,多俊呀,就像他娘!"房东大娘小声说:"真是,好葱包的好白子,好爹好娘养的好孩子啊!"

晚上,大水得了信儿,骑个车子,到小梅这儿来。两个人给孩子起了个名儿,叫小胖。大水抱着小胖,左看右看,爱得不行。可是他工作很忙,小梅催他走,说这里有婶子大娘们照顾,不用结记。第二天一早,大水就匆匆忙忙地走了。

二

这一年,毛主席又发出指示:"扩大解放区,缩小敌占区。"咱们分区的部队发动春季攻势,又收复了好些地区。

五月底,黑老蔡到分区开会回来,召开县区扩大会议,首先庆祝苏联的胜利。大伙儿听说苏联把德、意法西斯打垮了,都鼓掌欢呼,说:"剩下一个日本法西斯,咱们也非打垮它不行!""小日本更孤立了,赶快解决它!"黑老蔡传达上级的决定,说这一回要坚决拿下市镇,县、区武装配合八路军大部队,一块打。同志们听了,都喜得跳起来,准备配合战斗。

这时候,镇上的鬼子大部分撤到城里去了,剩下的鬼子和一小队伪军一同住在南门大街的"司令部"里。另有一个伪军警备大队,大队长就是何世雄,张金龙跟着他。大队部和郭三麻子的第一中队,都在天主堂驻扎,天主堂前面,有两个大岗楼。第二中队,一部分姓董的带着,住在东街王家花园岗楼里;一部分何狗皮带着,住在西门大街的岗楼里。第三中队在城上守备,四周围城墙上八个小岗楼,岗楼之间还有小哨位。戒备得很严密。

　　那儿北门南门外面都有浸堤水,不好进。咱们分区的部队准备打开东门,扫清东北两面城墙上的岗楼,接着解决王家花园和天主堂的敌人。县大队准备打"司令部"。大水、高屯儿这个区小队拿西门大街的岗楼。别的区小队分头扫清西南城墙上的敌人。还调来了另外两个县大队,警戒保定和城里敌人的增援部队。

　　这天晚上,黑老蔡领着这个县的县大队和几个区小队,悄悄地到了指定的地点斜柳村。黑老蔡带着一个老铁匠来找大水、高屯儿,说:"东门外只有一道堤通城关,两边都是水。堤上施展不开,在水里非挨揍不行,最好不硬攻。分区司令部给咱们一个任务,要咱们派人突进城里去,把东面的城门开开。这位老人家是我以前的师傅,是镇上的,开锁他有办法。你们赶快派一位同志,要机警勇敢的,跟他一块儿去。这是个危险的工作,任务可太重要,你们看谁去合适?"大水说:"我去行不行?"高屯儿抢着说:"我去吧。"黑老蔡笑着说:"你们两个带队的还是不要去。"大水提出来,叫他兄弟小水去,高屯儿一拍腿,说:"着哇!这孩子挺机灵,胆子也大,就他去合适!"忙把小水叫来,跟他谈。小水高兴地说:"行喽行喽!咱们多会儿走?"

　　黑老蔡说:"给你们一个夜光表,今天晚上整十二点你们把城门开开,东门外大部队用机枪接应你们。这事儿你们有没有保证?"老铁匠是个大高个儿,胡子楂儿都白了。他笑嘻嘻地说:"我保证开开。开不了锁,我这条老命就不要了!"他瞧着小水说:"哈!这个小伙计,你敢去呀?"小水鼓起腮帮子,歪着头儿说:"怎么你瞧不起我?斜柳村的鬼子小队长还是我打死的呢。要完成不了任务,我这条小命也不要了!"

　　黑老蔡听得笑起来,说:"好好好,这个任务就交给你们一老一少吧。拿下镇子,你们就是头一功!"他又掏出另一个表来,说:"这是司令员的表,你对一对吧。"对了表,小水兴高采烈地把夜光表装在小兜儿里,又把盒子枪顶上子弹,兴头头地拉着老师傅就走。

大水追出门去,叫住小水,一只手儿搭在他的肩膀上,叮咛说:"小水啊,你可是小人办大事,任务不轻啊!你掌握住情况,多用脑子想办法,好好儿帮助老师傅。胆要大,心要细,可别出了错儿!"小水站得笔直,昂着头,怪自信地说:"哥,你放心,完不成任务我不回来见你!"大水快活地拍着他说:"好兄弟,完成任务回来,我慰劳你们!"小水跟老师傅去了。大水一直看着他们走得不见影儿,才转身回去。

三

老师傅和牛小水绕到镇西北角,壕里的水很深,小水怕老人家凫不过去,想帮他。老师傅小声说:"你怎么也瞧不起我呀?"他一只手举着衣裳,一只手划水,轻轻凫过去,小水跟在后面。

两个人到了城墙跟前。城墙一丈多高,一段有一个棱棱。老师傅手扒着,脚蹬着,一层层爬上去。小水一面跟着他爬,一面想:"这老头儿真有两手!"

下了城墙,就是一大片荷叶坑,人们轻易不到这儿来。他俩转着坑边,绕到东面去,不走大街,单抄小胡同,一会儿就到了老师傅的家。

等到十一点钟,铁匠叫他的老伴儿到东门去探探情况。她回来说,那边没什么动静。老师傅拿上通火的铁条,又找了几块破布。小水问他:"带这干吗?"老师傅笑着说:"开城就指着这玩艺儿呢!"两个就出发了。

到了东大街街头,他俩贴着小胡同的墙根,探出头去望。天很黑,隐隐约约地看见斜对面一家酱园的门前,有三个带枪的人,喊喊喳喳地不知道在商量些什么。只听见有一个人说:"准睡着了!"

那两个就翻墙进去,一个人在门口守着。

老师傅知道酱园掌柜的出门了,估计他们不是偷东西就是搞娘们。他们藏在小胡同里,等得好心焦啊!要跑进城门洞儿,怎么也逃不出那人的眼睛。眼看着表上绿光光的长短针快并在一块儿了,那该死的家伙还站在门口不走。老师傅他俩可急坏了。小水这孩子也真机灵,猛然想了个办法,悄悄儿跟老师傅商量,老师傅说行,忙给他指了路。

小水蹑手蹑脚地绕到西边的小胡同口,隐着身子,朝那人扔了一块小砖头。那人四面望了望,觉得很奇怪。小水又扔了一块,那家伙生气地问:"谁?"小水说:"你们干的好事!"说完,又扔了一块砖,转身就跑。那人骂着,提着枪追进胡同,老铁匠就趁这个机会闪进城门洞了。

谁知道给那三个坏蛋一耽误,十二点钟过了!外面的大部队以为开不了城门,五挺机枪一齐朝城门上打,城门上的机关枪马上也响了起来。敌人都出动了,城门上的,街上的,都往东城上跑。老铁匠进退两难,急得要命。他咬着牙,沉住气,忙把铁条垫好布,入进大锁里,往上使巧劲儿用力一撬,大铁锁当啷一声开了。

老铁匠不顾死活地拉开城门,大声喊:"开喽开喽!"这下敌人发现了,兜屁股枪从后面打过来,城上的手榴弹也往下面扔,对面的机关枪还一股劲吼着。老铁匠只好就地一滚,朝南沿城根骨碌碌滚了一丈多远,蹦起来就跳到河里去了。

城外的大部队看见城门开了,可高兴得厉害。步枪、机关枪和好些个掷弹筒打了个猛,一下就把敌人的火力压下去了。一个连长跳出来,盒子枪一指:"快上!"一连人就往城里冲。有几个倒下了,连长也挂了花,他爬起来喊:"同志们冲呀!"战士们喊着:"冲啊!杀!"一个连哗地冲进城去了。

后面的部队也呼呼呼地往城里跑。城楼上的敌人纷纷乱逃。大部队占了东城,巩固阵地,一面往街上打,一面往城墙两边扩张。

天明,把东城北城的敌人都扫清了。

四

上午八点钟开始总攻。四面都响开了枪声。王家花园的岗楼,也给团团围住,打得敌人抬不起头来。这边就喊话,喊了一阵,岗楼上喊:"我们缴枪!"伪军们空着手儿,一个跟着一个地走出来,后边的扛着一捆一捆的枪,姓董的队长走在最后面,也投了降,一伙人都送到司令部去了。

这当儿,县大队已经把"司令部"的敌人压缩到院子里,四面房上都压了顶,手榴弹噼里啪啦地往下扔,烟土冲天,地都熏黑了。鬼子和伪军冲了几次没冲出去,院子里横七竖八地倒了一地。剩下一小部分躲在屋里不敢出来了。

县大队在房顶上又喊话,里面的伪军也不言语,砸破玻璃窗,把大枪都扔出来了。黑老蔡一伙踹开门进去,伪军都蹲在墙角落里,哆哆嗦嗦地直发抖。黑老蔡安慰他们一阵,他们才站起来。

可是俘虏里一个鬼子也没有,大家很奇怪,就满屋子搜查。一个战士见炕对面有个床板搭的铺,就用刺刀挑开毯子,往床底下一瞧,看见一个鬼子,撅着屁股,一动不动地钻在里面。拉他出来,他还往里钻。末了,揪着他的腿儿拖出来。这鬼子的脸子给火药熏黑了,眨巴着眼睛蹲在一边不说话。

另一个战士发现墙角立着个麻袋,开头以为是一袋粮食,可是一摸,软个囊囊的,原来是个鬼子蹲在里面,用自己的手攥住麻袋口儿,死抓着不放,两个战士把麻袋颠倒过来,才把他倒出来了。

有个伪军指指炕,黑老蔡一揭炕上的席,看见炕坯扒开了,两个鬼子钻在炕洞里,拉出来一瞧,脸都黑得跟包公似的,身上又是烟灰又是土,实在不像样了。黑老蔡问:"你们的枪呢?"他两个傻子似的瞪着眼儿,问什么也不说。后来,从锅台底下找出两支二把盒子,又从炕洞里搜出三支大枪来。

五

南边西边城墙上的敌人,也都缴枪了。西门大街岗楼上何狗皮那一部分可是很顽固。分区司令部因为区小队人不多,也没机枪,叫他们不要硬拿,主要威胁喊话。

大水、高屯儿他们在岗楼附近,牛小水也找来了。他们离岗楼二百米,趴在民房后面,先是大水、高屯儿两个轮流喊:"喂,伪军同胞们!现在城已经全占啦,你们还不缴枪?为什么给日本鬼子卖命呀?"你喊我提着,我喊你提着,怕忘了。

喊了半天,两个大喇叭嗓子全成哑嗓子了,可是岗楼上应也不应。队员们说:"不行,打他兔崽子!"一阵排子枪打过去,岗楼上也往这边打。打了一阵,这边又喊:"都是中国人,别打喽!咱们优待俘虏,快缴枪吧!"楼上就有人喊:"你们不是要枪啊?"这边忙喊:"要啊。你们快缴吧!"楼上喊:"要枪你们上来拿吧!"气得队员们又打。

岗楼上何狗皮的声音喊:"高屯儿!高屯儿!"高屯儿应了。何狗皮高声叫:"高屯儿,我×你娘!"高屯儿气得大叫:"何狗皮,我×你姥姥!"何狗皮骂:"你们八路军都是妇救会养的!"队员们急了,就对骂起来:"妈的!×你奶奶下来!""妈的!×你奶奶上来!""你们有种你们出来!""你们有种你们头里来!"指导员牛大水跟队员们说:"咱们别骂街,还是喊政治口号争取他们。"他又领头喊起来。

何狗皮还是很顽固。分区司令部派来一个爆炸组,三十多人,用面口袋装的黑色炸药,足有五百多斤,抬着来了。带来的命令是叫区小队配合爆炸组,一块儿掏洞,炸岗楼。

大水他们忙找来铁镐、铁锹和砸冰用的"凌枪",几十人一齐动手从房里掏起。怕掏斜了,爆炸组长在房上沙土包后面望方向,一会儿扔一颗手榴弹,越扔越远,下面挖洞的人们顺着地皮的震动,一路掏过去。里面点着灯,一筐一筐的土往外出。掏了老半天,才掏了个二尺半见方的坑道,一直通过壕沟,掏到岗楼的下面。

　　他们又找了个躺柜抬进去,一口袋一口袋的炸药往里装,装了满满一躺柜。长长的药线安好了,大家就跑出来喊话:"伪军同胞们,你们赶快下来吧,炸药已经装好了,不下来你们就要跳舞啦!"何狗皮估计炸不成,耀武扬威地喊:"跳就跳吧。瞧瞧你们炸得怎么样?"

　　太阳只剩下一树高了,他们还不投降。这边点着药线,忙跑出来。大水用广播筒子高声喊:"伪军同胞,你们快下来吧!火捻儿已经点着了,再不下来就炸啦!"

　　有两个伪军急得要往下跑,何狗皮用枪逼着他们说:"别跑!他们炸不着咱们,八路军有屁用,尽是耍手段,吓唬人!"伪军都不敢跑。没有鼻子的何狗皮,瓮着声音,还得意洋洋地朝这边喊:"你们这些穷八路不中用,眼看就完蛋啦,阎王爷来摸你们的鼻子啦!"一句话没说完,楼底下那一躺柜炸药闷雷似的响了,岗楼呼地轰起半天高,破砖烂瓦木头片儿,四处乱飞,附近民房的窗纸全震破了。

　　区小队哗地跑上去抢枪。何狗皮早炸得没影儿了,只有三四个缺胳膊短腿的伪军,也摔了个远,都震死了。枪都炸坏,一支也不能用啦。

六

　　各处战斗都很顺利,只剩下天主堂的两个大岗楼还没拿下。从城里来的援兵被咱们打回去了。区小队接到司令部的命令,暂时撤到城外去休息。大水叫高屯儿领着队伍走了。他自己带着手枪组,配合大部队拿大岗楼,心里挺兴奋:这一回,四面都包围起来了,何世雄、张金龙这一伙坏蛋可怎么也跑不了啦!

攻击还没有开始。敌人的两个岗楼上,两个特等射手用两支三八大枪,封锁了一条东西大街。有几个老百姓逃跑,一枪一个,都给打死了。咱们的队伍看着很生气,马上有四个神枪手,上了岗楼斜对面马家肉铺的房上,麻袋工事掩护,瞄准岗楼上那个枪眼儿。这正是刚没太阳的时候,头一枪就把东边岗楼上的特等射手撂倒了。

听见西边岗楼上的特等射手喊:"他妈的,你们打的狗屁枪!有本事跟老子试试!"大水听出来是张金龙的声音,心里气得慌。又听见咱们的一个神枪手气愤愤地喊:"你别骂街,咱们比比看!"那边张金龙说:"来!看看谁是英雄好汉。我立一个砖,你要打中了,我的枪就撂下。"这边的神枪手说:"行,我也立一个砖,你要打中了,我也撂下枪。"

说完,他就在麻袋上面立了个砖,那边叭的一枪,就把这边的砖打下了。张金龙骄傲地喊:"看我的准头怎么样?这回瞧你的吧!"说着他拿一块砖立在岗楼的垛口上,刚一放就一声枪响,连他的手都打穿了。听得见张金龙骂:"你妈的王八蛋!你打老子的手,你不算好汉!"牛大水愤恨地喊:"张金龙!你狗熊耍把戏,混充人形儿呢。你是个屁英雄好汉!"

天黑了。司令部下命令今晚上一定要打下这两个大岗楼。霎时间,好些个房顶上,机枪步枪掷弹筒一齐射击开了。岗楼上也朝这边打。岗楼的一个个枪眼四周,密密麻麻地打了许多小窟窿,枪眼里不断倒下人。可是何世雄咬着牙,不叫投降。

郭三麻子眼看顶不住了,到天主堂的洋房里,跟何世雄商量。两个人密谈了一阵,又传下命令,说城里来了电报,只要支持到天明,救兵就可以来了。谁要作战不力,就地枪决!战斗又激烈地继续下去。

咱们司令部派一部分队伍,在岗楼对面的墙上挖了窟窿,又从救火会找来大唧筒,弄了两大桶汽油。唧筒吸饱汽油,喷射到岗楼上去,掷弹筒配合着打。一打过去,火就着了。西边的岗楼先着起来,火焰直冲到天上。敌人怕我们冲锋,把岗楼旁边和天主堂后面的民房都点着了,四下里照得通亮。东边的岗楼也着火了。

这时候西北角上黑云涌过来,又是风,又是雨,夹着挺大的雹子,司令部下命令停会儿再打。战士们淋着雨,都进了屋里。

大水和手枪组一伙,恨不得一下把何世雄、张金龙这些人捉住。他们开了个小会,估计敌人活着的不多了,打算找个地方摸进去,有这么十几支手枪,敌人就跑不了。大水跟司令部接头,司令部刚好派一个排要去搜索,就叫他们一块儿去。

雨还刷刷刷地下着,一伙人弄了个梯子,从东北角翻墙进去。到了天主堂的第二道后门,一点动静也没有。他们想,是不是有地堡呢?摸进天主堂的前院,大水一下给个什么绊倒了,一摸,是个机枪身。

进了天主堂的洋房子,有的打亮手电,有的点着牙刷把子,四下里照。那何世雄的屋里,空洞洞的,没有一个人。墙上挂的大转袋,里面可没有一颗子弹。手枪套子也是空的。地上有一大堆烧了的纸灰。哪一个屋里东西都乱七八糟,没有一个人影儿。同志们又是气,又是恨,咬牙说:"他妈的,准跑了!"

七

何世雄、郭三麻子、张金龙,带了二十多人,早就准备要逃跑。一下雹子,他们趁机会挖墙窟窿钻出来,蹚水过了荷叶坑,张金龙光脚上了城墙,用绳子把他们一个个拉上去。大家又吊着绳子,一个个出溜下来。一伙人探头探脑地摸到河边。河对岸,高屯儿早奉了司令部的命令,派了一部分队员,正把守着,防备零星的敌人逃跑。

何世雄在黑暗里望见一伙人影,拿着枪,忙解下皮带,一面打他的小婆,一面骂:"他妈的,你这个汉奸老婆!抓住了还不走?"队员马胆小拉住枪栓喝问:"口令!"何世雄说:"什么他妈的口令!我们是分区司令部的,抓住了何世雄的小老婆,我们全淋湿了,挺冷,还不拿船摆过我们!"

马胆小他们真以为是司令部的,马上过去三只小船。何世雄拉着小婆,骂:"你这臭娘们,还死赖着不走啊?"一推就把她推倒在船里,一伙人上了船,划过来。

何世雄船上的队员是小小子。何世雄笑着说:"我看你的枪好不好。"随手拿过枪来,掂了掂,说:"咳,这样的枪还能使唤!"拉下枪栓就扔到水里了。小小子着急说:"你怎么把我的枪栓扔了?"何世雄嘿嘿地笑着说:"要这样的破枪干吗?咱们缴下来的好枪多着呐,回头给你换一支。"

船摆到这边,一伙人都上了堤。何世雄说:"我们到小李庄,你们给引个路!"他们带着咱们的四个队员就走。后边的伪军,瞧见堤上有个窝铺,就钻到窝棚里抢被子。还把里面老乡的棉衣扒了。老乡心里觉得不对劲,暗里拉拉队员王圈儿,小声说:"这可不像咱们的人哪!哪有这样的八路军?"

王圈儿忙抢上去,把掉队的一个伪军抓住,用快枪堵住他的胸口,悄悄说:"别喊!你们到底是干什么的?"那人说:"我把大枪给了你吧,头里何世雄过去了。"王圈儿一听,急得不行,这儿民兵只剩他一个人,他不敢去追,只好叫老乡们看着俘虏,自己提着大枪,飞奔回去报信。

牛大水带着手枪组,出了天主堂,气呼呼地跑来找高屯儿,问:"何世雄逃走了,这儿见了没有?"高屯儿他们正在守桥,着急地说:

"我们直直地守在这儿,就没见过去么!"正说着,王圈儿跑来报告:何世雄一伙从堤上逃跑了,还抓去了咱们四个队员。大水、高屯儿急忙集合人,找了三只船,三十多人,一齐去追。划船的老乡们听说何世雄逃跑,拼命地打棹,船儿沿着堤直蹿。

八

马胆小跟那些人在堤上走,觉得方向不对,越走心里越疑惑。一回头,发现背后有人拿枪指着他。他想:"坏了!不用说就是汉奸队了。妈的!怎么我们就这么糊涂,还用船摆过他们来?我们都瞎了眼啦!"想到这儿,他难受得差点儿哭了。

他呆呆地往前走,心里面盘算:"可不能放走他们!我得想个招儿……"寻思半天,就站住说:"前面尽地雷,不能走了!"他们说:"有地雷你头里走!"一个汉奸逼着他,走在头里。马胆小故意装着躲地雷,曲曲弯弯地走得很慢,一心盼望咱们的人追上来。

小小子从这些人里面,认出来有郭三麻子、张金龙,心里也明白了,非常着急。他想:"身后面那胖子准是何世雄,枪又给他拿去了,怎么办?"他急得浑身出冷汗,想着身上还有两颗手榴弹,不如跟这大汉奸拼了,自己死也值得。这么想着,他又惊慌,又紧张,不知不觉脚步子慢下来了。

何世雄喝着说:"他妈的,你这小兔崽子,还不快走!"小小子咬一咬牙,憋出一股子横劲儿,偷偷把手榴弹拿在手里。何世雄喝一声"干什么?"小小子一时慌张,忘了拉线,转身一把抓住何世雄的领子,举起手榴弹就砸。可是何世雄一转身,一枪打在他脑瓜儿上,小小子就栽倒在堤坡上了。

月亮上来了,十八九的月亮照得挺明快。三只快船追了一阵,一伙人就上了堤。两头一望,都没有人。前面一百多弓远有个房子,是涨水的时候看堤人住的。跑过去一看,也没有人。

这一带,堤外边一箭远是干地,长满了密密丛丛的苇子,再往外就是水。堤里边尽是水。牛大水一看这地形,就和高屯儿商量说:"咱们这么着不行!要是敌人藏在苇地里,打咱们的伏击,准挨揍。这么着吧,咱们沿堤的里坡走,搜索前进。"高屯儿马上派出三个尖兵在前面侦查,一伙人在后面跟着,沿堤的里坡跑过去。

到了朱家口附近,一个尖兵回来报告:"前面发现一个死人!"大水问:"看清是什么人吗?"说:"没有。"大水就和高屯儿跑去看。堤坡上,那死人头冲下,脚朝上,新剃的头,头上一缕黑血直流到堤根,手里还紧紧地攥着个手榴弹。高屯儿吃惊地说:"是小小子!多会儿打死的?可怎么没听见枪声呢?"大水说:"准是刚才划船的声音大,没听见。"他弯下腰去摸,忙说:"身上还热呢。敌人一定不远,咱们快追!"高屯儿叫头里三个尖兵注意,大家又往前追。

跑了不远,突然前面问口令。头里三个人赶快往堤坡一趴,一个排子枪就打过来了。后面队员们都想趴下,高屯儿喝着:"趴什么!赶快跑!"大伙儿弯下腰,刷的一下沿堤里坡跑过去,就跟堤外坡的敌人平行了,两方面隔着堤打起来。可是打了半天,谁也打不着谁。

大水心里琢磨:"可惜来得忙,没拿手榴弹,这样打,打一夜也没有办法。"就和高屯儿商量,由高屯儿带一个班,往前跑半里地,搜索过堤,再往回包抄他,两方面一块儿打。高屯儿拉上一个班就跑去了。

高屯儿心里着急,只跑了二三百弓,就过了堤,离敌人几十弓就打上了。趁一股乱劲儿,大水他们哗地越过堤,一下把敌人都按住了,夺下武器。大家兴奋得要命,忙用绑腿布把那些家伙一个个捆起来。

马胆小三个,带的枪早给敌人缴了,手反绑着,都带了伤。一见自己人,马胆小哭着跺脚说:"唉,唉,他妈的!刚才到了朱家口,那儿有几只船。何世雄这个王八蛋,叫这一伙子从堤上跑,他带着小婆,和郭三麻子、张金龙七个人坐船逃了!"

第十八回　冤　家　路　窄

说我认得他啊，
我也认得他：
留着背头，
镶着金牙……
　　　　　——民歌

一死无大难！
　　　　　——俗语

一

市镇拿下了。南关一个大庙的院子里，几个日本俘虏光着头，赤着脚，衣裳裤子都扯破了，脸儿很脏，一个个蹲在那里，耷拉着脑袋不言语。

有个小八路给他们端来一盆洗脸水，还拿来胰子、镜子、手巾。日本人站起来，拿着镜子这么照，那么照。镜子里的黑脸儿，红嘴黄牙翻白眼，很滑稽。他们可笑不出，都紧绷着脸儿。洗完以后，小八路又拿来衣服和鞋子，给他们穿上。他们都说："八路大大的好，谢谢！谢谢！"小八路把他们领进屋子里。分区司令部的政治主任，就是以前的县委书记程平同志，很和气地跟他们谈话。

日本人在纸上写,说着半通不通的中国话。这几个都是第七次征兵出来的,离家已经四年了。他们说,刚来中国的时候生活很好,现在什么都不行了,连饭也吃不饱,每顿只发一小碗。当兵的伺候当官的,打水打饭,还打洗脚水,常挨打挨训,苦得不成,天天想家。

程平问他们家里有些什么人,他们掏出照片来指给程平看。有个叫山本的商人,说他哥哥和兄弟都在中国战死了,不知道什么时候才能回国,说着眼泪汪汪地长出气。有个五金工人叫米田,最爱说话,他自称是"活动分子",又在纸上画了个大圈说:"你们中国,大大的!"又画个小圈儿:"我们日本,小小的!"又说:"你们大大的中国,把我们小小的日本——"他用拳头打了一下胸膛,眼睛一闭,身子一仰,逗得程平他们都笑起来了。米田摇着手说:"不行不行,败了败了的!"他们表示这一回都没有打枪。

程平向俘虏们解释,中日人民应该拉起手来,打倒日本帝国主义。他们都点头。米田提出,愿意到日本反战同盟去,旁的人也都愿意。只有山本怕回不了国,要求把他送回城里去。

这些日本人里面,有一个高个儿农民,老噘着厚厚的嘴唇,不说话。问他愿意怎么样,他看看米田,说愿意跟米田走。突然,这日本农民的脸色变了,站起来,望着正走进来的牛大水。大水也认出来,这个日本兵,就是"大扫荡"时候抓他的那个"初一加三郎"。

大水咧着嘴儿笑了,比画着问他:"你记得不记得:你拧我的耳朵,跟我这么摔跤?"那"初一加三郎"害怕地瞪着两个眼儿,慢慢往后退。大水笑呵呵地说:"别害怕!我们八路军优待俘虏。那会儿你打我,这会儿我可不打你。"那日本人学中国人的样儿,给大水作了个揖。大水不好意思地拉住他的手,笑着说:"别那样!你们过来了,咱弟兄都是一家子,只有日本军阀才是咱们的敌人。"

大水转身告诉程平,给死亡的伪军和日本兵找的棺材都齐备了。程平笑着对俘虏们说:"所有你们受伤的都送医院了。死的准备装了棺材,送回城里去,你们有什么意见?"他们一齐站起来,深深地鞠躬。米田说:"每一个日本兵身上都挂一块铜牌,铜牌上都有号码,千万不要丢掉,丢了就不知道是谁了。"程平一口答应。

咱们请俘虏吃猪肉白面。那山本可老是唉声叹气,吃不下饭。饭后,米田他们给送到军区日本反战同盟支部去了。傍黑,区小队把山本送到城郊,让他自己回去了。

二

何世雄、张金龙一伙人,逃到城里去了。

大热天,杨小梅自告奋勇,到城关去开辟工作。她先听说,那儿岗楼上,伪队长是郭三麻子,手下有个班长就是崔骨碌,他两个"靠着"一个女人。那女人名叫李兰女,娘家是黄花村的,当闺女的时候参加过妇救会。小梅认识她,就想利用她的关系,进行工作。她又听说,张金龙也常到郭三麻子那儿去,心里想,最好把这家伙也弄住。

当时县上的同志,因为小梅过去开辟地区很有办法,也就同意她去了,只是一再嘱咐她小心。小梅对这工作,可挺有信心。孩子小胖五个月了,还吃奶,就带在身边。黄昏时分,她把小手枪藏在身上,穿着肥肥大大的花褂子,下面是宽腿儿蓝裤子,土里土气的。装着串亲戚的老百姓,抱了小胖,由一个熟人领路,混到城关附近,就住在陈大姐的母亲陈大娘家里。

抗属陈大娘是个热心肠人,对革命挺有认识。她和李兰女又是亲戚。小梅先打发大娘去和兰女聊闲天儿,慢慢儿探她的口气。大娘回来,就把兰女说的什么话,一句一句地摆列给小梅听。小梅一面听,一面心里琢磨。大娘去了两回,小梅就拿定了主意,跟大娘商量:"把兰女叫到这儿来,和她见见面,你看碍事不碍事?"大娘说:"行喽！她是我的亲外甥女儿,事情成不成,她总不会坏咱们的。"晚上,她就把兰女叫来了。

李兰女一见杨小梅,就愣住了,脱口说:"我奶！这不是我们主任啊！怎么你到这儿来了呀？"小梅笑着,拉她坐在炕上,故意跟她说家常话儿,问她怎么寻的婆家,这会儿过得怎么样。

这一问,可把兰女的伤心事儿勾起来了。她絮絮叨叨地说起"五一扫荡"的时候,鬼子怎么烧掉了她家的房,逼得她一家子住在瓜棚里,要饭吃。她爹没办法,才给她寻了个主。男人比她大十岁,人倒是好人,挺老实。谁知过门刚两个月,男人就被鬼子抓兵抓走,死在外面了。剩下她一个,卖了桌子卖柜,只要是能卖的都吃光啦……她说到伤心的地方,一把眼泪一把鼻涕,哭得眼都红了。

小梅就跟她说,这还不是鬼子害的啊？不把鬼子赶出中国去,多会儿也过不了好日子。又鼓励她:你以前干抗日工作可积极啦,不管是挖沟破路,缝军衣做军鞋,哪一回你也没落过后,你可不能丢下过去的光荣历史,就这么妥协啊！

兰女说:"唉！我也瞧着我这会儿太不像个样儿,可有什么法子呢？从'五一扫荡'以后来到这边,再没见到咱们的人。我心里只说共产党八路军好是好,就是打不过日本鬼子,咱们老百姓只好干瞪着眼儿受气吧。后来听说市镇也给八路军拿下了,我心里才豁亮点儿。"

小梅就把最近的胜利消息和政治形势,讲给兰女听。又劝她:"你和这些汉奸们混在一块儿,跟这个也好,跟那个也好,你将来可怎么个了呀？"兰女叹了一口气,不好意思地说:"我起先跟老崔不错,本来说好要跟他结婚的,没想到郭三麻子横插一杠子。三麻子在那边是个队长,谁惹得起呀！闹得他俩尽吵嘴打架,把我夹在中间,也是作瘪子,我可有什么办法呀！"

小梅问了问崔骨碌和郭三麻子的情形,就给兰女出了个主意,要李兰女动员崔骨碌反正。说来说去,兰女同意了,很晚她才回家。

三

郭三麻子和张金龙,过去有那"一枪之仇",后来何世雄给他们调解说,都是一家人,不必在娘们身上闹别扭,他们又和好了。这会儿张金龙在城里当便衣队长,不论在日本人面前,或是在何世雄面前,都很吃香,郭三麻子反倒趋附他,两个人又成了酒肉朋友。

这天后晌,张金龙带了个罐儿,里面装了个蛤蟆,来找郭三麻子。两个人商量着,想拿这个蛤蟆变着法儿骗钱。崔骨碌瞅这个空儿,就溜到李兰女家来玩。路上他唱着《茉莉花》的小调,故意把茉莉花改成小兰花了:

好一朵小兰花!
　好一朵小兰花!
满园里那个花儿
　全都比不过她!
我有心摘朵鲜花头上戴哟,
又恐怕看花的人儿骂!……

他走进兰女屋里。兰女脸朝里躺在炕上,一动也不动。崔骨碌推她,她也不言语。急得崔骨碌抓耳挠腮地说:"我哪儿得罪你啦?你这么不答理我!"兰女翻身坐起来,哭着说:"老崔,你可别怨我。你们队长说的,我要留下你,给他知道了,非揍死我不行!你就只当可怜我,赶快走吧!"

崔骨碌气愤愤地说:"他妈的! 三麻子是个什么东西,他敢这么强行霸道! 咱两个好,碍他什么事儿!"兰女擦着泪说:"是啊!

我也是好人家妇女,又不是破鞋,我愿意跟谁好就跟谁好,他管得着啊?"

崔骨碌拉着兰女说:"你到底愿意跟谁好呀?"兰女把嘴撇得个瓢儿似的,说:"哼!他啊,那么个麻脸儿,我八辈子也看不上!"崔骨碌涎着脸儿说:"我呢?"兰女斜眼瞟着他说:"你呀,我就怕你是一个没骨头的伞,支撑不开。将来闪得我没下场,倒不如趁早拉倒呢!"崔骨碌搂着她说:"拉倒可不成,不是要我的命啦!"兰女咻地一笑,用手指头点着他的头说:"要不了你的命,可要我的命呢!"

崔骨碌喜得睁不开眼儿了,说:"我的宝贝儿,只要你跟我好,你要什么我都依你!"兰女推开他说:"要依着我,你跟八路军接个头儿,把三麻子打死,投到那边去,也不枉你是个中国人。咱们俩也好做长远夫妻了。你要不敢下手,你就永远别登我的门坎儿!我死我活不与你相干,咱俩就从这会儿分手!"崔骨碌着急说:"你别那么着!我早就盘算日本人这碗饭吃不长了。可是,咱们往哪儿找这个线头呢?"兰女紧紧盯着他说:"那倒好说。你到底是真心实意还是哄我呢?你起个誓!"崔骨碌跺脚说:"怎么你这个人!……上有天,下有地,中间有良心。我要是三心二意,就叫我挨枪子儿!"

两个人商量好了,李兰女就引崔骨碌来见杨小梅。崔骨碌满脸惭愧,垂着头儿说:"杨同志,我这几年做了丢人的事,自个儿也觉得怪没脸见你们的。要是八路军能宽大我,我还愿意回到咱们这边来。"

杨小梅说:"你投降敌人干坏事儿,罪恶可不小。不过,你要是回心改过,以后给抗日多出些力,八路军还愿意挽救你。"接着,又把抗战胜利的形势说给他听。

崔骨碌听了,摇头晃脑地说:"八路军的世事越闹越旺,比早先我在的工夫可厉害多啦!我就看出来当汉奸不是人干的,这会儿连饭也吃不饱,穿着这么一身破烂衣裳,两年也换不了。他妈的,郭三麻子这个狗杂种,把人踩在脚底下,我恨不得咬死他。只要八路军给我助劲儿,不是我吹牛,要怎么都能办到!"

小梅问明白了岗楼上的情形,就叫他先在下面联络人,准备得差不多了,再约定时间动手,八路军会派队伍来接应。小梅对崔骨碌说:"听说张金龙常到你们这儿来,要是能有机会,把这个铁杆汉奸一块儿抓住,那就更好了。反正是看着鱼儿下罩,你瞧着办吧!"

四

崔骨碌回到岗楼下面的平房里。刚好福顺号掌柜的到后院找郭三麻子,想借他的"宝蟾"给他的瞎老娘治眼睛。张金龙在旁边油嘴滑舌地说:"这个宝蟾可不能随便借给人呀!这是我花了五百块现大洋,从天津卫买来的。人家得这个宝蟾可不容易哪。这是在子牙河边,子牙镇上,子牙庙里,姜太公钓鱼台底下,瞧见一片金光,才得的这个蟾!这还是周文王叫姜子牙钓鱼的时候,头一个钓上来的,现在因为人们有灾难,下来救济黎民百姓来了。把这宝蟾供起来,三天三夜香火不断,再用养蟾的水洗眼,几十年的瞎子也能治好。反正什么病也能治!好些人来求我,我都舍不得借出去呢。"

掌柜的听他说得活灵活现,更着急地央求。郭三麻子故意在一边帮着敲边鼓,和张金龙合唱了一台戏。掌柜的听得着了迷,赶忙拿出一卷钞票,小心谨慎地捧着蛤蟆罐儿回去了。

那掌柜的把癞蛤蟆供在祖先的灵位跟前,一家人烧香磕头,忙活了半天。临睡,想把罐儿盖住,又怕宝蟾闷死,就用一把小扇子轻轻儿盖起来。谁知道半夜里,那蛤蟆蹦了出来,罐儿也倒了,蛤蟆也跑了。第二天,张金龙知道了这件事,马上带着队伍把那掌柜的家包围起来,非要那"宝蟾"不行。

掌柜的一家老小跪在地上哀求。张金龙说："这宝蟾一定是你弄去卖了。要弄到美国去,还不卖个百儿八十万的!"掌柜的没办法,只好又托郭三麻子打圆盘,答应赔五百块现大洋。取了保,队伍才撤了。掌柜的把福顺号倒出去,凑足了这笔款子,送到岗楼上,又说了许多好话,才算完事。

崔骨碌刚把他手下一个姓赵的副班长联络好,这天晚上,正想找李兰女去,张金龙来了。他刚从福顺号掌柜的那儿发了一笔横财,心里一时高兴,拉着崔骨碌到后院一块儿喝酒。

喝酒中间,郭三麻子想起李兰女,就打发护兵去找她来玩。护兵去了两趟,兰女推说有病,只是不来。三麻子很着恼,射了一眼崔骨碌,冷笑说:"哼,这两天我没顾上去,早知道有人鞋底上抹了油啦!他妈的,不定在背后捣什么鬼呢!"

崔骨碌只是闷着头儿喝酒,假装没听见。张金龙瞧着他俩,嬉皮笑脸地说:"哈呀,今天这个菜,可有点儿酸溜溜啊!"三麻子有些醉了,麻脸儿通红,拍着桌子说:"他妈的!什么酸不酸!我给他搁上些辣子,再搀上些黄连,叫他瞧瞧我姓郭的厉害!"

崔骨碌听了,心里恼恨,可又怕他,擦了擦头上的汗,讪讪地笑着说:"唉,这年头,娘们的心眼儿可多着呢!谁也摸不清是怎么个!"郭三麻子把手里的酒杯往桌上一蹾,指着崔骨碌说:"你小子别装蒜!你打量我不知道啊?"

崔骨碌忍不住顶他说:"队长,我装什么蒜?人家不来,碍我什么事儿!"三麻子见他一个小小的班长,竟然这样嘴硬,更是火上添油,跳起来就打了他一耳光,嘴里还祖宗十八代的骂。张金龙看他喝醉了,忙推他到里间屋去。

崔骨碌挨了他一顿窝心脚的话,憋了一肚子火,又喝多了酒,由不得气愤愤地嘟囔:"好厉害,我惹你不起!早晚有人来拾掇你。等着吧,脑袋晃不了几天啦!"说着也赌气回前院去了。

谁想到崔骨碌这几句话,给里间屋张金龙听见了。他一琢磨,觉得话里有话,忙暗暗地跟到前院,站在崔骨碌窗外偷听。听见崔骨碌对赵班长说:"我可等不及了,明天一早,我就商量那个事儿去。他妈的,非崩了这个兔崽子,解不了我的恨!"赵班长故意用扇子噼噼啪啪打蚊子,一面小声说:"你少说两句吧!叫人听见可不是玩儿的。"崔骨碌不言语了,哼呀嘿地直发气。张金龙听见屋里有人出来,急忙走了。

半夜里,崔骨碌和赵班长正睡得香,突然来了几个人把他俩捆起来,带到后院。张金龙、郭三麻子先把赵班长叫来过堂。赵班长什么也不承认。张金龙起了火,马上把他吊起来。

又审崔骨碌。崔骨碌知道事儿发作了,吓得浑身筛糠似的发抖,两只眼儿直鼓鼓的,说:"我什么也不知道!我……我……喝醉了酒,谁知道我说了些什么呀?"郭三麻子气呼呼地掏出枪来说:"这王八羔子不吃好粮食,我立时崩了你!"说着就哗啦一声,顶上了子儿。

张金龙暗里对三麻子挤挤眼,又对崔骨碌和气地说:"老崔,你别害怕!八路军宽大政策,我们也是宽大政策。只要你老老实实说了,百屁的事儿也没有!我在日本司令、何大队长那儿,还有点面子,要谁死要谁活,就凭我一句话!我给你一条活路,你赶快说了吧!"

崔骨碌下巴贴着胸脯儿,汗珠子砸脚面,心里撑不住劲。他扑通跪下,一行鼻涕两行泪地说:"张队长,张大哥!只要你们留我一条命,我就说!"张金龙拍着胸脯说:"我保证你,你说吧!"崔骨碌就把来踪去迹,实打实地全招了。

吊在梁上的赵班长,忽然痛哭起来。

郭三麻子拉张金龙到一边,低声商量。他听说崔骨碌和李兰女串通一气,要谋害他的性命,气得粒粒麻子都涨红了,非立时杀了崔骨碌不行。崔骨碌急得两只眼珠子骨碌碌地乱转,爬过去抱着三麻子的腿哀求,又是哭,又是喊。三麻子使劲踢了他一脚,当场就用刺刀把他挑了。

五

天刚亮。郭三麻子带了一部分人,去抓李兰女,张金龙带了一部分人,来抓杨小梅。

他们把陈大娘家紧紧包围了,就敲门。大娘才起来。小梅正坐在炕上,给孩子喂奶呢。

这次小梅来开辟工作,扎根没扎好。她太相信崔骨碌这号人了,一直住在陈大娘家里,也没换地点,实在太大意了。她自个儿觉得工作挺顺利,就没警惕。当时大娘听见叫门,说:"我去瞧瞧是谁。"她去一开大门,一伙人就涌了进来。

小梅从窗眼里瞧见张金龙,吓了一跳,知道坏了事儿,急忙丢下孩子,从枕头下抽出她的小手枪,光脚跳下炕,闪在门后面。张金龙提着盒子枪冲进来,小梅咬着牙,对准他后脑瓜就打了一枪,没想到子弹"臭"了,没有过火。张金龙转身就夺她的枪,小梅死抓着不放,张金龙使劲夺,小梅低下头去一口咬住张金龙的手指头,张金龙疼不过,用力一拧,右手食指就断了。可是后面几个伪军冲上来,把小梅捉住了。

张金龙疼得甩着手,拧着眉毛,愤恨地瞪着小梅,忽然一转身,用左手扳起一块炕沿砖,举起手,一下就把小梅打昏过去了。

这当儿,孩子小胖在炕上哇哇地哭,张金龙咬牙切齿地骂:"挑死你这小杂种!"他一手提起小胖,摔在地上,就向身边的一个伪军要刺刀,那伪军说:"这么点儿大的孩子懂什么事,算了吧!"

陈大娘哭着跑进来,抱起小胖,小胖早哭得没声儿了。张金龙指着陈大娘说:"这个老家伙也不是好东西,都给我带走!"两个伪军架着小梅,连陈大娘带小胖,一块儿押出门去。

小梅醒过来,看见大娘也给抓住了,就赖在地上不走,说:"一人做事一人当,你们不把老大娘放了,我就死在这儿!"张金龙没奈何,把孩子抢下来交给伪军,又把老婆儿一脚踢倒,狠狠地踹了几下,一伙人才押着小梅,到城里何世雄那儿去了。

后面郭三麻子派人把赵班长、李兰女,也一块儿押送走了。

第十九回　大　反　攻

> 针尖上打能能，
> 刀子刃上过光景，
> 　铺蒺藜，
> 　盖葛针，
> 鬼子欺压到如今！
> 　今天盼，
> 　明天盼，
> 扳着指头盼，
> 盼来了八路军！
>
> 　　　　　　——民谣

一

　　杨小梅被捕以后，不多久，斯大林指挥苏联红军从远东出兵，跟咱们共同打日本。只几天工夫，日本就宣布投降了。消息传来，多么叫人喜欢啊！

　　可是鬼子汉奸照旧盘据在我们的城市和据点里，不肯缴枪。这个县的各区主要干部，都到县上去开会。县委书记黑老蔡说，敌人不投降，就消灭他！咱们朱总司令已经下命令，发动全面大反攻，各路大军都出动了。咱们地方上的县大队和区小队都得调出去,改编成正规军,跟主力去打大城市。各村的民兵赶快组织民兵连,由党员和支部委员起带头作用,区长区委书记领队,统一归县委指挥,马上发动攻势,把这儿的县城拿下来。

同志们接受了这个任务,一个个兴奋极了,都冒着大雨,连夜赶回区上去。牛大水结记着杨小梅,结记着小胖,想到要拿城,心里充满着希望。真的,抗战要胜利了,人才得全,事才得圆啊!

回到区上,他们召集区小队一传达,队员们都欢蹦乱跳地说:"好好好,抗战快到头了。咱们拼命干吧,日本鬼儿马上就完蛋啦!""嗨,小鬼子是露水见不得老太阳了!""哈哈,咱们升老八路啦!快准备走吧。"

队员们嘻嘻哈哈地忙着打背包。任务很急,谁都没顾上回家去看看,连马胆小都没有提这个碴儿。他高高兴兴地缠好子弹带,背起背包,拿上枪,笑着对旁人说:"我可是正牌的八路军啦,谁再叫我马胆小,我敲他的脑瓜儿!"牛小水全副武装,挺精神地拍着马胆小说:"这会儿你真不胆小了,往后就叫你马胆大吧。"

这区焦区长在部队上干过,上级指定他带领区小队到县上去集合。他们每个人都背着缴获来的三八大枪,连夜出发了。

这儿,高屯儿代理区长。大水跟他两个淋着雨,踩着泥,跑各村调集民兵。村里经过大减租大生产,农民生活改善了,抗日情绪特别高,民兵也扩大了。许多新的积极分子,像魏大猛、柳喜儿这些人,还当上了民兵队长。大水、高屯儿到村里,找那些队长们一传达反攻的消息,他们都喜得合不拢嘴了,马上把民兵动员起来,一夜的工夫就集合了一百五十多人,组织起民兵第一连。大水、高屯儿派魏大猛当一排长,柳喜儿当二排长,胡二牛当三排长。天还不明,第一连就向指定的地点出发了。

二

他们到了李公堤,就上船,绕到县城的西边,离城四里地的吴庄子。雨停了,日头老高,已经到了晌午时分。这里是敌占区,大水、高屯儿叫船儿都隐进苇塘里,自己先上岸去探听情况。

他俩一走到村子附近,就碰见地里有两个老乡,一个年轻的正在收拾耕地的拖床,一个老头儿坐在旁边吃饭。那小伙子一瞧见他俩提着枪过来,连忙背起拖床就走。老头儿也忙立起身,慌慌张张地拾掇起家伙,也要溜。高屯儿喊:"老乡,别走呢!咱们有个话说。"他们假装听不见,越走得快。

大水、高屯儿赶上去说:"别害怕!我们是八路军,跟你们打听村公所在哪儿。"

老头儿和小伙子听说是八路军,都站住了,怀疑地瞅着大水他俩。老头儿吞吞吐吐地说:"我们村没有村公所。"高屯儿着急地问:"你们就没有个办公人呀?"老头儿说:"有也不在家,全下地做活了。"说完又想走。高屯儿叫住他们,耐着性子问:"你们俩干吗忙着走?"老头儿支吾说:"我们不是走,收拾完了回家歇晌去。"大水想起这村有个姓林的,过去到咱们地区,大水给他解决过问题。就提起老林,打听他住在哪儿,又解释了半天,那小伙子才展开了眉头,马上引他们找老林去。

老林正在吃饭,一见大水他俩来了,忙立起来,很高兴地问大水说:"吃过了没有?打哪儿来?"大水说:"我们想了解了解情况。"老林说:"鬼子汉奸这会儿可'松'多啦,轻易不敢出来。"小伙子瞧着大水他俩笑开了,说:"哈,真是八路军来了,我还当是假的呢!"说罢,欢天喜地地跑出去了。

大水问老林:"咱们有一百五十多人,在你们这儿吃一顿饭行不行?"老林笑着说:"吃几顿也行。我还在村里办公呢,更没问题啦。"

大水、高屯儿把民兵连带进村。小伙子早把消息传出去了,老百姓听说来了八路军,都围上来看。刚才在地里碰见的那个老头儿,嘻着个嘴,硬要拉大水到他家里吃饭。高屯儿笑着问:"老大伯,你不是怕我们啊?"老头儿笑着说:"咳,我们不是怕八路,是怕鬼子汉奸!他们尽假装八路军哄人,给他们吓破了胆啦。咱们这地方,坏人当道,屎壳郎还螫人呢!"

大水、高屯儿派好岗哨,老林把战士们安顿在老百姓家里歇息。家家都把藏着的白面拿出来了,有的烙饼,有的擀面条。老百姓都说:"日也盼,夜也盼,好容易盼来八路军啦!"喜得战士们笑着说:"想不到敌占区的老百姓也是这么好,咱们要不卖力气干,可对不起老乡啊!"

吃罢饭,县上来了通知:调第一连到张庄。大水他们一连人忙坐船去了。县委的同志早在那儿等着呢,当下正式派定高屯儿为连长,牛大水为政治指导员兼副连长。又传达上级的命令,说今晚上各连都要动作起来,开始围困县城的外围据点。第一连的目标是白马村岗楼,争取楼上的伪军投降。同时,防备城里的敌人从这一个方向逃跑。口号是:"不放走一个敌人!"交代完毕,县委的同志就走了。

这天晚上,县城附近的岗楼,都给新组织起来的民兵连,包围的包围,控制的控制了。白马村是一个重要的地点,离城七里地,从城里到保定,水路旱路都经过这儿。这村四面都是水,只有一座大石桥通堤上的大路。大水、高屯儿派魏大猛这一排,占领白马村对面堤上的民房,控制石桥,封锁岗楼的大门。又派柳喜儿这一排,顺堤到离城二里的黄庄,警戒城里的敌人,防备他们逃跑。剩下胡二牛一排人跟着连部,和大小十五只船,都留在张庄,机动使用。全连人都用白手巾扎在左胳膊上,作为暗号。规定的口令是

"反攻"。夜里,下着小雨。排长魏大猛、柳喜儿分头带着两排人,精神抖擞地出发了。

三

大水、高屯儿昨天一夜没睡觉,白天又闹腾一天,这会儿工作布置妥当,乏劲儿就上来了。高屯儿脖子上套着盒子枪,歪在炕上,张着个大嘴打呼噜。大水坐在炕头,靠着墙,一连打了好几个呵欠,眼儿又涩又疼,也困得不行了。

外面,雨淅淅沥沥地下个不停。风从破窗户里吹进来,把小油灯吹得晃晃悠悠的。大水昏昏沉沉想起小梅娘儿俩,关在监牢里,不定怎么样了。要是这回攻下城,把她俩救出来,一家子团圆了,有多高兴,有多好啊!可是转念又想:何世雄这个铁杆汉奸心狠手毒,也许在攻下城以前就下毒手,那就见不着啦!

想到这里,他心里乱腾腾的,怪搅得慌,瞌睡早没影儿了。听听窗外的雨越下越大,窗户纸都打湿了。他拨亮了灯,在屋里来来回回地走。忽然想起战士们在雨地里淋着,不知道怎么样了。急忙推醒高屯儿,说:"雨这么大,都是些新战士,咱们去瞧瞧吧。"

高屯儿迷迷糊糊地说:"怎么去?"大水笑着说:"怎么去!还给你套辆车吗?当然是淋着去么。掌握战士们的情绪,可就在这时候啦!"高屯儿跳下炕说:"行,走!"他带一个通讯员到石桥那儿去了。大水把连部的事情暂时安顿给胡二牛,自己带着一个通讯员,就奔黄庄去。

外面很黑,雨哗哗哗地下,淋得人眼都睁不开。堤上挺滑,两个人稀泥糊嚓地尽摔跤。脱了鞋子光脚走,堤上有很多蒺藜,酸枣刺,怪扎得慌。通讯员小李说:"指导员,咱们不兴避避雨啊?"大水说:"别,咱俩拉着手儿走。快到了,看他们是不是在堤上警戒呢。"

又走了一阵,对面黑暗里忽然喊:"口令!"小李说:"我们!"那边就拉枪栓,喝着说:"站住!不站住开枪打啦!"大水忙答上口令。那边说:"头里来吧。"

他俩走过去,瞧见一个民兵淋得浑身是水,戴着尖顶草帽,蹲在酸枣树底下,抱着一支大枪。见他俩来了,忙站起来说:"嘿呀,指导员!怎么你们来了?"大水笑着说:"看你们来啦。这么大的雨,可淋坏了吧?"那民兵说:"哈,你们不怕淋,我们更不怕啦!"

说话间,雨小些了。大水问:"他们都在哪儿?"民兵指着说:"就在前面。"小排长柳喜儿从堤上跑来了,问:"谁呀?"民兵说:"指导员来了。"柳喜儿说:"指导员,下这么大雨,怎么你来了?"大水说:"战士们都是才从村里调出来,一来就碰上这么大的雨,我怪结记的。"

柳喜儿笑着说:"不碍事,大伙儿情绪高多啦,百不怎么的!"大水说:"咱们瞧瞧去。"他们走过去,民兵们都在堤坡上,背风蹲着呢。前面还有两个哨兵,是监视城里的。见了他们,一伙人都站起来了,说:"好,这么大雨你们都来啦!"

他们大部分都是共产党员。大水见他们挺有精神地守在岗位上,心里很高兴。说:"你们真不错呀!都不怕淋?"大伙儿说:"嗨,都是庄稼人,怕什么淋!"柳喜儿滑稽地说:"这才好呢,叫这雨一淋,就长得旺啦!"大伙儿都笑了。一个民兵说:"这雨还有个好处,一张嘴就喝上水啦!"柳喜儿笑着说:"可不!雨水煎茶,天上的味儿呢。"大水心里想:"这小伙子,可像双喜咧。"他满心欢喜,对大伙儿说:"你们可注意点,别病了,完不成任务。"他们说:"病不了!常挨淋,这点雨还怕,身子骨就太娇贵啦。"

大水叮咛说:"咱们的岗位是很重要的。要是敌人从城里撤退,往保定跑,一定要过这儿。特别是天将明的时候,要多加小心。别在那时候睡了觉,一方面冻着会生病,一方面敌人来了受损失。这会儿雨不下了,你们别老待着。走一走,活动活动。"战士们都说:"指导员别结记,我们知道这些事儿。"

大水他俩往回走,他们还要送。大水笑着说:"不用送,我们走啦。"

四

牛大水回到连部,天还是黑乎乎的,屋里点着灯。一进门,高屯儿跳起来说:"大水,我等得你真着急!这事儿可坏了!"大水吃惊地问他什么事。高屯儿说:"魏大猛把他那一排人全拉到白马村去了!"大水着急说:"那不坏了?"高屯儿跺脚说:"说半天可不坏啦!"大水说:"敌人封锁住石桥,那就出不来啦!"高屯儿瞪着眼睛说:"可不就是出不来啦!"

大水气得说不出话。高屯儿气愤愤地说:"一排人拉了进去,排长可跑回来了!"大水说:"怎么你不早说!快叫来问问吧!"通讯员马上把魏大猛叫来了。

魏大猛淋湿的衣服贴在身上,还没干。一进来大水就问他:"一排长,我们给你的任务是什么?"魏大猛知道错了,噘着嘴说:"叫我封锁石桥么。"大水说:"那你为什么把队伍拉进去?既然拉进去,你为什么又出来?"魏大猛心里发慌,吞吞吐吐地说:"我……来报告……你不是叫围困敌人啊?大伙儿都说,在外面还能打得着敌人?倒不如跑进去,把王八窝圈起来,他没有饭吃,没有水喝,不就围困下来啦!我……我就是没想到个地形!"

高屯儿拍着腿说:"你倒想得好!敌人要封锁了石桥,再有援兵来一堵,那四十多人在里面还不当王八?"魏大猛丧气地说:"他妈的,可不!把桥一堵就出不来啦!"高屯儿说:"你看怎么办?"魏大猛搔着头,忽然想起来说:"咱们的人不兴凫水跑啊?"高屯儿生气地说:"绕那么远还能凫过来?枪也得扔喽。还有不会水的怎么办？你闹这一手倒漂亮！"

魏大猛不言语了,把大枪在地上一戳,蹲下去,低了头儿。大水想了一会儿,说:"大猛,赶天明以前你再突进村去,指挥那个排,受了损失你可得负责!"高屯儿挥着手说:"你马上进去,带出这个排,带不出来你就不用回来了!"大水说:"你突进去,要是天明了,就不用出来。"魏大猛站起来,坚决地说:"我去!"他就走了。

这儿,牛指导员跟高连长说:"往后咱们领导可得统一喽。我叫他进去指挥,你叫他把人带出来,要是受了损失怎么办?"高屯儿明白过来了,后悔地说:"真的,这是什么时候啦,眼看天就亮了,这可怎么办?"大水说:"他还不准能突进去呢!"

两个人正研究,窗户纸发白了。忽然听见几声枪响,高屯儿说:"坏了!打上了!"忙叫通讯员小李赶快去看看。不多会儿,魏大猛跟着小李跑回来了。他一进屋,蹲下来就哭。问他怎么了,他抽抽噎噎地说:"要是叫我死,我就去!"他把草帽摘下来,往炕上一扔,正在草帽的顶尖上,穿了个枪窟窿眼儿。

大水说:"你报告报告情况吧!"他说:"你们叫我去,我也下决心要突进去。可是还没走到桥跟前,楼上就亮手电,打了我一枪,把草帽打透了!一连又打了几枪。我只好趴在堤坡下面。小李来了,我不敢回,是他叫我回来的。"

高屯儿着急得不行,嚷着说:"魏大猛!你赔我一个排!"魏大猛瞅了他一眼,苦着脸儿叹气说:"唉!这事儿怎么办?一排人进去好进去,出来就出不来了!我呢,出来好出来,进去又进不去啦!"

大水老半天没言语,盘算了一阵,对魏大猛说:"你既是到了那儿,有决心过去,这就好。过不去,另想办法。"又对高屯儿说:"别着急,咱们还有十五只船呢。分八只船绕过去,必要的时候就把他们接出来。"高屯儿拍着脑袋笑起来说:"可不,咱们还有十几只船哩么!"魏大猛拧着的眉头展开了,跳起来说:"好,连长指导员,我领着船去吧！"高屯儿乐呵呵地说："要去咱们一块儿去。"

大水、高屯儿商量了一下，就派胡二牛这个排运动到石桥这边的堤坡下面，堵住石桥。如果村里打响了，就朝岗楼上打排子枪。他俩和魏大猛几个，马上坐着八只小船，绕到白马村后面去。

五

天麻麻亮，大水他们偷偷地上岸进村，找到那一排人。他们都藏在民房里，对着岗楼，在墙上挖了许多枪眼儿。民兵们见大水他们来了，都高兴地说："连长指导员，你们都来啦！咱们都准备好了，什么时候打？"

高屯儿说："别忙！我和指导员先去喊话，争取他们投降。"他和牛大水、魏大猛绕到岗楼跟前的民房里。那后墙就在岗楼的外沟边，墙上有个小窗户。魏大猛这会儿可起劲呢，说："我打头一炮！"他跳到躺柜上，凑在小窗户跟前，拉开大嗓门就喊："喂——伪军同胞们！"谁知道岗楼上叭的一枪，魏大猛就从柜上咕咚一声摔下来了。

大水、高屯儿忙喊："大猛！大猛！"岗楼上又朝窗子打了几枪。民房里的民兵们骂着，都乒乒乓乓地打起来了。石桥那边的民兵们，也打开了排子枪。魏大猛爬起来，摸着脑袋问："准是打着我了吧？"

天大亮了。大水给他瞧了一下，说："是打飞的砖块儿碰了你一个青疙瘩。"魏大猛笑着说："他妈的不碍，我还得喊！"枪声停了。高屯儿抢着说："瞧我的。"他跳上躺柜，闪在小窗户一边，扯着脖子大声喊："怎么着？你们打枪吧！八路军不怕你们打，你们打吧！"

岗楼上答话了："同志们，刚才我睡着了，班长叫弟兄们打枪我不知道，你们原谅些吧！"大水一听这声音有点儿熟，一时又想不起是谁。原来答话的正是郭三麻子。最近他调在城里大队部,昨天他亲自到这儿来传达何世雄的命令,天黑了不敢回去,刚好给民兵包围在里面了。

三麻子这些年来,跟八路军斗过多少回,吃了不少亏,这回又给包围住了,心里早有些着慌。可是他很狡猾,表面上很客气地问:"同志们,你们是哪一部分?"高屯儿说:"我们是二十四团一连。"

楼上说:"有什么话,同志们讲吧!"高屯儿就把准备好的一套端出来说:"日本投降了,你们知道吧?早先你们当伪军,给日本人卖命,不准是本心愿意当汉奸。有的是为着生活,有的是给环境逼的,走到岔道儿上啦!现在日本都投降了,你们还有个什么靠头啊?咱们都是中国人,赶快下来缴枪吧!"

郭三麻子在垛口后面喊:"日本投降,我们已经知道啦。我们就准备缴枪,可是何大队长的命令,枪不缴给你们,缴给蒋介石去。军人首先得服从,这事儿我们也没有办法!"平房里的民兵们听了,都气愤愤地说:"他妈的,交给蒋介石!打他兔崽子!"

高屯儿忙说:"别打别打!"又对岗楼上说:"你们为什么交给蒋介石?抗战八年,你们还没瞧见呀?谁在这儿流血牺牲,打日本来?'蒋该杀'逃到四川峨嵋山,光知道发号施令,反共、打八路军,背地里还跟日本拉拉扯扯的,这样的反动分子,你们还能把枪交给他?"

岗楼上不答话。高屯儿喊:"怎么着啊?"郭三麻子说:"同志们出来谈吧!"大水他们商量,不出去怕人瞧不起,要出去吧,出门就在楼跟前,他们要不怀好意,可刚好挨打啦。听见楼上又喊:"你们出来吧,我保证不打枪!"牛大水说:"你打枪怎么着?"郭三麻子说:"孙子王八蛋才打枪!"高屯儿喊:"你要打枪,往后我们专打你!"说着跑出门,站在岗楼对面,大水、魏大猛也忙着跟去了。

六

大水、高屯儿到外面一看,岗楼的垛口上伸出个麻脸儿,在朝下面望呢,认得是郭三麻子。看他手里没拿枪,大水他们也把提着的盒子枪放进枪套里。那郭三麻子,在八年前要槽子糕的时候,和他俩对过面。那会儿,他两个是土头土脑的庄稼人,现在可大大地变了。三麻子哪里认得出,瞅瞅他俩身上穿的灰布军装问:"同志,你们都担任什么职务?"

高屯儿说:"这是我们的指导员,我是连长。"郭三麻子问:"连长贵姓?"高屯儿说:"我姓高。"郭三麻子说:"高连长,你们来了,没有别的奉送,送给你们一些烟抽吧。"说着,扔下一条哈德门,掉在楼根底下了。

大水想,他是不是耍阴谋呢?勾引我们拿烟,一颗手榴弹扔下来,就坏了。正想着,谁知那魏大猛一股子猛劲儿,一蹿就到了沟沿上,把烟拾起来。牛大水忙对郭三麻子:"谢谢你的好意,我们八路军不抽你们那号烟!"魏大猛听了,马上把纸烟用力一抛,扔回岗楼去了。

指导员牛大水就跟他们讲伪军的末路,和共产党的宽大政策。讲的时候,伪军们一个个全趴在垛口上听呢。临完,高屯儿耐不住问:"怎么着,你们到底下来不下来?"郭三麻子打着官腔说:"好,让我想想,晚上再给你们答复吧。"牛大水说:"你们要下来就痛痛快快下来,别拖延时间!"

正在这时候,黑老蔡派妇会的秀女儿、李小珠,带着一些伪军家属,来配合喊话,胡二牛打发人把她们送到大水这儿来了。一个马老婆是这儿楼上伪军班长的娘,她一眼望见楼顶上的儿子,就啼哭开了,指着喊:"二黑子啊!你还不下来?这是什么时候啦!八路军把你们围上了,人家苦口婆心地叫你们,你们在上面等死呀?二黑子,快下来跟娘家走吧!"

一个媳妇喊她丈夫:"小顺她爹,你真糊涂!我跟着你戴了这么些年的汉奸帽子,这会儿还不给我摘?鬼子都完蛋了,你还给谁当汉奸呀?枪声一响,一家人提心吊胆的,老怕你送了这条命。八路军宽大你,你还不回家?你想当一辈子汉奸啊?今天你不下来,我就死在你眼前!"

一时妇女们叫的叫,喊的喊,全都哭开了。楼上的伪军好些个掉眼泪。秀女儿挺着胸脯说:"伪军同胞们,都是中国人,咱们八路军也不愿意你们白白送死。眼下就是两条路:一条活路,马上放下武器,跟你们爹娘媳妇儿一家子团圆;要不就走死路,死了还给子子孙孙留个臭名儿。你们好好儿想想吧!"

李小珠也帮着喊。伪军们在上面一个个耷拉着脑袋,唉声叹气,有的蒙着脸儿哭。班长二黑子和几个伪军问三麻子:"队长,你说吧,咱们怎么着?"三麻子虽然坏,可是个松包,一看这形势不妙,忙敷衍他们说:"你们别着急!我也是个中国人,还不好说?"又对楼下面喊:"你们别说了,一会儿我们商量商量吧。"大水他们说:"你们快些吧。别耽搁啦!"伪军们三三五五,喊喊喳喳地商议。下面又一个劲儿地催。郭三麻子看楼上楼下成了一个心儿,生怕自个儿孤立起来,吃眼前亏,就对楼下说:"同志们,你们等一等!我们的人马上就去拾掇东西。"

忽然黄庄那边枪声响了,打得很激烈,是城里来接郭三麻子的部队和柳喜儿一排人打上了。郭三麻子变了脸,忙对他手下的兵士说:"你们先别拾掇!"又趴在垛口边喊:"同志们,对不起你们!城里大队出来了,我们走不成,你们快撤吧!"

下面的民兵和妇女们一起哄起来了,乱喊着:"怎么走不成?""马上下来!""不下来还等什么?"郭三麻子缩进头去,叫着说:"不行不行!我可负不起这个责任!"话还没说完,一个人从背后抱住

233

他,把他的枪夺了。那人正是二黑子。许多伪军喊着:"二黑子干得好!""我们缴枪!我们缴枪!"都倒提着枪,跑下来了。

黄庄那边的敌人中了柳喜儿的伏击,给打回城里去了。这儿,郭三麻子也乖乖儿地投了降。

这一天,一千多民兵把县城的外围据点全扫清了。傍黑,第一连接到县上的命令,进到大石庄,准备夜间去攻城。

七

牛大水、高屯儿带着民兵第一连,来到大石庄。大石庄的老百姓,用大鱼大肉慰劳第一连。

吃罢晚饭,牛指导员和高连长研究了一下,就派人把这村的伪"联络员"叫来,问敌人的情况。联络员是个穷老头子,一进来就挨门立着。大水叫他坐下,他想坐不敢坐地说:"同志们有什么事儿,教训教训我吧!我是个汉奸哟!"

高屯儿笑着安慰他:"别那么说,老人家,只要你不忘记是个中国人,我们就欢迎你!"老头儿坐在椅子边上,松心地笑了,说:"看你们八路同志,惜老怜贫的,对咱们有说有笑,嘻嘻哈哈。碰上你们,我可是老命转运啦!"

大水笑着问:"你以前也听说过共产党八路军吧?"老头儿说:"嗨,山高遮不住太阳啊!我们这儿有这么个话,'淀水清,河水浑,共产党和国民党,谁忠谁奸最分明!'谁心里还没个数儿呀!"

说了一阵闲话,大水就叫他说说城里的情况。老头儿怪有意思地说:"你问这个我可知道,昨天我还去过呢。提起日本来,'英雄'也是日本,'草鸡'也是日本。"高屯儿问:"那是怎么回事?"老头儿笑着说:"现在日本人全扫街呢,汉奸可成了大老爷啦,管着日本人呢。日本队的三八大枪交给了汉奸队,汉奸队的破枪交给了日本人,天天都在准备往保定跑呢。"

大水问:"你从哪儿看出来他们想跑呢?"他说:"嗨,我可知道!北门外,北关楼子下面,河里准备了四只'大槽子',使船的人黑间白日都不叫走开,这还不是预备逃跑啊?还有一桩,汉奸队在城里紧着卖东西,把抢来的粮食、衣裳,连他们的被子、破袄儿,什么都卖,还不是想跑的样儿呀?"

大水、高屯儿又问北关岗楼上的情形。老头儿说,守楼的是一个小队,没有机枪,夜间站一个岗。

末了,大水问:"前一个时候,便衣队在东关抓了个女八路,关在城里,你听说有什么信儿没有?"老头儿说:"不是还带着个胖小子吗?"大水心跳着,忙说:"对对对!她怎么样了?"老头儿说:"啊呀!这……前几天还听说过堂呢,这两天可说不清了!"

大水心里很乱,他努力克制自己,不去想这个事儿。打发老头儿回去以后,忙跟高屯儿出去集合队伍,准备执行党给他们的光荣任务,去攻城。

第二十回　胜　　利

勇敢！

勇敢！

再勇敢！

　　　　　——朱总司令的命令

太阳出来天大亮，

红旗插到城墙上。

　　　　　——民歌

一

月亮还没上来，天很黑。

连长高屯儿把队伍集合在大场上。这一连人，都是村里才调出来的青年农民，虽然穿着各色各样的衣裳，可是一律缠着子弹带，背着大枪，精神饱满的，站了个齐整。他们受过训练打过仗，已经很像个样儿啦。

高屯儿站在前面，身子挺得笔直，挥着拳头说："同志们！整整两天两夜，大伙儿执行任务，没有休息。可是要消灭鬼子汉奸，还得最后努力，你们累不累？"一百几十人一声吼："不累！"高屯儿说："好，马上准备执行任务，围攻北关！"

指导员牛大水讲话说:"同志们!今晚上出发,谁也不许抽烟咳嗽,随便讲话。前面的尖兵听到什么动静,要随时注意征候,判断情况,应该好好儿锻炼侦察搜索。另一方面,有事儿不准大惊小怪。不论发生任何情况,都得镇静沉着,不要叫张三喊李四的。外围瞅见什么,不准随便打枪,免得暴露目标。同志们,最后胜利就在眼前,朱总司令发布了命令,叫咱们勇敢,勇敢,再勇敢!我们每一个人都要响应他的号召,不怕牺牲,坚决完成任务!"战士们都说:"一定完成任务!"

一连人摸黑走大路,到了堤上,又顺着堤往东,悄悄儿搜索前进。河水哗哗地流着,有时候鱼儿在水面上吞食,啪啪地响。望得见北门外,北关岗楼亮着灯光。

队伍一会儿蹲下,一会儿前进。离楼不远了,他们隐蔽在树林里。大水、高屯儿给排长胡二牛一个任务,胡二牛就带上一班人,沿着河边,偷偷摸到四只"大槽子"跟前。七个人趴在堤坡上警戒,八个人悄悄儿上船。船夫在船舱里都睡着了。八个人轻轻起了锚,放在船上,船就慢慢儿顺着水流,溜下去了。

岸上胡二牛他们,等船儿走远,就撤回来报告,说:"四只大槽子弄走了,敌人可跑不了啦!"一连人又往前摸过去,在北关的民房后面布置开。一会儿,第五连也来了,两下里三百多人,把城门、岗楼、大街、小巷,全封锁了个严实。

这天晚上,将近有十个民兵连,从四面八方逼近城关。连四乡的老百姓都组织起来,有的抬着担架,有的扛着梯子,有的拿着铁镐、铁锨,跟着民兵连。民兵和老百姓一共好几千人,把县城团团围起来,人人心里都恨不得一下把城攻开,消灭鬼子和汉奸。大伙儿兴奋极了,这么些年,早盼着这一天啦!

二

城里的何世雄,可想不到形势变得这么快。自从日本宣布投降,他接受了蒋介石传下来的命令,不给八路军缴枪,倒把鬼子司令藏起来了。他表面上耍了许多把戏,叫老百姓看着好像日本兵都成了俘虏,就没有问题了,骨子里可是和日本人串通一气,共同对付八路军。

今晚上八路军围城了。何世雄忙去找鬼子司令商议。

鬼子司令的屋子里,供着个小铜佛,铜佛跟前放了菜、汤和干果点心。司令龟板在小铜佛的面前,直直地立着,低下头,嘴里嘀里嘟噜地念叨,正在求神告菩萨,保佑他留下这条老命,好回到日本国去呢。何世雄站在旁边,不敢打搅他,着急地等了半天。龟板念叨完了,又对小铜佛恭恭敬敬地鞠了三个躬,才招呼何世雄坐下,两个人就谈起来。

这一向,龟板脸儿更瘦,颧骨更高了,连仁丹胡子也不修剪,常捧着个啤酒瓶子死灌。现在他一听说共军已经围了城,好像脑门心上挨了一铁锤,他的"大和魂"一下子出了窍,浑身的"武士道精神"都从屁眼儿里走了气,目瞪口呆地坐在那里,半天说不出话来。

何世雄问他怎么样,他才转过神来。两个人研究半天,估计城里的力量,凑凑合合可以维持三天,城防工事还算坚固,八路军又缺少重武器,一时不会攻下来。只要保定派队伍来接应,突围就没有问题。谈到这里,鬼子司令松了一口气,跳起来,尖着嗓子喊了一句:"卡米杀马,他死可得哭来!(菩萨保佑!)"

他马上给保定打电报。何世雄忙回去传命令,叫部队拼命守城,等待援兵到来。一面安顿他的小婆,把金银首饰和其他宝贵的东西收拾好,准备援兵一到,就突围逃跑。一切安排妥当,他从容地抽着烟,又和张金龙商量了一下杨小梅的问题,就派人把她提出来。

三

小梅已经过了两次堂。第一次是刚解到城里的时候。何世雄欺她是个妇女,想用哄骗的手段软化她,叫她当特务,先派人给她裹伤口,吃好的,再把她叫到自己住的屋里,坐在对面谈话。他满脸笑容地对小梅说:"杨小梅,你是个有材料的人,又聪明,又能干,我早就听说了。像你这样的人,走在邪道上,真可惜!你是受了蒙蔽啦,跟着那些匪军跑,还能长得了?你好好儿想想吧!"

小梅抱着孩子,侧转身子坐着,气愤愤地说:"你这是放屁呀!八路军抗日救国,老百姓人人拥护,为什么长不了?你这个铁杆汉奸,杀老百姓,抢老百姓,是个会说话的小孩儿都骂你,你还长得了?逮住你的时候,谁也要剥你的皮,抽你的筋!一人一手指头就戳死你!"

何世雄并不生气,假笑着说:"杨小梅,你眼光放远点,别叫共产党的迷魂汤把你迷住了!你看共产党多残忍,叫你一个妇道人家,做这样危险的工作,落到这么一个悲惨的地步。唉,真可怜!我看你倒不如跟着我做一点事,准有你的前途!"小梅看着他,眉毛一蹙,眼睛一瞪说:"你别胡扯!这是我自个儿要来的。拾掇你们这些汉奸,我心里才乐意呢!犯在你的手里,我只有光荣牺牲的前途。要杀要剐随你的便!"

何世雄看着她手里的孩子说:"你死,就不可怜可怜你的孩子啊?"小梅咬着牙,把小胖往桌上一放,说:"我不可怜孩子,你赶快拉我出去,杀了倒痛快!"

小胖哭了。何世雄把他抱起来,故意拍着孩子说:"杨小梅,别那么狠心！我要叫你死,只要我动动嘴皮子就行了。可是我不愿意叫你做无谓的牺牲,千金难买一口气啊！你一时脑子里转不过弯来也不要紧,回去再仔细想想吧。我这是对你,除了你,对谁也没有这么客气过!"就叫人把小梅娘儿俩带下去了。

外面听堂的伪军们,对杨小梅非常同情,背地里议论:"这妇道真行,真不松啊!"他们暗里都偷偷地去照顾杨小梅。

第二次过堂,何世雄还是皮笑肉不笑地说:"杨小梅,怎么样？憋闷得慌吧？你别着急,别起火,好好儿坐下,咱们谈谈。这几天你想得怎么样？"小梅说:"我用不着想,我情愿死!"

何世雄假装很爱惜她似的说:"你可别光钻一个死门儿,要死也就是一回啊！你真舍得了你的胖小子吗？"小梅狠狠地说:"到了这会儿,我什么人都舍得了!"何世雄装作可怜她的样子说:"唉！你死了,这没娘的孩子交给谁去呀？"

小梅忍不住哭了。何世雄心里可忍不住笑了。他得意地想:"到底是娘们家,心软,好说话……"他正想开口再拉她一把,小梅可擦着眼泪说:"我哭,不是哭别的,是哭我没完成任务,倒落在你这个铁杆汉奸的手里。我死了,这孩子也活不成,不如把我们娘儿俩一块儿弄死,反正将来会有人给我们报仇的!"

何世雄又碰了个钉子,气得五官都挪了位,对杨小梅狠毒地射了一眼,脸上冷笑着,走出去了。立时来了几个特务,说是对妇女不用动大刑,就夺下孩子,把小梅拉过来压杠子。小梅给他们生拉活扯,一压杠子就死过去了。

她醒过来就大哭大骂,骂着骂着又给他们压了个死。她可怎么也不屈服。最后,几个人把她架着,又关到监牢里去了。

外面听堂的伪军们,好些个掉眼泪,暗里赞叹:"唉！杨小梅真是个好样儿的,真烈性啊!"他们背地里都偷着去看杨小梅,给她治伤。

大水他们围城的这天夜里,何世雄叫人把小梅提出来,心里已经存着枪毙她的念头。如果杨小梅怕死屈服了,就准备带她到保定,利用她做将来报仇的资本。

他对小梅说:"杨小梅,你考虑好了没有?这是我最后一次问你,要死要活,你自己说一句吧!"小梅知道他要下毒手了!她镇静地说:"你不用问!我死,就是完成了我革命的任务了!"何世雄就叫人把孩子抱走,小梅可紧紧地抱着小胖不放,说:"我娘儿俩要死死在一块儿。"

就在这当儿,南门外的号声响了,四面八方都起了枪声。张金龙匆匆忙忙跑来,凑在何世雄跟前,低声说:"情况紧得很,敌人总攻了!东门南门恐怕都守不住,你看这事儿怎么办?"何世雄冰铁着脸儿,假装平静地说:"不碍事!"就挥一挥手,叫人把杨小梅拉出去枪毙。

小梅知道同志们攻城了,哈哈大笑说:"好好好!何世雄!你们这些汉奸卖国贼,马上就完蛋了!我死,死也死得痛快!"

伪军把小梅推出去,小梅听见城外枪声打了个欢,激动得浑身发颤,忍不住大声喊:"打倒日本帝国主义啊!打倒汉奸卖国贼啊!共产党万岁!……"

四

南门外的冲锋号一股劲地吹,四周围的枪声,夹着手榴弹的爆炸,打得热火朝天。

伪军们军心动摇,早就不想打了。南门的伪军首先开城投降,东门的伪军也放下了武器。城里大部分鬼子都给包围在南大街学堂里。从分区来的日本反战同盟支部几位同志,刚好就是米田和"初一加三郎"那一伙,跟着咱们的队伍来配合工作。这会儿,他们就用日本语喊话,争取日本兵投降。他们还唱了一个日本歌,唱得学堂里的日本兵都哭了,不到一刻钟,就挂起了白旗。

城破的时候,何世雄和鬼子司令带着一部分敌伪军,急忙往西跑,想从西门突出去。可是西门着火了,烧得半边天通红。他们马上又往北门突。北门外的岗楼早缴了枪,城里何世雄叫两个机枪手,端着两挺轻机枪冲锋开道。他们猛地开开北门,机关枪在头里密密地扫射,一伙人拼命往外冲。

民兵们看机枪打得挺猛,退了一下,手榴弹就像雨点似的打过来。好些敌伪军都被炸死了,头一个机枪手也炸飞了半个脑袋。敌人惊慌地乱跑。一阵混乱中间,何世雄顾不得他的小婆,用手枪戳着第二个机枪手,喝叫:"快打!不打我毙了你!"他和鬼子司令、张金龙几个跟着机枪,拼死命从侧面往西冲出去了。

民兵们有的往城里奔,有的抓那些逃散的敌人。牛大水和高屯儿带了人,跟在何世雄他们的后面,紧紧追来。何世雄一伙跑到堤边,前面早有一部分民兵在把守,突然喊:"口令!"他们答不上,立时一阵排子枪打过来,几个人倒下了,机枪手也滚到了一边。鬼子司令右胳膊负了伤,枪也掉了。张金龙腿上中了一颗子弹,他咬着牙,跟龟板、何世雄慌忙往野地里跑。

天边的月亮照着,大水、高屯儿他们看得分明,紧追着不放。张金龙左手打枪不得劲,腿又在流血,跑不动了,落在后头。牛大水一心想捉活的,跑在最前面,大声喊叫着:"张金龙,投降吧!你跑不掉啦!"张金龙心慌意乱,被什么绊了一跤,摔了个"狗吃屎"。他就势滚进一大丛碱蓬棵里,趴着照大水打了一枪,没打中。大水又气又恨,一甩手,子弹打进张金龙眼窝里。他立刻仰面倒下了。高屯儿他们赶上来,怕他不死,又找补了几枪。大水恨恨地说:"便宜这王八蛋了!"一伙人继续往前追。

何世雄和龟板跑进一大片豆子地里,想藏可藏不住,慌慌张张地朝前面高粱地里奔。何世雄的帽子早跑掉了,鞋也只剩了一只,越想跑得快,越跑不动。龟板挎的一把东洋刀,老是绊腿绊脚的,也顾不得解下来。

后面的追兵只隔几丈远了,枪子儿在他俩头上飞过。他俩再也跑不动,索性趴在豆子地里。大水他们四下里散开,弯着腰往这边搜索。

何世雄一眼瞧见牛大水走近了,就瞄着打了一枪,子弹从大水的身边擦过去,打中了高屯儿的肚子,高屯儿跌倒了。大水吃了一惊,忙去扶他。高屯儿肠子都流出来了,还睁着圆彪彪的眼睛,发怒地说:"管我什么?快消灭敌人!"

这当儿,又一颗子弹唰地飞过。大水发现了目标,连忙一枪打去,何世雄手里的枪就给打飞了。大水见他没枪,忙奔上去捉活的。不提防那龟板藏在豆秸里,左手早拔出了东洋刀,猛地一抢,砍在大水的腿上。大水跌倒了,枪也落在豆子地里。那龟板又照他头上砍了一刀,大水忍着疼,跳起来,一个扑虎儿压住那龟板,夺下他手里的刀乱砍,一面咬着牙说:"看你厉害!看你厉害!"柳喜儿、魏大猛赶上来,打死了何世雄。瞧见牛大水脸上尽是血,急忙把他扶起来。

民兵和民伕们也都冲上来了,拿枪的,拿刀的,拿铁镐铁锹的,喊着骂着,一阵子就把这两个鬼子汉奸的大头儿,连砍带砸,剁成了肉泥……

月光里,牛大水成了血人儿,昏迷过去了。

五

牛大水醒来的时候,人们已经把他抬进城。屋里许多同志和老百姓,悄没声儿地围着他,一个医生和一个卫生员正在给他洗伤。灯光照着他脑门上斜斜的一条伤口,足有三寸长,露出了白的骨头。医生小心地上了药,刚用纱布给他缠好,秀女儿扶着杨小梅,李小珠抱着小胖,进来了。

原来前半夜伪军把杨小梅带到城隍庙后面,假装打了三枪,就带着她反正过来了。李兰女和赵班长也被救了出来。这会儿,小梅脸儿白煞煞的,左手勾着秀女儿的脖子,右手拄着一根棍儿,压过杠子的两条腿,很艰难地走过来,同志们忙闪在两边。

小梅一见大水,心坎里猛的一阵欢喜,她那眼泪可就撑不住了,泪珠儿扑扑扑地往下掉,忍不住哭出声来。旁的同志都跟着掉泪。小梅声音都变了说:"大水啊!想不到……这一辈子还能见到你的面!"

大水硬撑着坐起来,他半个脸儿包在白纱布里,睁大了一只眼,望着小梅,一时喉咙里像堵住了个什么,哽得说不出话来。可是他心眼儿里挺痛快,胜利的笑显在脸上。他拉住小梅的手说:"哈,小梅!咱们总算熬过来了,咱们胜利啦!"

小梅擦了擦眼泪,说:"老蔡说得对,咱们的胜利是用血换来的哟!刚才我瞧见屯儿了……唉,咱们牺牲了多少好同志啊!"大水眼里闪着泪花儿,激动地说:"屯儿死得真光荣!他临死的时候,还叫我们快消灭敌人。咱们得好好儿记住他的话!现在抗战胜利了,国民党反动派可还没打倒。活着,咱们再干吧!"小梅兴奋地说:"只要有这口气,就跟反动派干到底!抗战这么些年,咱们什么苦都受过了,还怕什么!"秀女儿说:"毛主席领导咱们把鬼子都打败了,咱们跟着他,干什么不能胜利呀!"

大水想着很高兴,颤抖的手接过小胖,亲亲他的小脸儿说:"可不是!咱们吃点苦不要紧,只要革命成了功,这些孩子们,将来可幸福啦!"正说着,黑老蔡、柳喜儿、魏大猛来看大水。黑老蔡喜冲冲地扬起一只手儿说:"报告你们好消息,咱们各地方都打了胜仗,光是冀中,就收复了雄县、霸县、安国、博野、蠡县……一共十三座县城!"满屋子的人都拍手叫好。

忽然,外面噼噼啪啪响起了鞭炮,像过年似的。一时锣鼓喧天,夹着人们的欢呼,声音越来越近。秀女儿快活地跳起来说:"老百姓庆祝胜利呢,咱们快去看!"人人脸上都兴奋地笑着,年轻人连忙奔出去……

天明了,城头上飘扬着鲜亮的红旗。